BASTEI
LÜBBE

Von Richard Dübell sind die folgenden
Bastei Lübbe Taschenbücher lieferbar:

12935 Der Tuchhändler
14393 Der Jahrtausendkaiser
14757 Eine Messe für die Medici
15102 Die schwarzen Wasser von San Marco
15354 Das Spiel des Alchimisten

Über den Autor:

Richard Dübell, geboren 1962, lebt mit seiner Frau und zwei Söhnen bei Landshut. Nach dem erfolgreichen literarischen Einstieg mit seinen ersten beiden Historienkrimis DER TUCHHÄNDLER und DER JAHRTAUSENDKAISER bescherte sein dritter Roman EINE MESSE FÜR DIE MEDICI dem Autor zum ersten Mal den Sprung auf die Bestsellerliste. Seither zählt er zu den beliebtesten Autoren im Bereich des Historischen Romans.
Richard Dübell ist Träger des Kulturförderpreises 2003 der Stadt Landshut.

RICHARD DÜBELL

IM SCHATTEN DES KLOSTERS

HISTORISCHER ROMAN

BASTEI LÜBBE

BASTEI LÜBBE TASCHENBUCH
Band 15 441

Erste Auflage: Februar 2006

Bastei Lübbe Taschenbücher in der Verlagsgruppe Lübbe

Originalausgabe

Published by arrangement with Anke Vogel Literaturagentur, München
Einbandgestaltung: Bianca Sebastian
Titelbild: Joachim Blaver/Artothek
Satz: hanseatenSatz-bremen, Bremen
Druck und Verarbeitung: GGP Media GmbH/ Pößneck
Printed in Germany
ISBN-13: 978-3-404-15441-8 (ab 01.01.2007)
ISBN-10: 3-404-15441-X

Sie finden uns im Internet unter
www.luebbe.de

Der Preis dieses Bandes versteht sich einschließlich
der gesetzlichen Mehrwertsteuer.

1.

Jede Nacht füllte das Kerzenlicht die leeren Augenhöhlen mit Leben. Die Messen untertags verliefen wie gewohnt, doch schon bei der Komplet – im Winter bereits bei der Vesper – begann dieses Zucken, dieses Tanzen der Schatten, das wie ein Augenzwinkern war, ein kaltes, spöttisches Blinzeln. Bruder Ulrich konnte nicht anders, als ständig hinzusehen; es war ein Zwang, der ihn regelmäßig in der Hitze des Sommers frieren und in der Kälte des Winters schwitzen ließ. Dieses unheilige Schattenleben in den leeren Augenhöhlen verschwand nicht einmal, wenn Prior Remigius an hohen Feiertagen von Großzügigkeit überwältigt wurde und das Kircheninnere in der schieren Masse der Unschlittkerzen waberte und auf goldenem Licht zu schweben schien … strahlendes Gleißen überall, bis auf die blauen Schatten in den Augenhöhlen des Knochenschädels, der Ulrichs Blicke zurückgab und mit seinem unvergänglichen Totengrinsen dem Klosterarchiv zuflüsterte: Du gehörst mir, du gehörst mir, du gehörst mir … zwei dunkle Tunnel in die Angst in der Pracht des Kerzenschimmers …

Sanctis apostolis …

Inmitten Dutzender vibrierender Mönchskehlen schluckte Bruder Ulrich trocken und krächzte mit, so gut es ging. Sein Herz hämmerte und trieb ihm den Schweiß oder Kälteschauer über den Leib, je nachdem, ob im Obstgarten des Klosters der Schnee oder die Blüten die Zweige weiß färbten.

… omnibus sanctis …

Die leeren Augen des Totenschädels verfolgten Ulrichs Not und zwinkerten kalt, spöttisch und gnadenlos.

… dona nobis pacem …

Es half Bruder Ulrich in seiner Angst kein bisschen, dass der Schädel die einzige, geheiligte Reliquie des Klostergründers Sankt Albo war.

2.

»Der Heilige ist weg!«

Ulrich fuhr aus seinem unruhigen Schlummer auf und sah sich mit schlechtem Gewissen nach allen Seiten um, noch bevor er begriff, was geschehen war. Er begegnete Bruder Fredegars Blick, der verschleiert war und bar aller Intelligenz, und konstatierte in diesen ersten wirren Augenblicken des Erwachens aus dem Schlaf während der Laudes, dass zumindest Fredegar ihm ein Bruder in der Sünde war … man konnte nur hoffen, dass die Klostergemeinschaft sich nicht am schlechten Beispiel des Torhüters und des Archivars orientierte, Vater vergib uns …

Dann glomm Leben in Fredegars Augen auf, und er folgte dem Blick Ulrichs hin zur Menge der gemeinen Brüder, die vor dem Altar auf dem Boden lagen.

Einer der Mönche lag nicht auf den Knien, sondern hüpfte geradezu gotteslästerlich auf und ab. Sein Finger zeigte nach vorn zum Altar. Sein Gesicht bestand aus drei runden Löchern: zwei kleinere die Augen, ein großes der Mund, aus dem ein immer schrilleres Heulen drang.

»Der Heiiilige ist weeeg!«

»RUHE!«, donnerte hinter dem Altar der Prior Remigius, dessen Predigt beim ersten Aufschrei mit einem hörbaren Knirschen zum Halten gekommen war. »Bruder Konrad, hör sofort auf!«

»Aber … ehrwürdiger Vater!« Bruder Konrad suchte in heller Aufregung nach Worten. »Aber, o heiliger Albo …«

Ulrich sah es wie eine Woge durch die aufgeschreckten

Brüder gehen. Ein Kopf nach dem anderen hob sich und folgte dem Fingerzeig Bruder Konrads, und ein Gesicht nach dem anderen verwandelte sich in ein Abbild des seinen: riesige Augen und ein weit aufgerissener Mund.

Prior Remigius starrte in das metallbeschlagene Kästchen, das auf einer Säule hinter dem Altar stand. In der Dunkelheit der kleinen Kirche, die nicht viel mehr war als eine Kapelle und in der nur so viele Unschlittlichter brannten, wie es brauchte, damit die Brüder auf dem unebenen Boden nicht stürzten, glomm matt der Zierrat. Das Innere des Schreins selbst war eine dunkle Höhle, in der man kaum Umrisse zu erkennen vermochte, und doch …

Bruder Konrad hatte Recht.

»Also gut«, sagte Remigius.

Der Reliquienschrein war leer.

»Licht«, sagte Remigius und griff sich eine der krumm gezogenen Kerzen vom Altar. Als er den Reliquienschrein damit beleuchtete, ging ein Aufstöhnen durch die Gemeinschaft der Brüder. Wie es schien, hatte der Schädel sich irgendwie aus seinem Behältnis befreit, ohne Deckel oder Schloss des Schreins zu beschädigen und ohne die übertrieben teure Glasscheibe – Bruder Ulrich hatte ihretwegen auf den Ankauf eines wunderschön gemalten Codex aus einem irischen Kloster verzichten müssen – an ihrer Vorderseite zu zerbrechen. Das Silbernetz, das die Reliquie umhüllt hatte, lag auf dem dunkelroten Samtkissen. Albos Schädel war gleichsam nackt entflohen.

Remigius ließ die Kerze sinken und drehte sich langsam um.

Ulrich suchte Fredegars Blick. Die Augen des alten Mönchs waren zusammengekniffen, doch starrte er nicht zu Remigius oder zum leeren Schrein hinüber, sondern zu den Brüdern in der Kapelle. Deren erstem Aufstöhnen folgte ein zweites; dann begann das Wispern: »Er ist verschwunden!« – »Er ist tatsächlich weg!«, und immer lauter: »Sankt Albo, beschütze uns!« – »Heiliger Albo, errette uns aus der Verdammnis!« – »Sankt Albo, hilf uns Sündern!« – »SANKT ALBO, KOMM ZURÜCK!«

Bruder Konrad stand inmitten der Aufregung wie Lots Weib. Emmeran und Peter, die beiden anderen beamteten Brüder auf der jenseitigen Seite des Altars, sahen vom leeren Reliquienschrein zu Prior Remigius und zurück zum Schrein. Emmeran blinzelte plötzlich wie jemand, dem ein Licht aufgeht, und legte langsam den Kopf in den Nacken, während sein Mund sich öffnete. Seine Augenbrauen, die eher wuchernden Gestrüppen glichen und über der Nasenwurzel in einem dichten Büschel zusammengewachsen waren, kräuselten sich verzückt, als er zum Gewölbe der Kapelle emporstarrte.

»Sankt Albo, warum hast du uns verlassen?«

Die jüngeren Mönche brachen in Tränen aus. Ulrich beobachtete fassungslos die Aufregung. Das war ja, als hätte man den Brüdern schlagartig den Boden unter den Füßen weggezogen, nur weil dieser potthässliche Schädel plötzlich …

Ulrich spähte aus dem Augenwinkel in Fredegars knorriges Narbengesicht und sah, wie der alte Mönch die Lippen zusammenpresste. Seine Augen waren nur noch schmale Schlitze.

»Schluss damit!«, brüllte der Prior und knallte die Kerze auf den Altar, dass sie in mehrere Stücke zerbrach und das heiße Unschlitt über Remigius' Finger spritzte. Das obere Stück der Kerze rollte über die Steinplatte, ohne dass die Flamme erloschen wäre. Remigius drosch sie mit geballter Faust aus.

»Ite, missa est!«, rief er und schlug wild entschlossen das Kreuzzeichen.

Die Brüder regten sich nicht.

»Wo ist Sankt Albo?«, piepste eine Stimme aus ihrer Mitte.

Remigius' schmale Gestalt schien zu versteinern. Sein Gesicht lief dunkel an.

»Diese Kleingläubigen«, presste Fredegar zwischen den Zähnen hervor und richtete seine hagere Gestalt auf, als wäre er noch der Krieger im Namen Gottes, der mit König Konrad dem Staufer ins Heilige Land gezogen und als einer von wenigen lebend zurückgekommen war. »Der Geist von Citeaux ist viel zu schwach hier!«

»Pareo iam!«, donnerte Prior Remigius. Er fasste erregt ans Vorderteil seiner Kukulle und zerrte sie aus dem Strick um seine Hüften. »Ich verlange Demut und Gehorsam!«

Die Brüder duckten sich – bis auf einen. Ulrich sah, wie Konrad sich langsam in Bewegung setzte. Das Gesicht des jungen Mannes war bleich und voller Angst. Als er voran schlurfte, kam auch in die anderen Mönche Bewegung. Alle Blicke hingen an dem leeren Schrein. Remigius blies die Backen auf und stopfte die Kukulle wieder zurück hinter den Leibstrick. Er schien unschlüssig, was ihn mehr erschütterte: das Verschwinden der Reliquie oder die Aufregung, die sich ob dieses Vorfalls in der Gemeinschaft ausgebreitet hatte.

Ulrich sah wohl als Erster das Entsetzen, das Konrads Züge verzerrte, bevor dieser sich herumwarf und zum Altar stürmte, wobei er buchstäblich über die Brüder hinwegstampfte, die sein Ansturm zu Boden geworfen hatte. Schreckensschreie hallten zur Decke der Kirche empor. Konrad setzte über den Altartisch hinweg und prallte auf Remigius, brachte den schmächtigen Prior ins Wanken, ohne ihn jedoch zu Fall zu bringen. Remigius schlang die Arme um den Bruder und drängte ihn vom Schrein weg. Konrad kämpfte gegen die Umklammerung seines Ordensoberen, schlug um sich und stöhnte, sank plötzlich in sich zusammen, umfing Remigius' Beine und brach in Schluchzer aus, die seinen Körper schüttelten. Die Brüder beobachteten die Szene mit schreckgeweiteten Augen und kalkweißen Gesichtern. Über Remigius' Antlitz huschten Zorn, Mitleid und ein anderes Empfinden, in dem Ulrich blankes Entsetzen über die Panik unter den Brüdern zu erkennen glaubte; es war ein Ausdruck, den Ulrich am liebsten nicht gesehen hätte, denn er wirkte verheerender auf ihn als alles Gekreische der Novizen.

Dann reckte der Prior sein Kinn nach vorn, und seine Augen wurden schmal, als er zu Ulrich und Fredegar herübersah. Ulrich stellte fest, dass er schon halb zum Altar gestürzt und dabei von Fredegar nicht einmal abgehängt worden war. Er verlangsamte seinen Schritt.

»Was soll jetzt aus uns werden?«, stöhnte Konrad.

Remigius bückte sich und machte Konrads Arme los. Dann half er ihm auf die Beine und zeichnete den Segen auf seine Stirn. »Geht in Frieden, Brüder«, sagte er leise zu der Gemeinschaft und strich Konrad über den Kopf. »Auch du, mein Sohn.« Konrad winselte. »Alles wird gut.«

Es dauerte lange, bis die Brüder endlich draußen waren, und ihr Abgang verlief in einer Stille, die selbst Ulrich quälte, der das mönchische Schweigen von Kindheit an gewöhnt war. Verschlimmert wurde das Ganze vom Schluchzen, das der eine oder andere Bruder nicht unterdrücken konnte. Remigius stand am Altar, das Gesicht noch immer dunkel; seine Haltung war wie die einer Steinfigur. Schließlich räusperte er sich und suchte die Blicke seiner beamteten Brüder: Fredegar, Ulrich, Emmeran und Peter. Von draußen erklang das letzte Schlurfen der Sandalen und das letzte Schluchzen eines ängstlichen Novizen. Remigius brauchte nichts zu sagen; die vier Brüder setzten sich in Bewegung und stapften zum Altar hinüber. Ulrich machte den Abschluss. Er spürte, wie sein Herz mit Verspätung zu hämmern begann und seine Kehle verschloss.

Fredegar, der als Bruder Torhüter über sämtliche Schlüssel verfügte, öffnete den Schrein, holte mit spitzen Fingern das silberne Netz heraus und reichte es an Prior Remigius weiter. Ulrich starrte in die gähnende Dunkelheit des Behälters und fand, dass er leer nicht weniger unheimlich aussah als sein auf so wundersame Weise verschollener Inhalt. So nahe an dem Behältnis hatte er nicht mehr gestanden, seit er dem alten Prior Gregor als Junge bei der Messe geholfen hatte. Wenn man bedachte, dass damals gerade Kaiser Rotbart seinen Krieg gegen die italienischen Städte begonnen hatte und seitdem dreißig Sommer ins Land gegangen waren, konnte man das als rekordverdächtige Leistung im Sich-Drücken werten. Ulrich wandte sich ab; der leere Schrein schien ihn anklagend anzurufen. Remigius legte das Netz zurück und klappte mit lautem Knall den Deckel zu. Bis auf Fredegar fuhren alle zusammen.

Fredegar betrachtete seinen Schlüssel und dann das kleine Schloss an der Oberseite des Schreins. »Zugeschlossen!«, knurrte er. »Er war zugeschlossen.«

»Ein Wunder ist geschehen!«, flüsterte Peter, der Kellermeister.

Fredegar hielt den Schlüssel in die Höhe.

»Unsinn!«, schnappte er. »Schau dir diesen Schlüssel an. Ein einfacher Haken. Ein Weib hätte das Schloss mit einer Kleiderspange aufbringen können. Wir waren zu leichtgläubig.«

»Was willst du damit sagen?«, fragte Ulrich.

»Viel … vielleicht ist er in den Himmel aufgefahren«, stammelte der Kellermeister. »Vielleicht hat ein Engel des Herrn ihn aus seinem Schrein befreit?«

Emmeran, der Sakristan, gab ein Geräusch von sich. »Ich habe von Ferne einen süßen Laut vernommen, der sich wie himmlische Chöre anhörte, und ein seltsames Licht schien dazu …«, begann er.

Ulrich verdrehte die Augen und stellte sich ein wenig abseits.

Prior Remigius schnaubte. »Fredegar will sagen, dass man uns den Schädel *gestohlen* hat«, sagte er. Seine Augen lagen tief in den Höhlen.

»Hast du jemanden in Verdacht?« Fredegar, immer der Mann für das Nächstliegende.

Remigius schüttelte so lange und heftig den Kopf, dass er wie ein Schläfer wirkte, der sich gewaltsam ins Wachsein rütteln will. »Was weiß ich …«

»Ich halte es für wahrscheinlich, dass wir einen Reliquienhändler unter unserem Dach beherbergt haben. In diesem Fall werden wir den Schädel niemals wiedersehen«, sagte Fredegar.

»Wie kommst du darauf?«

»Ein gewöhnlicher Dieb hätte das silberne Netz mitgehen lassen.«

Remigius seufzte und zuckte mit den Schultern. Er schien sich für Fredegars Theorie zu erwärmen. »Die Liste der Interessenten fängt wahrscheinlich beim Erzbischof an … von unten gesehen. Seit Erzbischof Rainald seinerzeit die Heiligen Drei Könige nach Köln überführt hat, ist jeder seiner Nachfolger ganz wild auf einen ähnlich gelungenen ›Fund‹.«

»Hast du schon von einem Mann namens Antonius gehört?«, fragte Fredegar und verzog verächtlich den Mund. »Es heißt, er würde lieber eine Todsünde begehen, als eine Reliquie zurückzulassen. Wenn er gerade in der Nähe ist und hinter Albo her war, ist das Rennen gelaufen, bevor es angefangen hat.«

»Antonius?«, fragte Ulrich.

Fredegar machte mit einer seiner großen Hände eine Bewegung in der Luft und ahmte eine Raubvogelkralle nach, die zuschnappt. »Er ist schon bei jedem hohen Herrn des

Reichs bedienstet gewesen, wenn es darum ging, die Knochen eines Heiligen *heimzuführen.*« Dank Bruder Fredegars Betonung erkannte selbst Ulrich, dass im Zuge dieser Heimführungen wahrscheinlich auch so manche Seele eines Lebenden, der sich Antonius in den Weg gestellt hatte, *heimgeführt* worden war. Er schluckte trocken.

Prior Remigius sagte leise: »Ihr habt gesehen, wie die Brüder reagiert haben. Der Schädel muss wieder her!«

Ulrich warf einen Blick in den leeren Schrein und schlug die Augen sofort wieder nieder. Er spürte, wie sein Mut sank, und schalt sich dafür. Hatte er etwa *gehofft,* der Schädel sei endgültig verloren? Und dass Remigius sich in das scheinbar Unvermeidliche fügte? Was für ein Sakrileg! Vater, vergib mir armem Sünder ... *und lass das Ding nie wieder auftauchen.* Ulrich begann im Stillen ein Paternoster zu beten, um auf andere Gedanken zu kommen.

Fredegar deutete auf die versammelten Brüder. »Und wer soll ihn suchen? Draußen, in der sündigen Welt? Keiner von uns ist seit Jahren weiter von hier fort gewesen als in einer der Grangien unseres Klosters. Und du weißt so gut wie ich, dass wir nur wenige davon haben, und alle sind ganz in der Nähe. Das Leben da draußen folgt nicht den Regeln von Citeaux, schon gar nicht in der Stadt.«

»Was willst du damit sagen?«

»Dass *wir* diesen Regeln folgen sollten.«

»Ich glaube, ich verstehe.«

Fredegar zuckte mit den Schultern. »Fasse es nicht als Zurechtweisung auf, ehrwürdiger Vater, aber ...« Er ließ den Rest des Satzes im Raum hängen. Remigius zerrte an seiner Kukulle und stopfte sie wieder zurück. Er schien nach einer Antwort zu suchen, die er nicht hinausbrüllen musste. Ulrich hatte ihn selten so ratlos und erschüttert gesehen.

»Es war ein Licht wie vom Antlitz eines Engels«, erklärte Emmeran und deutete zur Decke der Kapelle. »Es kam von da und richtete sich direkt auf mich, und ich vernahm ein Singen …«

»Wozu brauchen wir diesen Schädel, ehrwürdiger Vater?«, hörte Ulrich sich plötzlich sagen. »Wir beten zu Jesus Christus am Kreuz, nicht zu einem alten Knochen.«

Fredegar und Remigius sahen Ulrich an. Dieser kam sich plötzlich wie ein Knabe vor, der sich in eine Unterhaltung mischt, die er nicht verstanden hat. »Unsere Gemeinschaft braucht ihn«, erklärte der Prior schließlich mit einem Unterton der Resignation. »Wir tragen die Regeln von Citeaux zwar in unseren Köpfen, aber in unseren Herzen sind sie noch nicht angekommen, wie Fredegar zweifellos bald unserem Mutterkloster berichten muss.«

Fredegar verzog das Gesicht.

Ulrich warf die Hände in die Luft. »Es kann nicht sein«, rief er, »dass unsere Gemeinschaft davon abhängt, ob ein Jahrhunderte alter Totenkopf sein Gebiss aus seinem Kästchen herausbleckt! Wenn doch, haben wir ein größeres Problem als einen verschwundenen Schädel.«

»Ulrich …«

»Ehrwürdiger Vater, verstehe mich nicht falsch, aber wovon reden wir denn? Wir haben das Zeugnis, das uns von Sankt Albos heiligem Leben überliefert ist. Wir haben den Brunnen in unserem Garten, den er hat emporsprudeln lassen, als die Heiden ihn verfolgten. Wir haben unsere schöne Gemeinschaft, und wir haben nun auch die heiligen Regeln der Zisterzienser, die im Übrigen sagen, es ist Götzenverehrung, wenn …«

»Ich kenne die Regeln von Citeaux!«, sagte Remigius.

»Ist es denn nicht ein Sakrileg, einem Körperteil unseres Heiligen die ewige Ruhe zu verwei…«

»Ich glaube, ich habe das seltsame Licht auch gesehen«, sagte Peter, der Kellermeister.

Emmeran riss die Augen auf. »Nicht auch du, Bruder!«

»Und die himmlischen Chöre vernommen …«

»Stimmen wie Honig und Morgentau!«, sagte Emmeran verzückt.

»Ich hörte, wie ein Engel direkt neben mir …«

»… über deinen Aberglauben fluchte«, sagte Ulrich, der sich aus seiner Argumentationskette gerissen fühlte und seinen Zorn über die beiden Mitbrüder nicht bezähmen konnte.

»Du kannst es nicht wissen, denn du hast es nicht vernommen«, erklärte Peter verträumt.

»Und du wirst zwei Psalmen beten für deine Blasphemie gegenüber einem Engel unseres Herrn«, sagte der Prior. Er räusperte sich und zerrte energisch am Vorderteil seiner Kutte. »Wir können uns nicht einfach damit abfinden, dass die Reliquie verschwunden ist. Mag sein, dass *dein* Glaube stark genug ist, Bruder Ulrich, aber bei den einfachen Brüdern ist es nicht so. Sie brauchen etwas, woran sie ihren Glauben festmachen können. Du hast doch gesehen, wie Konrad reagiert hat.«

»Wir haben das Kreuz, wir haben die Hostie, wir haben …«

»Engelschöre«, sagte Emmeran. »Stimmen wie Honig und Morgentau!«

»Das ist meine Herde. Lieber nehme ich die Strafe des ehrwürdigen Abts für mein Versagen auf mich und gestehe, dass ich es nicht vermocht habe, meine Schäfchen auf den Weg von Citeaux zu führen … als dass ich zulasse, dass diese Gemeinschaft zerfällt! Wir werden den Schädel wiederbeschaffen, und wenn wir ihn aus den Klauen des Verderbers persönlich reißen müssen.« Remigius zerrte seine Kukulle halb hinter dem Leibstrick hervor. »Wer begibt sich auf diese Pilgerfahrt?«

Schweigen breitete sich aus. Ulrich, der sich wegen Remigius' Zurechtweisung noch immer wie ein gescholtener Novize fühlte, seufzte innerlich. Das Schweigen zog sich so in die Länge, dass es peinlich wurde. Remigius packte seine Kukulle, schien plötzlich aber keine Kraft mehr zu haben, sie noch weiter herauszuzerren.

»Er ist in den Himmel emporgefahren, ehrwürdiger Vater«, flüsterte Emmeran und lächelte entrückt.

»O Wunder …!«, sekundierte Peter.

Fredegar räusperte sich. »Willst du denn wirklich die Brüder in die sündige Welt schicken, auf der Suche nach Sankt Albos Schädel? Sie werden alle miteinander verderben.«

»Nicht *die* Brüder«, verbesserte Remigius ihn mit leiser Stimme. »*Einen* Bruder.«

»Einer? Einer allein ist da draußen verloren. Bedenke doch, wie die Welt heutzutage aussieht: gestrandete, verrohte Heimkehrer von der Pilgerfahrt, Kaiser Rotbart und der Herzog von Schwaben tot, der zweite Sohn des Kaisers noch ohne wirkliche Macht, eifersüchtige Barone, die danach trachten, das Vermögen wiederzuerlangen, das sie auf der Pilgerfahrt verloren haben, verlotterte Edelleute, Krankheiten, verderbte Weiber, Gurgelabschneider, Menschen wie Bruder Antonius …«

»Deshalb muss es einer sein, der Erfahrung in der sündigen Welt hat und mit den schurkischen Kräften des Teufels umzugehen versteht.«

Fredegar verschränkte die Arme über der Brust. »Du kannst doch wohl nicht mich meinen, ehrwürdiger Vater!«

Remigius, der zierliche, kleine, kahlköpfige Mann, der in jedem Gespräch um einen Kopf größer wirkte als seine Gesprächspartner, gab den Blick des alten Kriegers zurück. Wieder einmal erkannte Ulrich, dass Remigius tatsächlich sehr klein war. Selbst Fredegars Gestalt, an der Tunika und Kukulle nur so schlotterten, als führe ständig der Wind hindurch, wirkte massig im Vergleich zu ihm. Remigius' Hände klammerten sich in die unordentliche

Tuchfahne, als die seine Kukulle über dem Strick um seine Hüften hing.

»Wen sonst, Bruder Fredegar?« Er wies auf die anderen. In Ulrich stieg Empörung auf, mit Emmeran und Peter in einen Topf geworfen zu werden. Er öffnete den Mund, doch Emmeran kam ihm zuvor. »Engelschöre …«, seufzte der Sakristan.

»Ehrwürdiger Vater, ich bin von Otterberg hierher gekommen, um deinem Vorgänger und dir in der Unterweisung der Mönche in den heiligen Regeln von Citeaux beizustehen. Ich wollte es nicht, aber unser Vater Abt hat Demut von mir gefordert, und ich bin ihm gefolgt, ohne dass ich es in all den Jahren, die ich nun in dieser Gemeinschaft lebe, jemals bereut hätte. Ich leiste auch dir Gefolgschaft, wie die Regeln es gebieten, aber ich werde nicht gegen das Gelübde verstoßen, das ich beim Verlassen der Welt getan habe: Ich kehre nicht mehr dorthin zurück. Nun kannst du mich strafen, wie du es für richtig hältst und wie ich es verdient habe, aber es wird nichts daran ändern, dass ich meinem Schwur treu bleibe.«

Fredegar senkte die Arme an beiden Seiten herab und neigte den Kopf vor Remigius. In dieser Haltung blieb er stehen. Ulrich hatte nie zuvor erlebt, dass der alte Mann so viel an einem Stück geredet hatte. Remigius seufzte.

»Du hast keine Strafe verdient, Bruder Fredegar. Mir wäre lieber, du würdest … ich brauche dich dort draußen.«

»Die Gemeinschaft braucht den Schädel nicht.«

»Wir sind noch nicht so weit.«

»Dann sollten wir diese Möglichkeit dankbar annehmen, um zu lernen und zu wachsen.«

Remigius zerrte seine Kukulle doch noch ein Stück hervor. »Die Gemeinschaft *wird* auseinander brechen«, zischte er.

»Wird sie nicht. Glaube daran!«

»Doch, sie wird.« Remigius atmete tief aus. »Du hast Recht mit allem, was du gesagt hast, Bruder Fredegar, und doch rufe ich: Herr vergib mir, die Gemeinschaft *wird daran zerbrechen*!«

Fredegar gab Remigius' Blick zurück. Ulrich, der noch immer neben den beiden stand, als wäre er lediglich ein architektonischer Bestandteil der Kapelle, fühlte die Blicke, als würden sie seine Eingeweide zusammenpressen. Remigius war seit zwei Jahren Prior; seine erste Amtshandlung hatte darin bestanden, an der Tür zu der kleinen Kammer neben der Tagestreppe, die den Mönchen das Parlatorium und dem Prior das Auditorium war, die zweite Regel des Benedikt anzubringen (Remigius hatte sie mit eigenen Händen geschrieben und illuminiert, während der Nacht vor seiner Weihe, in der er sich auf das Amt vorbereitete): *Wisse, dass die Verantwortung auf den Hirten fällt, wenn es bei seinen Schafen einen Missertrag gibt.*

Prior Remigius, der gute Hausvater seiner kleinen Gemeinschaft. Wenn sie scheiterte, scheiterte Remigius' ganzes Leben.

»Ich kann nicht selbst gehen, das weißt du, Bruder Fredegar. Nicht in einer Zeit wie dieser. Wenn ich die Gemeinschaft jetzt allein lasse …«

»*Ich* gehe«, platzte Ulrich heraus.

Schweigen.

Langsam wurde Ulrich sich bewusst, was er da gesagt hatte.

Remigius starrte ihn an. Fredegar wandte den Kopf. Ulrich spürte den leeren Schrein zu seiner Linken und die Schatten in den Augen des Schädels so deutlich, als wäre Sankt Albo immer noch bei ihnen.

»Ich gehe!«, bekräftigte Ulrich und bemühte sich, seine Stimme fest klingen zu lassen.

Remigius starrte ihn immer noch an.

»Unsinn«, sagte der Prior dann und wandte sich Fredegar zu. »Im Namen des Herrn, der da sagte: ›Lass diesen Kelch an mir vorübergehen, aber Dein Wille geschehe‹, bitte ich um deinen Gehorsam, Bruder Frede …«

»Nein, warte!« Ulrich hob die Hände. »Du darfst nicht verlangen, dass Fredegar gegen sein Gelübde verstößt. Ich nehme die Bürde freiwillig auf mich!«

»Bruder Ulrich, ich erkenne deine Begeisterung für die Rettung unseres Heiligen an, umso mehr, da niemand besser weiß als ich, wie sehr du dich immer dafür eingesetzt hast, dass die Reliquie beerdigt wird und wir den gemeinen Brüdern beibringen, ihren Glauben nicht an Symbolen festzumachen.« Remigius' Augen funkelten. »Um nicht zu sagen, ich weiß, wie sehr du Sankt Albos sterbliche Reste *gehasst* hast.«

»Ehrwürdiger Vater, ich …«

»Erzähl mir nichts, Bruder Ulrich. Ich bin der Schäfer dieser Herde und erkenne, was meine Schäfchen bedrückt. Du bist nicht der Richtige für diese Aufgabe. Fredegar wird sie übernehmen.«

»Nein!«, rief Ulrich. »Du machst einen Fehler.«

»Ich danke dir für die Bereitschaft, Fredegar das Kreuz abzunehmen, Bruder Ulrich, aber …«

»… auch der Herr Jesus Christus hat es einen anderen tragen lassen!«

»Das reicht jetzt«, befand Remigius. »Ulrich, ich erinnere dich an die Geschichte, als alle Brüder in die Stadt ausschwärmen mussten, nur weil du …«

»Diese Geschichte ist maßlos übertrieben worden!«

»Es ist ein Zeichen …«, sagte Fredegar plötzlich.

Remigius schloss die Augen. »O bitte, nicht auch noch du.«

»Ja, Bruder, ein Zeichen!«, jauchzte Emmeran.

»… das für Bruder Ulrich gemeint ist«, beendete Fredegar unbeeindruckt seinen Satz.

»Was soll das heißen?« Ulrich stellte fest, dass er und Remigius gleichzeitig gesprochen hatten.

»Ich bin der Ansicht, hier zeigt sich Gottes Plan am Werk«, erklärte Fredegar. »Der Allmächtige hat Ulrichs Angst vor der Reliquie erkannt, und er will, dass ihr euch aussöhnt. Wie könnte das besser geschehen als indem du ihn aus der Diaspora der Habgier und Gewinnsucht befreist? Der Herr hat den schnöden Dieb als Werkzeug benutzt, um dich und den heiligen Albo einander näher zu bringen, Ulrich!«

»Aber das ist ...«

»... vollkommen im Einklang mit den heiligen Regeln von Citeaux, ehrwürdiger Vater.«

»Er wird den Schädel niemals finden. Er hat seit Jahren die Nase nicht aus unserem Kloster hinausgestreckt!«

»Es kommt auch nicht darauf an, ob der Schädel gefunden wird oder nicht.«

»Natürlich kommt es darauf an! Der Schädel ist das Symbol für unsere Gemeinschaft und muss erhalten bleiben.«

Remigius und Fredegar starrten sich an. Ulrich, der seine Zunge nur mit Mühe bezähmte, weil er wusste, dass jedes Wort von seiner Seite Remigius' Ablehnung nur weiter gefördert hätte, sah, dass die Hände des Priors zitterten. Armer Remigius, dachte er, du hast Angst, dass dein Lebenswerk vom Erfolg eines Versagers wie mir abhängt. Herr, hilf mir. Ob ich auch durch ein dunkles Tal wandle, du bist bei mir, das weiß ich wohl; dennoch fürchte ich mich. Wie um alles in der Welt konnte ich mich nur dazu hinreißen lassen, diese Aufgabe schultern zu wollen? Herr, gib, dass Remigius sich nicht von Fredegar überzeugen lässt.

Laut hörte er sich sagen: »Ich bitte um die Absolution, ehrwürdiger Vater, damit ich unbelastet losziehen kann.«

Remigius zerrte hilflos an seiner Kutte.

»Das ist ein schlechter Traum«, murmelte er.

3.

Im Traum war da immer die Hand. Sie presste sich auf Barbaras Mund. Sie roch nach Schweiß und nach all den intimen Orten, an denen sie sich in den letzten Wochen aufgehalten hatte, und sie schmeckte bitter nach Leder und Metall. Barbara versuchte zu schreien, brachte aber keinen Laut heraus. Sie hörte ihren eigenen Atem in der Nase pfeifen, spürte ihren Herzschlag und erkannte, wie die Panik in ihr hochschwappte und Todesangst von ihr Besitz ergriff.

An dieser Stelle wachte Barbara meistens auf. In den ersten Wochen hatte sie festgestellt, dass sie doch geschrien hatte; es gab keine Traumhand, die ihre wirklichen Entsetzensschreie hätte dämpfen können. Mittlerweile hatte sie sich das Schreien abgewöhnt. Vielleicht lag es daran, dass man sogar gegen die Wiederkehr der schrecklichsten Erinnerungen abstumpfte. Sicherlich halfen auch die finsteren Blicke Walters, die sie spürte, wann immer er in ihre Nähe kam, dass Barbara sich zusammenriss. Die Kratzer in Walters Gesicht waren fast verheilt, besser jedenfalls als die Bisswunde in seinem Handballen. Er machte einen weiten Bogen um Barbara, und sie um ihn. Sie wusste, es würde nicht mehr lange dauern, bis er ihre Schwester davon überzeugt hatte, dass sie, Barbara, aus dem Haus zu weisen sei. Dann würde ihr langer Absturz beginnen …

… nur dass sie ihn sehr kurz gestalten würde. Sie würde die Klinge aus dem Körper des Ungeheuers ziehen und das letzte peinvolle Aufflackern des Lebens in seinen Augen genießen, und mit seinem Verlöschen würde sie sich die blutige Klinge selbst in die Kehle stoßen. In ihren kurzen, zornigen Gebeten jede Nacht bat sie den Herrn nur darum, Walters Geduld so lange anhalten zu lassen, bis Iver (das feige Aas!) wieder auftauchte und ihr den Weg weisen würde – und sie das Ungeheuer fand und töten konnte. War sie erst obdachlos, würde man sie schnell aus der Stadt weisen, und dann wäre ihre Rache unmöglich.

Rache ...

Manchmal spürte sie die Hand auch außerhalb des Traums, zwinkerte die Tränen des Hasses, der Demütigung und der Trauer fort und biss die Zähne zusammen, bis die Hand wieder verschwunden war.

Sie hatten sie zusehen lassen. Die eine Hand auf ihrem Mund hatte Barbara aufrecht gehalten; die andere Hand in ihrem Mieder hatte verhindert, dass sie sich losreißen konnte. Dann hatten sie das Versteck des Säckchens aus Gregor herausgefoltert. Er hatte einzulenken versucht. Sie hörte noch sein entsetztes: »Tut ihr nichts, sie weiß nichts!«, und eindringlicher als sein Flehen die Stimme des Ungeheuers: »Ich glaube, dass *du* uns zuerst sagst, was *du* weißt, mein Freund.« Dann hatten die Schreie eingesetzt. Sie hatten Barbara nicht daran hindern können, die Augen zu schließen; aber die Ohren hatte sie sich nicht zuhalten können. Gregor schrie und schrie ...

Wenn der Traum sie so weit in die Erinnerung führte, schrie auch Barbara. Kein ärgerlich brummender Walter und keine zärtliche Umarmung ihrer Schwester würde dies jemals ändern können, und auch kein noch so angestrengtes Unterdrücken ihrer Gefühle.

»Und was ist mit der Metze?«, hatte die hechelnde Stimme hinter ihrem Rücken gefragt, und die Hand in ihrem Mieder hatte zu kneten angefangen. »Wir könnten sie doch ...«

»Töte sie oder lass sie leben, ganz wie du willst«, hatte das Ungeheuer erwidert. »Aber mach schnell.«

Das Ungeheuer war Barbaras letzter Anblick gewesen, bevor die Faust an ihre Schläfe krachte und die Welt fürs Erste auslöschte.

Walter und Hildegard fuhren auseinander, als Barbara hereinkam. Sie stellte den Korb mit den Lebensmitteln, die sie auf dem Markt besorgt hatte, ächzend auf den Boden. Die Badestube war um diese frühe Stunde noch nicht in Betrieb, doch Hildegard hatte bereits Tücher in die beiden lecken Zuber gebreitet, und der Herd für das heiße Wasser verbreitete eine ungesunde, feuchte Hitze überall dort, wo die Zugluft sie nicht davonwehte. Barbara brach augenblicklich der Schweiß aus. Walter und Hildegard blickten schuldbewusst drein; ihr Schweigen kündete beredt davon, dass sie sich soeben noch in eifrigem Gespräch befunden hatten, und wer der Gegenstand ihrer Unterhaltung gewesen war. Barbara hörte das Knacken des Herdes und von oben das Husten der drei Unseligen, die sich in die medizinische Obhut Walters begeben hatten und sich nun das einzige Bett in der zugigen Kammer auf dem Dachboden teilten.

»Die alte Griet sagt, es ist das letzte Mal, dass sie dir auf Pump verkauft«, erklärte Barbara und wies auf den Korb.

»Die Alte soll sich nich' so anstellen«, brummte Walter. Er warf einen Blick zur Decke. »Wenn sich wieder 'n Knecht bei ihrem Gretchen ansteckt, wer treibt's ihm dann aus, ohne zu den Schöffen zu laufen, wenn nich' ich?«

»Barbara kann doch nichts dafür«, sagte Hildegard.

»Barbara kann nie was dafür.«

»Ich bin sicher, wenn du oder ich gegangen wären, die Griet hätte uns gar nichts gegeben. Sei froh, dass stattdessen Barbara auf 'n Markt ist.«

Barbara schwieg. Tatsächlich hatte ihre Schwester den

Kern getroffen, doch Griets Großzügigkeit hatte einen Stachel gehabt: »Ach Gottchen, Kind, dir geb ich was. So wie 'se dir mitgespielt haben ... den guten Gregor totgeschunden und was noch alles. Und wer kann schon sagen, was 'se *dir* angetan haben, als du nich' bei Sinnen warst. Weiß man's?« Griets Tochter, Margarete, hatte sie mitleidig angelächelt; Barbara hatte die Bemerkung hinuntergeschluckt, dass die Kleine ihr Mitleid lieber für sich behalten und die Alte sich mehr um ihre Tochter sorgen solle. In Margaretes Gesicht prangte ein schillerndes Veilchen, das vor zwei Tagen noch nicht da gewesen war, und die Pusteln um ihre Mundwinkel zeigten deutlich, dass derjenige, der ihr das Veilchen verpasst hatte, auch nicht ganz unversehrt aus ihrem Bett gekommen war. Wahrscheinlich würde der Betreffende sich in den nächsten Tagen bei Walter einfinden und sich dessen zweiwöchiger Schwitzkur unterziehen, in der Hoffnung, die unkeusche Krankheit damit loszuwerden. Barbara hatte sich lediglich bedankt und versprochen, Walter auf seine Schulden aufmerksam zu machen.

Früher hättest du das Getriefe der alten Hexe zurückgewiesen, überlegte sie, während sie den Korb nach Hause schleppte. Kann es sein, dass all deine Kraft zerbrochen ist?

Walter stapfte heran. Barbara trat einen Schritt zurück, als er nach dem Korb griff, ihn aufhob und davontrug. Hildegard glättete eines der Tücher besonders sorgfältig. Barbara beobachtete ihre Schwester. Wieder breitete sich Schweigen aus. Sie hörte Walter den Verschlag aufreißen, der am jenseitigen Ende des Erdgeschosses als Vorratskammer diente. Hildegard zerrte und zupfte an dem Laken, bis das Schweigen lauter wurde als jedes Geschrei.

»Was willst du mir sagen?«, fragte Barbara schließlich.

Hildegard seufzte, zupfte noch ein letztes Mal eine Falte aus dem Tuch und lehnte sich schließlich gegen den Zuber.

»Komm her«, sagte sie und streckte die Arme aus. Barbara schmiegte sich in die Umarmung ihrer Schwester. Ihr Herz klopfte laut. Hildegard fuhr ihr übers Haar.

»Das hier is' doch nichts für dich«, sagte sie endlich. »Dauernd umgeben von den kranken Kerlen. So lang denen die Pfeife tropft, verfluchen sie uns alle miteinander als teuflische Weiber, die ihnen die Krankheit angehängt haben; wenn sie gesund sind, wollen sie dir sofort unter 'n Rock. Und wenn das nich' is', regt sich bestimmt irgendein scheinheiliger Frömmler auf, und du kannst dich vom Rat verhören lassen und musst noch dankbar sein, wenn man dir dabei nich' die Glieder ausreißt.«

»Ich habe kein Zuhause mehr außer dem hier …«

»Du musst wieder auf die Beine kommen, Kleine. Gregor lebt nich' mehr, und das is' schlimm, aber nu' isser tot, und es wird Zeit, dass du damit zurechtkommst. Wir haben jetzt Mariä Himmelfahrt durch, und geschehen isses nach Karfreitag. Das Leben geht weiter. Und erzähl mir nich', dass in deinem Herzen kein Platz war außer für ihn, den alten Sack …«

»Ich war seine Frau und habe geschworen, ihm in allem beizustehen. Stattdessen habe ich ihn sterben gesehen und konnte ihm nicht helfen. Reicht das nicht?«

»Is' ja gut, Kleine, is' ja gut.« Hildegard seufzte. »Ich meine ja bloß. Wenn Walter abkratzen würde, was Gott der Herr verhüten möge, würd ich das Ding hier einfach weiterführen. Ich würde mir vom Rat die Erlaubnis geben lassen und den Kerls selber den Sud eintrichtern, bis denen der Dampf zu den Ohren rauskommt.«

»Ich kann Gregors Geschäfte nicht weiterführen. Sie haben ihn umgebracht!«

»Nee, nee, die alten Knochen zu verhökern, wo die feinen Herren so scharf drauf sind, is' nichts für dich … das is' überhaupt nichts für unsereinen. Gregor hätt auch die

Finger davon lassen sollen. Er wusste doch gar nich', worauf er sich einlässt. Aber ich red mich leicht, ich hab ja was, das mich über die Runden bringt, ob wir nun bei der alten Griet in der Kreide stehen oder nicht.«

»Obwohl das hier doch ›nichts ist‹?« Barbara lächelte, ohne es zu wollen.

»Für so 'n junges Ding wie dich nich'. Ich bin 'ne alte Kuh, bei mir is' das anders.«

»Du bist nur ein paar Jahre älter als ich.«

»Ja, und das is' mehr als genug! Gott der Herr hat uns Weibern die schöneren Gesichter gegeben, aber er hat auch dafür gesorgt, dass sie uns schnell wieder genommen werden. Fang wieder zu leben an, Kleine, bevor's zu spät is'!«

»Keine Angst, große Schwester, ich habe mich nicht aufgegeben.«

»So?«

»Nein.« Ich habe noch eine Aufgabe zu erledigen, dachte Barbara. Für die reicht meine Kraft noch.

»Und was is' mit den schlechten Träumen? Wann hören die auf?«

Barbara löste sich aus der Umarmung Hildegards und nahm deren Hände. Sie waren rot und rau. Barbara nahm an, dass die Hände ihrer Mutter sich genauso angefühlt hätten, wenn Gott ihnen beiden die Gelegenheit zum Händehalten gegeben hätte.

»Hat Walter gesagt, du sollst mit mir reden?«

»Du musst ihn verstehen, Kleine. In der Schänke haben se' ihn ausgelacht wegen seiner Visage, und seine Hand heilt so schlecht, dass ich mir selber Sorgen mache.«

»Ich habe mich doch schon entschuldigt. Ich hab's ja nicht absichtlich getan …«

»Weiß ich doch, weiß ich doch. Aber du hast so schrecklich geschrien … und das gerade in der Nacht, nachdem Walter wieder mal in der Schöffenstube antanzen musste.

Er hatte Angst, dass man dich bis nach draußen hört und dass dann die Schwierigkeiten erst anfangen.«

»Hildegard, du weißt doch, was sie mir …«

»Er hätt dir nich' den Mund zuhalten sollen, hast ja Recht. Aber was sollte er machen? Und dass du so auf ihn losgegangen bist, war auch nich' richtig.«

»Ich habe doch gar nicht gewusst, was ich tue. Ich war doch noch mitten im Traum.«

Hildegard zog ihre Schwester wieder zu sich heran und hielt sie fest.

»Arme Kleine«, brummte sie, »arme Kleine, was machen wir nur mit dir? So müde siehst du aus. Leg dich hin und schlaf, bevor hier der Rummel losgeht.«

»Glaub mir, Hildegard, wenn ich wüsste, dass ich aufwachen kann, bevor die Träume kommen – ich würde ein ganzes Jahr lang schlafen, und nicht mal die Posaunen des Jüngsten Gerichts würden mich wecken.«

4.

Das Rumoren der Brüder weckte Rinaldo. Er blinzelte in die Dunkelheit. War es schon Morgen? Er hatte doch kaum geschlafen! Rinaldo horchte mit jener Verwirrung in die Finsternis, die jeder kennt, der sich zur Unzeit aus dem Schlaf gerissen fühlt. *Maledetto,* so einen Lärm hatten die Mönche bis jetzt noch nie vollführt! Wurde das Kloster angegriffen? Rinaldo stellte fest, dass er zu erschlagen war, um sich darüber aufzuregen.

Die wievielte Nacht war das nun? Die vierte? Fünfte? Der Gleichklang des Lebens hinter den Klostermauern (der nur heute nicht zur Geltung zu kommen schien) hatte Rinaldos Zeitempfinden schon gelähmt, oder lag es vielmehr daran, dass er gar nicht wissen wollte, wie lange er schon hier lag und die Tage vertrödelte und darauf wartete, dass die Mönche mit dem Gesetz der Gastfreundschaft für eine Nacht Ernst machten und ihn vor die Tür setzten?

Langsam kam ihm zu Bewusstsein, dass es tatsächlich noch mitten in der Nacht war. Irgendetwas musste geschehen sein. Die Klosterbrüder bewegten sich sonst schweigend; das Einzige, was man von ihnen hörte, war das Klatschen ihrer Ledersandalen. Nicht dass sie unfreundlich wären, *madonna,* nein. Sie schienen nur einer Regel zu folgen, die da lautete: Sprich nicht mit den Menschen von draußen. Rinaldo nahm es ihnen nicht übel; er hatte genug zu denken, als dass er auch noch Gespräche mit einem mageren Klosterbruder hätte führen wollen über die Lehren des Aristoteles, oder dass man Obstbäume am besten bei

Neumond schnitt, oder warum er nicht selbst dem sündigen Leben entsagte und zum Dienst an Gott in eine Klostergemeinschaft eintrat.

Mit dem Erwachen kam der leise Schmerz, der Rinaldos hartnäckiger Begleiter während des Tages war. Der gerissene Sattelgurt und der scheinbar harmlose Sturz vom Pferd vor ein paar Jahren … damals hatte er sich noch Sorgen gemacht, ob die Dame, die ihn begleitet hatte, unverletzt geblieben war. Das war der Fall gewesen, und sie hatten darüber gelacht und den Umstand, dass sie übereinander im Gras zu liegen gekommen waren, gleich genutzt. Nur dass sich in den Wochen darauf ein schleichender Schmerz in Rinaldos Lenden bemerkbar gemacht hatte, der an manchen Tagen kaum zu spüren, an anderen aber so schlimm war, dass Rinaldo es nur gekrümmt auf einer weichen Unterlage sitzend aushielt. Das Lederkorsett, das er bei einem Sattler in Siena in Auftrag gegeben hatte, half (es reckte seine kleine, schmale Gestalt sogar noch in die Höhe, was ein zusätzlicher Vorteil bei den Damen war), doch im Schlaf konnte er es nicht tragen, und heute schien wieder einer jener Tage zu werden, an denen der Schmerz stärker als gewöhnlich an die Tür klopfte.

Rinaldo horchte in die Stille des Schlafraums unter dem Dach des Hospizgebäudes. Bis gestern hatten die Pilger sich noch gedrängelt und zum Teil zu zweit ein Lager geteilt – heute lag Rinaldo ganz allein unter den Dachbalken. Ihn hatte keiner von den Pilgern gefragt, ob er sich zu ihm legen dürfe. Dabei waren ein paar Frauen darunter gewesen, und als vollendeter Ehrenmann hätte er ein hilfloses Weib natürlich niemals abgewiesen, hahaha … doch sie waren ihm aus dem Weg gegangen und hatten ihn nicht einmal angesprochen. Vielleicht hatten sie ihn für einen Muselmanen gehalten, mit seiner dunklen Haut, dem dichten Schopf schwarzen Haars, das sich wie eine Helmzier auf seinem Scheitel sträubte, und dem schmalen Sarazenenbart um sein Kinn, den er sich aus Trotz gegen alle und niemanden so rasierte. Rinaldo der Aufmüpfige. Rinaldo, der Mann, der immer irgendetwas anders machen musste als alle anderen. Rinaldo, dem man nicht gänzlich trauen konnte und von dem man sich immer ein bisschen früher verabschiedete, als man ursprünglich geplant hatte … Rinaldo der Heimatlose, Rinaldo der Freundlose, Rinaldo der Einzelgänger in einer Welt, in der Absonderung gleichbedeutend mit Absonderlichkeit war und in der Gefährten nicht nur für ein Gefühl der Gemeinschaft sorgten, sondern buchstäblich das Überleben sicherten auf den gefährlichen Straßen. Rinaldo hatte bis jetzt allein überlebt; er steckte den Kopf für keinen in die Schlinge. Das musste aber nicht heißen, dass diese Lebensführung ihm gefiel.

Geld? Nein.

Freunde? Nein.

Gönner? Nein.

Geliebte? Nein, aber viele gebrochene Herzen auf dem Weg hinter sich.

Zukunftsaussichten? Machst du Witze?

Rinaldo seufzte in sich hinein. Er war so sicher in einer Sackgasse gelandet wie eine Ratte, die in eine Latrine gekrochen ist. Die Stadt … die nahe, große Stadt. Da hätte sich bestimmt etwas für ihn ergeben, und wenn er nur in einem der teureren Badehäuser die Laute geschlagen und schlüpfrige Lieder gesungen hätte, um die Zögernden zu einem Techtelmechtel mit einer Bademagd und die von einem solchen Zurückgekehrten zu einer neuen Runde zu überreden. Immerhin hatte er mit dieser Art Beschäftigung mehr als die Hälfte seines Sängerlebens bestritten, und es gab Schlimmeres (zum Beispiel, in einem Straßengraben zu verhungern). Aber die Stadt war ihm verschlossen. Die Bürgersleute hatten Scharen abgerissener, stinkender, kranker, nörgelnder Pilger eingelassen, aber ihn, Rinaldo, hatten sie an drei Stadttoren abgewiesen! Dann hatte er erst einmal aufgegeben, damit seine Person bei den Stadtwachen nicht zu bekannt wurde, und war einer Gruppe von Reisenden, die Angst vor der Stadt gehabt hatten, hierher gefolgt.

Hätte er in Mailand bleiben sollen? Die Stadt hatte förmlich gebrummt vor Aktivität. Der Wiederaufbau vieler Gebäude, die bei der Belagerung durch Kaiser Rotbart zerstört worden waren, war noch in vollem Gange, und die Milanesen selbst hatten die Schrecknisse der Belagerung, von denen ihre Großeltern erzählten, zwar nicht vergessen, schienen aber förmlich angestachelt, das Leben zu genießen. Wer konnte schon sagen, wann der nächste selbstherrliche Gebieter über das Heilige Römische Reich kam und Missfallen über die freien reichen Handelsstädte empfand.

Jedenfalls war Rinaldo in Mailand zu einer Art lokaler Berühmtheit aufgestiegen. Manche Männer waren ins Badehaus gekommen, um ihn spielen und singen zu hören – eine der Hübschlerinnen zu beschlafen, war beinahe schon zur Nebensache geworden –, und der Bordellwirt hatte Rinaldos Einsatz großzügig vergolten.

Könnte er nach Mailand zurück? Dagegen standen genau jene Dinge, die damals dafür gesprochen hatten, dass er die Stadt verließ: Raffaella, das dumme Ding, das der Bordellwirt aufgelesen hatte und das weder große Schönheit noch große Raffinesse in der Liebeskunst besaß, dafür eine strahlende, sündige Jugend – Jahre entfernt vom Alter der anderen Hübschlerinnen, obwohl sie allesamt nicht alt waren. Ser Maffei, der viel Geld lockergemacht hatte, dass Raffaella sich seinen von Mal zu Mal steigernden Wünschen hingab … und Giuglielmo, der Wirt, der etwas dagegen gehabt hatte, dass Rinaldo sich in das Arrangement zwischen der zunehmend verängstigten Raffaella und Ser Maffei gedrängt hatte. Rinaldo, der edle Ritter, der an diesem Tag von seinem Ruhm und vom Wein so besoffen war, dass er eine Henne gegen den Hahn verteidigt hätte, wäre es ihm in den Sinn gekommen … böse Worte … ein Dolchstich, der harmlos gewesen war … und ein Ruf, den er sich damit erworben hatte: Rinaldo der Heimtückische, Rinaldo, dem man nicht trauen konnte, Rinaldo, dem man den Rücken nicht zuwenden sollte, den zum Diener kein Herr sich wünschen sollte … *bah!* Mailand war verbrannte Erde, so viel war sicher, und alle Nostalgie und Selbstmitleid halfen Rinaldo nicht weiter.

Was ihm weiterhelfen konnte, war ein neuer Dienstherr. Einer, der ihm vertraute und dem er beweisen konnte, dass er besser war als sein Ruf.

Warum lag er dann noch hier im Kloster herum? Hier würde keiner auf ihn aufmerksam werden.

Ecco …

Er musste einen Weg in die Stadt finden.

5.

Die Stadt, die große, sündige Stadt ... Ulrich hatte noch immer die Warnungen Fredegars im Ohr. Wie hatte er sich nur zu diesem grässlichen Abenteuer melden können?

Er hockte vor seinem Lager und betrachtete seine Schätze. Das Dormitorium war leer, die Brüder bei ihren jeweiligen Aufgaben, denen sie heute, nach der Entdeckung am frühen Morgen, gewiss nicht mit der üblichen Konzentration nachkamen. Ulrich war nicht unglücklich über das seltene Privileg, mit sich und seinen Gedanken allein sein zu können.

Er fuhr mit einem Finger die wulstigen Rillen der Jakobsmuschel nach. Sie hatte ihn vor vielen Jahren nach Compostela geleitet und sicher wieder zurückgebracht. Doch um der Wahrheit die Ehre zu geben, hatte wohl eher die Anwesenheit der zwei Dutzend anderen Mönche und der bewaffneten Begleiter, die der Abt des Klosters von Otterberg (zu dem die Mönche von Sankt Albo schon damals eine enge Verbindung gehabt hatten) sich hatte leisten können, für die sichere Reise der pilgernden Klosterbrüder gesorgt. Ulrich war dennoch geneigt, die Jakobsmuschel als seinen Leitstern zu betrachten.

Mittlerweile war sie in drei Teile zerbrochen. Ulrich fügte die Bruchstücke mit einem Gefühl der Wehmut wieder aneinander und kniff die Augen zusammen, damit die Bruchlinien verschwommen erschienen und die Muschel unversehrt aussah. Daneben hatte er den Pergamentfetzen gelegt, den er in seinen ersten Wochen als neuer Archivar beim

Säubern und Neuordnen der Regale gefunden hatte. Ein unbekannter Künstler, wahrscheinlich längst zu Staub zerfallen, hatte darauf den Entwurf einer Illumination gezeichnet, einen wundersam verzierten Buchstaben A, wie Albo, wie Anfang, wie *Alles wird gut*. Der Entwurf war farblos bis auf ein kräftiges Gelb, mit dem der Künstler den späteren Goldauftrag imitiert hatte, doch er war sehr schön und ließ erkennen, von welcher Pracht das vollendete Kunstwerk sein musste, das Ulrich jedoch in keinem der ihm anvertrauten Codices gefunden hatte. Der Pergamentfetzen schien ganz für sich allein ins Archiv gelangt zu sein, ohne jede Verbindung zu sonst etwas um ihn herum. Darin sah Ulrich eine gewisse Verwandtschaft zu sich selbst, weshalb er das Stück Pergament in Besitz genommen hatte und was ihn ganz natürlich zum dritten seiner Schätze führte: dem Kapuzenmantel in der Größe für ein sechsjähriges Kind.

Er war so mürbe, dass er sich entlang der Faltkanten bereits auflöste, und die Ränder faserten aus. Ulrich strich vorsichtig mit dem Finger darüber. Als er hochsah, blickte er in Bruder Fredegars helle Habichtsaugen. Der alte Torhüter lächelte dünn.

»*Puer oblatus*«, sagte er und wies auf das kindliche Kleidungsstück.

Ulrich zuckte mit den Schultern. »Der Grundherr meiner Familie besaß einen alten geschnitzten Baumstumpf, der direkt vor dem Tor zu seinem *castrum* stand – du weißt schon, einem der Überreste von den Bäumen der Heiden, die die heiligen Missionare fällten …«

Fredegar nickte. »Zopfmuster oder Schlangen, die sich endlos drum herum winden und weder Anfang noch Ende finden.«

»Genau so. Wenn du Bibeln aus den Kopierstuben von Clonmacnoise oder Lindisfarne ansiehst, findest du solche Motive in den Illuminationen wieder … Ich weiß gar nicht, ob der heilige Inhalt diese heidnischen Muster im Nachhinein läutert oder ob sie im Gegenteil die Botschaft unseres Herrn Jesus Christus beschmutzen. Erstaunlicherweise waren es ja gerade die Missionare aus Irland, die sich am meisten mit dem Baumfällen hervorgetan haben, und jetzt zeichnen die Illuminatoren in ihren Klöstern …«

»Was war mit dem Baumstumpf vor dem Tor deines Grundherrn?«, unterbrach Fredegar geduldig.

»Er war das Symbol für seine Herrschaft und die Zusammengehörigkeit seines Besitzes. Auf diesem Stumpf erhielt jeder neue Pächter die *commendatio,* jedes neugeborene Kind wurde darauf getauft, jede Hochzeit darauf besiegelt, und jeder Tote legte auf dem Weg zum Grab eine Pause darauf ein. Niemand wusste, wie es dazu gekommen war, aber sowohl der Herr als auch wir handelten danach, und alle fühlten, dass es recht war.«

»Ich habe Ähnliches in der Normandie gesehen, nur dass sie dort noch verrücktere Rituale pflegten. Der Herr musste vor jeden Ausritt oder beim Zurückkommen so und so oft um einen behauenen Stein reiten, erst in die eine, dann in die andere Richtung.« Fredegar winkte ab. »Manchmal verlieren Rituale ihren Inhalt – anders als die Sakramente der heiligen Kirche, was uns zeigt, dass sie die einzigen wahren Rituale sind.«

»Ich war noch ein kleines Kind, als ein Feuer den hölzernen Torbau erfasste. Glimmende Balken fielen auf den Baumstumpf und verbrannten ihn. In einer einzigen Nacht verwandelte sich ein Symbol der Macht und Einheit in einen Haufen Holzkohle.«

Ulrich schwieg und blickte mit zusammengekniffenen Augen in die Vergangenheit. Fredegar war klug genug, ebenfalls zu schweigen. Ulrichs Hände streichelten das alte Kleidungsstück, sanft, ganz sanft … die Hände des Archivars waren im Gegensatz zu seinem Körper schlank, kräftig und feinnervig. Die Farb- und Tintenflecke daran verschmutzten sie nicht, sondern veredelten sie. An Ulrichs fülligem Leib wirkten sie wie Fremdkörper, wie die Hände eines anderen, graziöseren Ulrich, der sie aus den Ärmellöchern der Kutte steckte, die über des echten Ulrichs dicken Hüften spannte. Oder war der echte Ulrich der, dem die edel geformten Hände gehörten, und der andere sozusagen nur der Panzer darüber, den er gegen das Leben gebildet hatte?

»Zwei Winter später war alles vorbei«, sagte Ulrich. »Zuerst hatten die meisten Pächter den Herrn verlassen, weil sie glaubten, dass der Brand ein böses Vorzeichen war. Dann ließ der Herr die Pächter im Stich, weil er mehr und mehr glaubte, sein Besitz sei verflucht. Er suchte sein Heil im Weinfass, der arme Kerl. Mein Vater war einer der Letzten, der aufgab und sich auf die Wanderschaft machte.«

»Und dich brachte er dem Kloster dar.«

»Ein Esser weniger. Ich war der Jüngste … und wahrscheinlich sollte ich ihm noch dankbar sein. Es war kurz nach der Geburt des Herrn, als er aufbrach. Die Flüsse waren voller Eis und die Wälder voller halb verhungerter Wölfe. Ich hätte die Wanderschaft nicht überlebt.«

»Wie alt warst du?«

Ulrichs Hände hielten mit dem Streicheln des Kapuzenmantels inne. »Ich habe in diesen Mantel gepasst«, sagte er.

»Hast du je wieder von deiner Familie gehört?«

Ulrich schüttelte den Kopf. »Und weißt du was? Ich habe keine Erinnerung mehr daran, wie mein Vater aussah, oder wie die Stimme meiner Mutter sich anhörte. Aber ich könnte dir noch jede Windung im Schnitzwerk des Baumstumpfs aufzeichnen. Verstehst du? Der Baum war nichts, nur ein Symbol, von dem keiner wusste, warum er überhaupt dazu geworden war – und als er fiel, fiel alles mit ihm. Der Glaube der Menschen reichte nur so weit, wie sie dieses Ding sehen, anfassen und an Mariä Himmelfahrt darum herumtanzen konnten. Deshalb sind mir Symbole verhasst, weil sie dem Glauben die Kraft nehmen, die er aus sich selbst bezieht.« Ulrich schüttelte verwundert den Kopf. »Jede Windung, jede Kreuzung in diesem unheiligen Schnitzwerk. Und von meinem eigenen Vater weiß ich nur noch, dass er mich in dem letzten Sommer, den wir miteinander verbrachten, in einem Seitenarm des Rheins lehrte, mich über Wasser zu halten, um in den Fluten des Lebens nicht unterzugehen. Ha!«

»Ich bin weit herumgekommen in der Welt«, sagte Fredegar nach einer Weile. »Bevor ich beschloss, hier den Sünden zu entsagen, habe ich sie erst noch alle begangen. Ich bin dem Ruf des großen Bernhard gefolgt und mit Herrn Konrad ins Heilige Land gezogen, dem Kreuz hinterher, das auf eine Fahne genäht war ... nur ein weiteres Symbol, wenn man ehrlich ist. Du hast schon richtig erkannt, welche Kraft Symbole haben.«

»Und deshalb«, sagte Ulrich, »fürchte ich, dass Prior Remigius Recht hat.«

»Natürlich hat er Recht.« Ulrich, der erwartet hatte, dass Fredegar aufbrausen würde, sah den alten Mann erstaunt an, als dieser sich seufzend auf Ulrichs Lagerstätte setzte. »Die guten Mönche von Sankt Albo sind noch nicht so weit. Der Geist ist willig ...«

»Vielleicht, wenn nicht ausgerechnet der Schädel des heiligen Albo gestohlen worden wäre und die Diebe eine andere Reliquie mitgenommen hätten ...«

»Das Kloster hat nun mal keine andere Reliquie, Bruder.«

»Wenn der Schädel nicht wieder auftaucht, ist unsere Gemeinschaft dem Untergang geweiht, so wie damals das Land des Grundherrn meiner Familie.«

Fredegar, der Ulrichs Schätze gemustert hatte, sah auf.

»Du darfst dich nicht von den Schatten der Vergangenheit dazu bringen lassen, etwas zu tun, woran du nicht glaubst.«

»Es sind nicht die Schatten der Vergangenheit, Bruder Fredegar.« Ulrich streichelte den mürben Kapuzenmantel. »Es sind eher die Schatten der Zukunft. Wenn die Gemeinschaft hier zerbricht, wohin soll dann ich? Ich will nicht ein zweites Mal meine Familie verlieren.«

»Ulrich«, sagte Fredegar, »glaubst du nicht, dass das wahr ist, was ich in der Kapelle gesagt habe?«

»Dass diese Aufgabe mir zukommt, um mich mit Sankt Albo auszusöhnen?«

»In Otterberg haben wir diesen heidnischen Glauben an Knochen und Talismane längst überwunden; das heißt aber nicht, dass ich nicht an die Macht der Heiligen glaube, uns zu leiten.«

»Und uns für ihre Zwecke zu gebrauchen?«

Fredegar fasste Ulrich scharf ins Auge. »Nur zu unserem eigenen Besten.«

»Ich habe diesen alten Knochenschädel gefürchtet, als ich ein Kind war. Ich habe ihn verachtet, als ich ein junger Novize wurde. Und seit ich erwachsen bin, habe ich ihn gehasst. Ich bin halbe Nächte vor ihm auf den Knien gelegen und habe um Frieden mit ihm und in meiner Seele gerungen. Und wenn ich hinausging, hatte ich das Gefühl, er würde mir höhnisch hinterhergrinsen.«

»Armer Bruder Ulrich.«

»Du kannst mir glauben, dass ich der Letzte bin, der sich den alten Knochen zurückwünscht. Aber da ist unsere Gemeinschaft ...«

»Die Welt draußen ist nicht ganz so schlimm, wie ich sie dargestellt habe, Bruder Ulrich. Ich würde zwar nicht mehr hinauswollen, aber sieh mich an, wie lange ich sie überlebt habe.«

»Du warst ein Streiter, ein Kämpfer.«

»Ja, und deshalb war ich in mehr Gefahren verwickelt und habe schlimmere Dinge gesehen, als dir auf deiner Suche jemals begegnen werden. Ich habe ihr entsagt, der sündigen Welt jenseits unserer Mauern, aber glaub mir: Sie ist nicht die Hölle. Auch dort leben Menschen, Bruder!«

»Was meinst du damit?«

»Du wirst Hilfe brauchen, wenn du deine Aufgabe erfüllen willst. Remigius hat gesagt, dass du vor ein paar Jahren, bevor ich hierher kam, in der Stadt verloren gingst und …«

»Das hat man bis zur Unkenntlichkeit aufgebauscht!«, schnaubte Ulrich. »Ich war zu keinem Zeitpunkt in Gefahr!«

»Bruder Ulrich, Köln ist groß, und man *kann* dort verloren gehen. Such dir Helfer. Sankt Albo wird sie zu dir führen. Geh zu den Menschen, versichere dich ihrer Hilfe …«

»… und gerate dabei an den erstbesten Schurken.«

Fredegar lachte und legte Ulrich seine alte, knorrige Hand auf die Schulter. Ulrich umfasste sie kurz und war aufs Neue erstaunt, dass diese schwielige Klaue, mit der Fredegar die längste Zeit seines Lebens ein Schwert durch die Luft geschwungen hatte, anstatt den Segen zu erteilen … dass diese Hand, die Leben genommen und Blut vergossen hatte, ihn stets zu trösten vermochte. Er sah zu dem älteren Bruder auf und seufzte.

»Was willst du mit diesen Sachen?«, fragte Fredegar und deutete auf Ulrichs Schätze.

»Ich wollte eines davon einstecken, als Glücksbringer …« Ulrich räusperte sich.

»Als *Symbol*?«

»Ich wusste, dass du das sagst. Vermutlich meinst du, ich sollte lieber auf einen Heiligen vertrauen.«

Fredegar lachte und drehte die Handflächen nach oben. »Vertrau deinem Herzen und deinem Verstand. Die zwei sind so gut wie jedes heilige Symbol.«

6.

»Zwei.«

»Was? Jetzt habe ich doch tatsächlich zwei verstanden.«

Unendlich gelangweilt: »Das liegt daran, dass ich zwei gesagt habe.«

»Haha! Ein guter Witz!«

Der Händler starrte den Kerl an, der vor seinem Karren stand. Ein Hüne, der sich bücken musste, wenn er unter einer Tür durch wollte, so viel war klar. Sein Kopf war kahl geschoren: die Läuse. Wenn man ihn nur ansah, begann es unter der eigenen Kappe zu jucken. Die untere Hälfte seines Gesichts rahmte ein dünner blonder Bart von der Art, wie die Pilgerfahrer ihn getragen hatten, die mit dem Kaiser ins Heilige Land gezogen waren, um dort mit den Heiden aufzuräumen. Nun, dem Händler war schon klar gewesen, dass der da vor ihm dazugehört hatte. Seine Gesichtshaut besaß jene Bräune, wie man sie bekommt, wenn man länger als nur ein paar Wochen der Sonne ausgesetzt ist. Aber hauptsächlich verriet ihn seine Kleidung: der Waffenrock, dessen Farben einmal bunt und dessen Säume einmal nicht rettungslos ausgefranst gewesen waren; das Stepphemd, dessen Ärmel aus den Schultern des Waffenrocks ragten und das übersät war mit den Öl- und Fettflecken des Kettenhemdes, das man normalerweise über diesem Stepphemd trug; der Schwertgürtel, der in einem unordentlichen V über seiner linken Hüfte hing und an dem kein Schwert baumelte; die Stiefel ausgelatscht … keiner der Pilgerfahrer hatte im Heiligen Land sein Glück gemacht, nachdem der

Kaiser beim Baden ertrunken war, und erst recht war keiner nach der Rückkehr in die Heimat wieder auf die Füße gekommen (so mancher, der sein Vermögen eingesetzt hatte, war sogar ruiniert worden). Eine verdammte Geschichte. Aber darum konnte der Händler sich nicht scheren; niemand war gezwungen gewesen, Kaiser Rotbart zu folgen … und zwei Pfennig für dieses Ding waren wirklich ein anständiger Preis. Dafür bekam man vier Hühner oder fast ein halbes Schwein!

Das Gesicht des Pilgerfahrers zog sich in die Länge, als er erkannte, dass der Händler keinen Witz gemacht hatte.

»Na hör mal«, sagte er, »allein das Metall ist mehr wert. Reines Silber.«

Der Händler zuckte mit den Schultern. »Fürs Einschmelzen nimmt der Goldschmied mir schon einen Pfennig ab.«

»Warum willst du's einschmelzen! Heiliger Gottfried! Es ist doch schön!«

»Wenn du's so schön findest, solltest du's behalten.«

»Würde ich ja, aber …« Der Ritter verstummte und kratzte sich am Kopf. Der Händler seufzte gelangweilt.

»Fünf, einverstanden? Gib mir wenigstens fünf. Sieh mal hier, die Kette ist ganz fein gearbeitet.«

»Wunderschön«, sagte der Händler.

»Also?«

»Zwei.«

Der Pilgerfahrer ballte die Fäuste. »Du bist nicht der Einzige! Ich kann auch da drüben bei dem Kerl mit dem grünen Mantel …«

»Bei dem warst du gestern schon.«

Der Ritter starrte den Händler an. »Äh …«

Der Händler bleckte die Zähne zu einem freudlosen Lächeln. »Was ist nun? Zwei, oder pack dich fort!«

»Ich könnte *so gerade noch* auf viereinhalb runtergehen. Das wäre ein Glückskauf.«

»Ja, für dich.«

Der Pilgerfahrer ließ die Schultern hängen. »Mann, komm schon. Wenn dir draußen zwischen den Feldern die Gesetzlosen an der Gurgel hängen und ich käme des Weges, wäre ich dir hochwillkommen.«

»Ja, wenn du vorher dein Schwert ausgelöst hättest.« Der Händler bückte sich und zog unter dem Boden seines Karrens ein eigenes funkelndes Schwert hervor, das mit Sicherheit besser in Schuss war als das des Burschen vor ihm. »Bis dahin verlasse ich mich auf mich selbst.«

»Vier. Mein letztes Wort.«

Der Händler sagte nichts. Der Ritter presste die Lippen zusammen. Er drehte das kleine Medaillon in seiner Pranke hin und her und streichelte es mit einem Finger. Plötzlich fummelte er daran herum, und es schnappte auf. »Hier, man kann es sogar aufmachen.«

Der Händler beugte sich vor. »Was ist da drin?«

»Eine Haarsträhne von …«

»… einem Heiligen?« Der Händler zuckte zurück, als ihm bewusst wurde, dass er seine Frage zu hastig hervorgestoßen hatte.

Der Pilgerfahrer streichelte mit dem Daumen den Deckel des Medaillons und musterte den Händler. Dann ließ er das Schmuckstück zuklappen. Der Händler fluchte im Stillen über seine Unachtsamkeit.

»O ja«, sagte der Pilgerfahrer. »Ein großer Heiliger.«

»Wer ist es? Sag schon! Nun sag schon!«

Der Ritter starrte ihn immer noch an. Dann sagte er langsam: »Ich werde den Kerl mit dem grünen Mantel mal fragen, ob er mich auch für einen Lügner hält.«

»He, he … ist ja gut, Herr! Von wem stammt die Locke?«

Der Ritter zögerte. »Hei… heilige Ursula«, sagte er dann.

»Das gibt's nicht!«

»Na gut. Ich werde den Kerl da drüben fragen, ob …«

»Nein, nein! Ich meinte damit nicht, dass du lügst! Ich kann es nur nicht fassen!«

»Ah.«

Sie starrten sich an. Der Ritter grinste freundlich. Die Blicke des Händlers krochen zur Pranke des Hünen, in der das Medaillon wie eine Muschel zwischen Uferfelsen lag. Er seufzte. Wenn er sich nicht hätte überraschen lassen …

»Darf ich die Strähne noch mal sehen?«

Das Medaillon wurde aufgeklappt und dem Händler vor die Nase gehalten. Die Haarfarbe war kaum mehr erkennbar; die Strähne musste schon eine Weile dort eingeschlossen gewesen sein. Sie waren nicht dunkel gewesen, die Haare, so viel war sicher – ihre Färbung changierte jetzt irgendwo zwischen grau und blond. Die heilige Ursula war blond gewesen.

»Darf ich es mal …?«

»Wenn du mich reinlegen willst, wirst du's bereuen.«

Der Händler legte zwei Finger aufs Herz und machte ein treuherziges Gesicht. Das Medaillon glitt in seine Hand. Er wog es vorsichtig. Der Ritter hatte Recht gehabt, als er gesagt hatte, es sei aus solidem Metall. Es war verfärbt genug, dass es reines Silber sein musste. Und die Kette war tatsächlich sehr fein gearbeitet. Wenn der abgerissene Kerl bis zu diesem Punkt nicht gelogen hatte, dann stimmte wohl auch alles andere … Aber warum hatte er nicht gleich damit herausgerückt, welchen Schatz er mit sich trug?

Weil er nicht in der nächstbesten dunklen Gasse einen Prügel auf den Kopf bekommen wollte, darum.

Für eine Haarsträhne der heiligen Ursula ließ sich wahrscheinlich ein Preis irgendwo zwischen zwanzig und einem kleinen Vermögen erzielen. Der Händler musterte die spröde kleine Locke und rechnete im Kopf.

»Also gut, heute ist dein Glückstag, Herr Pilgerfahrer. Ich gebe dir vier.«

»Der Preis ist jetzt gestiegen«, sagte der Ritter.

Der Händler biss sich vor Wut auf die Zunge. »Wohin?«, fragte er.

»Nun, ich würde sagen ...« Der Ritter stockte plötzlich, und sein Grinsen erlosch. Er blinzelte angestrengt. Zuerst dachte der Händler, jemand hätte ihm etwas zugerufen; dann erkannte er, dass es ein innerer Ruf sein musste, auf den der Ritter aufmerksam geworden war. Das Lächeln kehrte für einen winzigen Augenblick in seine Mundwinkel zurück, weniger siegessicher als zärtlich, dann erlosch es erneut. Er streckte die Hand aus, und der Händler ließ das Medaillon widerwillig zurück in die Pranke des anderen gleiten. Der Ritter betrachtete das Schmuckstück, als sähe er es zum ersten Mal im Leben.

»Äh ... wie hoch ist der neue Preis?«

»Es gibt keinen neuen Preis. Das Medaillon ist unverkäuflich.«

»*Was?* Bist du verrückt geworden? Ich meine ... Herr, überleg doch mal. Du wolltest doch vier dafür haben. Hier hast du vier.« Der Händler kramte in seiner Gürtelbörse. Halbierte und geviertelte Münzen glitten durch seine Finger. Hastig rechnete er zusammen.

»Es ist unverkäuflich.«

»Aber du bist doch zu mir gekommen und hast ...« Der Händler verstummte. Er sah, dass der große Kerl das Medaillon mit der freien Hand streichelte.

»Es war ein Irrtum«, sagte der Hüne und wandte sich ab.

»Warte doch mal!«

Der Pilgerfahrer bewegte sich durch die Menschenmenge, vorbei am Stand des anderen Händlers mit dem grünen Mantel, den er keines Blickes würdigte. Nach ein paar weiteren Schritten bog er um eine Ecke und war verschwunden. Der Händler knirschte mit den Zähnen. Wenn der Kerl glaubte, den Preis auf diese Weise in die Höhe treiben zu können, würde er ihm was erzählen, sobald er morgen wiederkam. So ein verdammter Bursche! Das Handeln musste er von den Heiden dort unten gelernt haben, er schien ja lange genug bei diesen Gottlosen gewesen zu sein … Sollte er versuchen, ihm nachzulaufen? Vielleicht wurde der Kerl ja doch schwach, wenn man ihm auf der Stelle fünf oder sechs bot …? Oder er wurde noch vorsichtiger und noch gieriger. Außerdem ließ sich nicht feststellen, wohin er sich gewandt hatte.

Ach, hätte er ihm doch die fünf Pfennig gegeben, die am Anfang gefordert waren! Dann wäre er jetzt im Besitz einer Reliquie der heiligen Ursula! Was hätte er für einen Gewinn damit machen können! Und selbst wenn er sie nicht verkauft hätte, wenn er sie für sich behalten hätte … welche heilige Macht hätte er unter seinem Dach beherbergt! Die Leute hätten darum gebeten, in sein Haus eintreten zu dürfen! Geld hätte man dafür verlangen können!

Der Händler versetzte seinem Karren einen Tritt, dass die darauf gehäuften Waren in die Höhe hüpften. Der Konkurrent mit dem grünen Mantel sah neugierig zu ihm herüber. Der Händler streckte ihm die Zunge heraus. Grünmantel streckte zurück.

Und dabei hatte der Tag so gut angefangen.

7.

Zuerst hatte der Tag mit dem Aufruhr angefangen, und dann schien er nicht mehr in die Gänge zu kommen. Rinaldo saß mit knurrendem Magen in dem kleinen Saal im Erdgeschoss der Unterkunft, die als Refektorium für die weltlichen Gäste und die Laienbrüder des Klosters diente. Der Raum war menschenleer, und vor allem fehlte der Wirt. Als Rinaldo sich allmählich fragte, ob man ihn über den nächtlichen Trubel vergessen hatte, oder (schlimmer!) ob man seinen überzogenen Aufenthalt bemerkt hatte und ihn auf eher sanfte Art aushungern wollte, öffnete sich endlich die Tür, von der Rinaldo wusste, dass sie ins Atrium des Klosters direkt vor der Klosterkirche führte. Der Schlüssel drehte sich eine Weile im Schloss. Die größte Angst der Mönche schien zu sein, dass ein Außenstehender unbefugt in ihre Welt eintrat. Dann endlich stapfte der Wirt herein, statt mit einer Schüssel Suppe in den Armen mit einem großgewachsenen Mönch im Schlepptau. Rinaldo schwang die Beine von der Sitzbank und stand auf. Er wollte die Männer wenigstens stehend empfangen, wenn sie ihn hinauswarfen, und er wollte nicht gehen, ohne nicht jedes Argument ins Feld gebracht zu haben, das für ihn sprach.

Rinaldo reckte sich. *Autsch,* der Rücken! Es wurde Zeit, dass er das Korsett wieder für ein paar Tage trug.

Der Mönch, der den Wirt begleitete, war so breit wie ein Karrengaul und wirkte in seinem Habit noch breiter. Von den Schultern bis zum Saum der Kukulle, der knapp über dem Boden schwebte, stampfte er dahin wie eine wandelnde Säule. Er bewegte sich eckig und scheinbar unbeholfen, wie mit leichter Schlagseite. Rinaldo erkannte, dass er jemanden vor sich hatte, der sich gar bewusst war, welche Kraft und Wucht er ausstrahlte. Während die meisten Mönche, die er hier im Kloster gesehen hatte, über den Boden glitten, die Hände in die Ärmel gesteckt, schien der hier sich fortzubewegen, indem er den Boden hinter sich schob wie in einer Tretmühle und dabei mit den Armen unsichtbare Wanderstäbe in die Erde stemmte. Seine Hände waren erstaunlich klein für seine Gestalt, und von dem breiten Nacken abgesehen hatte sein Gesicht keinen Speck angesetzt. Rinaldo erinnerte sich, dass der Torhüter ein hagerer Kerl gewesen war, der so alt aussah wie Methusalem es niemals geworden war. Wahrscheinlich schickte der Torhüter diesen Ochsen hier voran, wenn es darum ging, jemanden mit Gewalt aus dem Kloster zu entfernen. Rinaldo reckte sich noch ein wenig höher. Wenn dieses Ungeheuer von Mönch eine körperliche Auseinandersetzung wollte – nur zu! Er würde schon sehen, wie schnell Rinaldo rennen konnte …

Rinaldo seufzte innerlich und bemühte sich, die Resignation nicht auf seinem Gesicht zu zeigen.

Der Wirt deutete mit großer Geste auf Rinaldo. »Das ist der Mann, Bruder. Der abgebrochene Riese da neben dem Tisch …«

Der Mönch warf dem Wirt einen Seitenblick zu. »Wer sonst, Meister Eckart? Es ist ja kein anderer da.«

Der Wirt war unerschütterlich. »Jedenfalls, der ist es.«

Rinaldo machte eine kunstvolle Verbeugung, deren letzter Teil des plötzlichen Schmerzes wegen, der seinen Rücken hinaufschoss, ein wenig eckig verlief. »Rinaldo di Milano, die Herr segne euch, Brüder.« Er richtete sich wieder auf und sah sich dem Mönchsungeheuer gegenüber, dem er nicht einmal bis zum Brustbein reichte.

Rinaldo beschloss, die Initiative zu ergreifen. »Ihr nichts

sagen brauchen, ich auch so weiß Bescheid«, sagte er und lächelte schulterzuckend.

Der Mönch wechselte die Farbe. »Was soll das heißen?«

»Äh … ist nicht so, dass ich so etwas die erste Mal erlebe, und ich will zugeben, dass ich …«

Der Kopf des Mönchs schoss nach vorn. *»Was?«*, donnerte er.

Rinaldo wich unwillkürlich einen Schritt zurück. *Maledetto,* dachte er erschrocken, der lässt einen ja gar nicht zu Wort kommen. »Keine Grund zu Aufregung«, haspelte er. »Ich schlage Euch eine Geschäft vor.«

»Eine *was*?«

»Eine Geschäft.«

Der breite Mönch japste fassungslos und starrte Rinaldo offenen Mundes an.

»Ihr Mönche geht nicht gern in Stadt«, sagte Rinaldo und versuchte, gelassen zu klingen. »Aber ich kein Angst davor. Ihr habt was in Stadt zu tun, ich gehe für euch. Als Lohn ich darf hier bleiben, bis ihr nicht mehr braucht die gute Rinaldo. Ist eine Geschäft oder nicht?«

»Es heißt *ein* Geschäft«, sagte der Mönch, noch immer vollkommen überrascht.

»Ist *ein* Geschäft oder nicht?« Rinaldo setzte sein breitestes Grinsen auf und streckte dem Mönch die Rechte hin. »Rinaldo di Milano, stets zu Eure Dienste.«

Der Mönch griff mechanisch nach Rinaldos Hand; dann schien ihm bewusst zu werden, was er da tat, und er schüttelte sie ab. Rinaldo fragte sich, weshalb der Kerl so fassungslos war; in seinen Eingeweiden stieg langsam die Ahnung hoch, dass es mit dem Aufruhr von heute Morgen zu tun hatte, und er fragte sich mit zunehmender Unruhe, welche missverständlichen Floskeln er soeben von sich gegeben hatte. Der Mönch und der Wirt wechselten einen besorgten Blick.

»Wie hast du davon erfahren?«, fragte der Mönch schließlich.

»Erfahren …? Dass ihr nicht rausgeht aus die Kloster? Die Brüder von Chiaravalle Milanese gehen auch nicht …«

»Nein, ich meine …« Der Mönch machte eine erschütterte Geste in Richtung zum inneren Bereich des Klosters. Rinaldos Gedanken rasten, ohne sich irgendwo einhaken zu können. Hilflos machte er die Geste nach.

»Du meinst …?«

»Dass Albo weg ist!«, brüllte der Mönch plötzlich. »Beim heiligen Lupus!« Hastig bekreuzigte er sich wegen seines Fluchs.

Rinaldo starrte den riesigen Mönch an und hoffte, dass er kein so dummes Gesicht machte, wie er sich fühlte. Was wollten sie ihm hier anhängen? Die Erinnerung an Ser Maffei und wie sie alle mit den Fingern auf ihn gezeigt hatten schwappte in ihm hoch, und mit ihr ein plötzlicher Schub von Panik.

»Ich schwöre, ich habe mit diese Albo nicht einmal geredet!«, blökte er.

»Also, diese Bruder Frederico hat gesagt, du sollst zu mir …?«

»Dieser Bruder«, verbesserte Ulrich erschöpft. »Und er heißt Fredegar.«

»Aber woher er kennt mich?«

»Er kennt dich nicht. Er hat mir geraten, mir einen Führer zu nehmen, wenn ich nach Köln gehe, und …«

»Ein guter Rat«, bemerkte der Wirt. »Weißt du noch, was passiert ist, als du damals …«

»Hast du nichts in der Küche zu tun?«

»Für wen?« Der Wirt machte eine weit ausholende Handbewegung über die leeren Tische und Bänke hinweg. Rinaldo versuchte zu schlucken, doch sein Magenknurren war schneller. Der Mönch – Bruder Ulrico? – grinste, was seine Miene aufhellte und eine Landschaft aus Lachfalten um seine Augen entstehen ließ. Rinaldo sah es mit Befriedigung; er hatte gelernt, in Gesichtern zu lesen und war nicht erstaunt, dass unter der grimmigen Maske, die Bruder Ulrico bisher aufgesetzt hatte, dieser freundliche Ausdruck zum Vorschein kam. Dich hat der Himmel geschickt, dachte er. *Tante grazie, sanctissimi apostoli!*

»Für ihn«, sagte Bruder Ulrico und deutete auf Rinaldos Magen. »Und für das Gesetz der Gastfreundschaft.«

»Das hat der kleine Kerl schon bis zur Grenze ausgereizt«, brummte der Wirt. »Deshalb hab ich dich ja auf ihn aufmerksam gemacht.«

Rinaldo machte ein schuldbewusstes Gesicht und schwieg. Bruder Ulrico zuckte mit den Schultern. »Und Sankt Albo sei Dank, dass er es getan hat, sonst könnte er mir nicht beistehen. Also, komm deiner Pflicht nach, wenn ich bitten darf.«

Der Wirt brummelte etwas Unverständliches und stand ächzend von der Bank auf. Auf Bruder Ulricos Einladung hin hatten sie sich alle an den Tisch gesetzt, an dem Rinaldo sich befunden hatte. Rinaldos magere Gestalt wurde im Sitzen noch kleiner, weil das Kneifen im Rücken sich besser aushalten ließ, wenn er einen Buckel machte; der Mönch ihm gegenüber schien über ihm aufzuragen wie eine Felsklippe. Doch nun, da Rinaldo die Lachfalten in den Augenwinkeln gesehen hatte, hatte dieser schroffe Fels seine Bedrohlichkeit verloren und war zu einer großen grünen Eiche geworden, in deren Schutz man sich begeben konnte.

»Wie gut kennst du dich in Köln aus?«

»Wie in meine eigen Satteltasche«, log Rinaldo.

»Es kann gefährlich werden.«

»Du bist eine ehrliche Weggefährte«, sagte Rinaldo demütig; er war überzeugt, vor der ungefährlichsten Aufgabe seines Lebens zu stehen. Den dicken Mönch in die Stadt begleiten … aufpassen, dass er nicht aus Versehen in der Kotrinne ausrutschte und hineinfiel … nach einem alten Knochen suchen, den sein Dieb wahrscheinlich voller Hast auf dem Reliquienmarkt der Stadt anbieten und der ihnen deshalb in den Schoß fallen würde … ein bisschen um den Preis feilschen … ein Geheimabkommen mit dem Anbieter schließen, das Rinaldo einen Anteil am Gewinn sicherte … und den Mönch wieder nach Hause bringen, wo dieser für den Rest seiner Tage über dieses haarsträubende Abenteuer berichten würde.

»Wir haben keine Zeit zu verlieren.«

Gott hatte Rinaldos Gebete erhört und ihm jemanden gesandt, der ihn sicher durch die Stadttore brachte. Als erfreuliche Nebenwirkung verschaffte ihm diese Aufgabe noch genügend Zeit, sich in Köln nach einem neuen Brotgeber umzusehen. Und wenn es wieder eine Anstellung in einem Freudenhaus war – nun, Köln war die größte Stadt des Deutschen Reiches. Wenn er die Augen nur gut genug offen hielt, würde er ein Bordell finden, das dem in Mailand in nichts nachstand.

»Keine Problem«, hörte Rinaldo sich sagen. Bruder Ulrico musterte ihn, dann lächelte er wieder.

Andererseits durfte er die Aufgabe auch nicht zu sehr auf die leichte Schulter nehmen. Dieser Mönch war kein schlechter Herr, und entgegen Rinaldos Erwartung hatte er nicht einmal mit der Wimper gezuckt, als Rinaldo ihm gestand, womit er bisher sein Brot verdient hatte. Offenbar war er auf jemanden gestoßen, für den der Mann zählte und nicht sein Ruf. Und die Offenheit, mit der Bruder Ulrico ihm die Klemme geschildert hatte, in der das Kloster steckte, bewies deutlich, dass er auch bereit war, Rinaldo zu vertrauen.

Schade nur, dass diese Arbeit nicht von Dauer und Rinaldo daher gezwungen war, schon während der Erledigung seiner Aufgabe auf seinen Vorteil zu achten. Er hätte sich gern … nun, ein wenig zurückgelehnt und die Zusammenarbeit mit Bruder Ulrico genossen. Auf jeden Fall war es seine Pflicht, den Mönch nicht zu enttäuschen und ihn so gut wie möglich zu unterstützen.

Was bedeutete, dass er ihn auch davor bewahren musste, Opfer seiner eigenen Gutmütigkeit zu werden. Er erwiderte Ulricos Blick mit aller Offenheit und lächelte zurück. Der Mönch seufzte und schaute zum Tisch, auf den er drei Bruchstücke einer alten Muschel gelegt und die ganze Zeit damit herumgespielt hatte. Er seufzte nochmals, dann steckte er sie ein. Als er Rinaldos Blick begegnete, grinste er schief.

»Bloß ein Symbol«, sagte er.

Rinaldo zuckte mit den Schultern, ohne zu verstehen, was Bruder Ulrico damit meinte. Der Mönch stand auf.

»Gehen wir. Dein Pferd dürfte jetzt vorbereitet sein, und mein Maultier ist bereits fertig. Wir haben auf dem Weg noch genügend Zeit, darüber zu sprechen, wie wir Sankt Albo heimholen. Ich hoffe, der Dieb erfährt nicht, wie wertvoll dieser alte Knoch… diese Reliquie für uns ist.«

»Genau die Gegenteil!«, platzte Rinaldo heraus. »Er muss glauben, er macht die große Geschäft damit, sonst verhökert er die Kopf an die nächste Beste. Wir wollen aber, dass er an dich verkauft.«

»Der ehrwürdige Vater hat mir das ganze Geld des Klosters mitgegeben«, sagte Bruder Ulrico. Rinaldo spähte auf den Beutel mit Münzen, den Ulrico in aller Unschuld zwischen sie beide auf den Tisch gelegt hatte. »Aber wie machen wir dem Unseligen klar, dass es so ist? Wer erwartet denn einen Mönch mit Geld in der Tasche?«

»Ist ganz einfach«, sagte Rinaldo und tippte sich mit dem Finger an die Stirn. »Wir brauchen eine Tarnung.«

»Eine was?«

»Lass Rinaldo nur nachdenken. Ihm fällt schon was ein.« Er lächelte, so breit er konnte, und Bruder Ulrico lächelte zurück. »Nur eine kleine wenig Geduld, *si?*«

»Es heißt *ein klein* wenig Geduld«, sagte Bruder Ulrico.

8.

Als ihre Geduld beinahe zu Ende war, kam die Nachricht.

»Er is' da.«

Der kleine Junge stand keuchend vor Barbara. Er musste den ganzen Weg vom Dombezirk bis hierher gelaufen sein. Barbara spürte, wie ihr der Atem ausging.

»Bist du sicher?«

»Du hast mir doch gesagt, wo ich gucken soll, oder etwa nich'?«

»Schon gut, schon gut …«

Barbara hielt sich am Besen fest. Sie ahnte, dass sie sich hätte setzen müssen; da es in der Badestube aber keine Sitzgelegenheiten gab, hätte das bedeutet, sich auf den nassen Boden zu hocken und das Kleid vollends zu ruinieren. Das wäre ihr im Augenblick zwar völlig egal gewesen, doch sie befürchtete, nicht mehr auf die Beine zu kommen. Wenn der Junge wirklich Recht hatte … aber er war ein zu erfahrener Bewohner der Gassen und Abflussrinnen rund um den Dom, als dass er sich hätte täuschen können. Sie hatte ihn nicht umsonst ausgesucht, für sie den Spion zu spielen.

»Was is' mit dir?«

»Nichts, nichts. Deine Belohnung …« Sie warf ihm einen Viertelpfennig zu, den sie in einer schnellen Rechenoperation Walter abgeluchst hatte: Hier, das Geld vom Schöffen Diederich für die Medizin seines Neffen, abzüglich der Kosten für den Apotheker, dazu das Geld, das er mir gegeben hat, damit ich in die Apotheke laufe und dort den Mund halte, wer das Zeug braucht, und wieder abzüglich dem, was die Sänftenträger dafür verlangten, dass sie Diederich nicht zu einem der *doctores* auf dem Berlich gebracht haben …

Der Junge fing ihn auf und blickte Barbara schlau an. »Das reicht nich'. Ich hatte Aufwand.«

Barbara musterte ihn. »Welchen Aufwand?«

Er schien überrascht, dass sie nachfragte. »Na ja, ich … also, ich …«

»Verschwinde«, sagte sie ruhig. »Wir sind quitt. Ich weiß, dass du die Bettler für die Stockerknechte umsonst ausspionierst.«

»Das tu ich gar nich'!«

»Erklär das dem Bettlerkönig, nachdem ich ihm es gesteckt habe. Er wird sich freuen zu hören, dass du deinesgleichen an die Obrigkeit verkaufst.«

Das Gesicht des Jungen verzerrte sich zu einer hasserfüllten Grimasse. »Du Fotze!«, spuckte er. »Ich hoff, du verreckst!«

»Ich bin schon tot«, sagte sie gleichmütig. »Mach, dass du wegkommst.«

Barbara hörte ihn draußen auf der Gasse vor Wut kreischen und davonrennen. Sie senkte den Kopf, bis ihr Haar, das sich aus dem Knoten in ihrem Nacken gelöst hatte, vor ihr Gesicht fiel wie ein Schleier. Angst stieg in ihr auf und schnürte ihr den Atem ab. Sie konnte ihre Pläne immer noch ändern – es gab niemanden, dem sie verpflichtet war, außer sich selbst und einem Toten. Wo immer Gregor jetzt sein mochte, er würde es sicher verstehen; er war eher wie ein gütiger Vater um sie besorgt gewesen statt wie ein Ehemann (»Tu ich dir weh? Sag mir, wenn ich dir wehtue. Soll ich aufhören? Wir können es auf morgen verschieben.« So der Tenor seiner Worte in der Hochzeitsnacht). Vor sich selbst aber würde sie es nie rechtfertigen können, das wusste sie. Und ihre Träume würden andauern.

Barbara schluckte trocken. Der graugewaschene Holzboden vor ihren Augen drohte zu verschwimmen, als sie daran dachte, was sie vorhatte, doch sie drängte die Tränen zurück. Die Wahrscheinlichkeit, dass der Wunsch des Gassenjungen bald Wirklichkeit würde, war groß. Aber was tauschte sie gegen den Tod ein? Das hier? Hildegard hatte Recht gehabt, dass sie nicht hierher gehörte, wenngleich ihre Schwester sich die Lösung dieses Problems sicher anders vorgestellt hatte.

Barbara dachte an den Mann, *das Ungeheuer,* und seine kalte Stimme, die mühelos durch Gregors Schmerzensschreie gedrungen war …

Die Angst wurde nicht besser, wenn man sie verdrängte. Barbara hatte auf diesen Augenblick gewartet, und jetzt war er gekommen.

Sie ließ den Besen fallen und marschierte mit schnellen Schritten zur Türöffnung. Als der Besenstiel auf den Boden schlug und das Geräusch durch die stille Badestube klang wie ein Peitschenknall, drehte sie sich nicht einmal um.

Im Gegensatz zu den anderen Händlern rund um den Dom hatte Iver keinen Karren, keinen Stand, nicht einmal einen festen Standplatz in einem der Seiteneingänge oder bei den Hütten der Handwerker. Iver trug nie Waren bei sich. Iver verkaufte keine Waren – er vermittelte. Für jedes Fingerknöchelchen, das ein Abenteurer aus einem Schrein gestohlen oder auf einem Kirchhof ausgebuddelt hatte und verkaufen wollte, gab es einen Käufer; für jeden Interessenten am Leichnam eines Heiligen gab es einen, der bereit war, diesen Leichnam gegen entsprechende Bezahlung zu … *translozieren.* Die Parteien mussten lediglich auf einer gemeinsamen Vertrauensbasis zusammenkommen; das war – *lediglich!* – der schwierigste Teil der gesamten Geschäftsabwicklung. Davon, dass es so schwierig war, lebten Leute wie Iver.

Ivers Taktik bestand darin, sich durch das Gewühl vor und nach den heiligen Messen treiben zu lassen. In der Regel hatte er stets mindestens zwei halbe Geschäfte an der Hand und suchte den jeweiligen Gegenpart dazu. Kam eine zusätzliche Gelegenheit, merkte er sie sich und kümmerte sich beim nächsten Mal darum. War sie dann bereits vergeben … nun, dann war sie seiner ohnehin nicht würdig gewesen. Gab es den Kauf- oder Verkaufsinteressenten immer noch, machte er Ivers Bekanntschaft. Iver nahm keine Geschäfte an, bei denen nicht ein gewisses Verzweiflungspotenzial im Spiel war, das seinen Vermittlungspreis in die Höhe trieb. Durch die langen Pausen, die Iver zwischen seinen Auftritten nahm und die indizierten, dass er entweder vor kurzem ein lukratives Geschäft gemacht hatte oder derzeit keinen lohnenden Handel erblicken konnte, umwehte ihn der stetige Ruch größter Geschäftigkeit und schwerer Erreichbarkeit; wen Iver ansprach und wem er sich zu erkennen gab, war fast immer heilfroh, ihn endlich gefunden zu haben und dadurch eher geneigt, Ivers unverschämte Preise zu akzeptieren.

Barbara schlich durch die Menschenmenge, den Rücken gebeugt, Kopf und Gesicht unter einem Tuch verborgen. Von fern wirkte sie wie eine alte Frau. Wenn Iver sie zu früh sah, bestand die Gefahr, dass er Reißaus nahm und sofort wieder eine seiner Geschäftspausen einlegte; und Barbara ahnte, dass sie es nicht durchhalten würde, ein paar weitere Wochen auf ihn zu warten und währenddessen der Gegenstand allgemeinen Unwohlseins im Haus ihrer Schwester zu sein. Vorsichtig spähte sie umher. Iver war klein, stämmig und unauffällig. Ihn in der Meute ausfindig zu machen, war nicht leicht, wenn man seine Gewohnheiten nicht kannte.

Barbara kannte zwei davon. Erstens, dass stets ein Leibwächter hinter Iver dreinlief, wobei dieser Schlagetot zwar oft wechselte, aber immer ein untrügliches Kennzeichen besaß: Er war einen Kopf größer als die meisten um ihn herum. Zweitens pflegte Iver einen Geschäftstag damit abzuschließen, dass er eine der zahlreich herumschwärmenden Hübschlerinnen mitnahm und in einer Seitengasse die Dienste genoss, die sie ihm bieten konnte, wenn sie vor ihm kniete (auf diese Weise hoffte Iver vermutlich, dem Schicksal von Walters Patienten auf Dauer zu entgehen). Als Barbara den kahl geschorenen Hinterkopf erblickte, der in der Menge schimmerte und sich langsam vorwärts bewegte, atmete sie auf und versuchte zugleich, ihren Herzschlag zu beruhigen, der plötzlich schneller ging. Sie heftete den Blick auf den hoch gewachsenen Mann, der sich nach links und rechts umsah, sodass sie immer wieder Teile seines Profils zu sehen bekam: einen kurz gestutzten blonden Bart, braun gebrannte Haut … sie kannte ihn nicht. Aber er bewegte sich so gemächlich vorwärts, wie Iver es zu tun pflegte.

Als sich eine Lücke auftat, schob Barbara sich näher heran und prallte sofort wieder zurück. Iver stapfte neben dem Mann her, anstatt ein paar Schritte vor ihm. Wenn der Händler seine Gewohnheiten nicht geändert hatte, dann … sie drehte sich so unauffällig um wie möglich. Tatsächlich, der Leibwächter war hinter ihr, auch er ein großer Mann, doch in ihrem Eifer hatte Barbara nur auf den blondbärtigen Hünen geblickt. Offensichtlich war er ein Käufer oder Verkäufer, der Ivers Dienste suchte. Sie duckte sich seitlich weg und spähte verstohlen zu Ivers Bewacher. Dieser schien entweder zu träumen oder übernächtigt oder sein Geld nicht wert zu sein. Seine Blicke schweiften zwar unablässig über die Menge, doch seine Augen waren leer und stumpf.

Barbara spürte, wie ihr der Schweiß ausbrach. Das wäre beinahe schief gegangen, noch bevor sie richtig angefangen hatte. Sie wandte sich wieder Iver und dessen Begleiter zu, die durch die Lücke in der Menge schlenderten.

Der Hüne mit dem blonden Bart hatte sich umgedreht und sah genau in ihre Richtung. Seine Augen leuchteten hell in seinem sonnverbrannten Gesicht. Barbara wich unwillkürlich zurück. Die Miene des Mannes war argwöhnisch; er musste ihre Blicke gespürt haben. Barbara zog das Tuch straffer um ihre Schultern und blinzelte aus der Deckung zu ihm hinüber, während seine Blicke nun den Bereich hinter ihr absuchten. Schließlich zuckte er mit den Schultern und hob die Augenbrauen, und plötzlich wirkte er freundlicher und jünger und wie einer, der ebenfalls auf der Suche war.

Iver war stehen geblieben. Der Kahlgeschorene richtete seine Aufmerksamkeit wieder auf ihn. Iver machte eine Handbewegung, welche die ganze Menge umfasste. Barbara konnte nicht hören, was er sagte, aber die Geste machte es deutlich: Ich werde mich mal umhören. Der kleine Mann legte die Hände hinter dem Rücken zusammen und deutete ein kurzes Kopfnicken an: Der Hüne war entlassen. Offenbar hatte er etwas anzubieten gehabt; Käufern gegenüber verhielt Iver sich unterwürfiger. Der große blonde Mann schob sich seitwärts aus der Menge. Was Barbara von seiner Miene sehen konnte, wirkte enttäuscht. Wenn er gehofft hatte, gleich heute zum Abschluss seines Handels zu kommen, hatte er sich den falschen Partner ausgesucht. Er drehte sich nochmals zu Iver um, der bereits weitergegangen war und so tat, als habe das Gespräch nie stattgefunden. Zu ihrem Erstaunen sah Barbara, dass der Blonde ein leeres Schwertgehänge an der Seite trug.

Die Glocken begannen zur Messe zu läuten, und die ziellose Bewegung der Menge verwandelte sich in ein Schieben,

Schlurfen und Vorwärtsdrängen zu den Portalen. Barbara schloss hastig zu Ivers Leibwächter auf und schlich hinter ihm her. Wie sie geahnt hatte, schlug Iver die entgegengesetzte Richtung zu all den Leuten ein – die Messe begann für ihn erst nach Abschluss *aller* Geschäfte. Am Rand des Domplatzes stolzierten ein paar Frauen scheinbar ziellos herum. Iver stapfte in ihre Richtung. Rote und gelbe Bänder flatterten in Haaren und Gewändern. Barbara drückte sich in eine Nische und beobachtete Iver, wie er mit einer der Hübschlerinnen handelseinig wurde.

»Die heilige Messe war überaus erbaulich, mein liebes Kind«, sagte Iver. Barbara stellte fest, dass sie vergessen hatte, wie geschwollen Iver sich auszudrücken pflegte. »Nun freue ich mich darauf, dass auch du mich erbaust.«

Er musterte sie von oben bis unten. »Und gleich ausgezogen bis aufs Hemd. Äußerst zuvorkommend. Und äußerst überflüssig. Ich lege keinen Wert auf den Anblick deiner geheimen Teile, mein Kind.« Iver hob seine Tunika. »Nimm das lächerliche Tuch vom Kopf, knie nieder und trink vom Quell der … *aaah*!«

Barbara warf den Kopf zurück. Alles in ihr revoltierte gegen die Weichteile Ivers, die sie in einem eisernen Griff hielt, aber sie zwang sich, nicht loszulassen. Ivers Schmerzensschrei verstummte einen Moment, als er ihr ins Gesicht sah. Totale Verblüffung.

»Barbaraaauuu! Lass los, um Gottes willen, lass los!«

»Eine falsche Bewegung, und ich reiß dir ab, was ich in der Hand halte«, zischte Barbara. Sie warf einen Blick zu Ivers Leibwächter am Ende der Gasse, der sich bestürzt in Marsch gesetzt hatte und in ihre Richtung kam.

»Ogottogott Barbara wir können doch über alles reden und … *aaauuuaaa*!«, winselte Iver.

»Halt ihn auf«, sagte Barbara.

»Verschwinde«, stöhnte Iver.

Der Leibwächter war heran und holte zum Schlag aus.

»Hau ab!«, kreischte Iver voller Entsetzen. »O heilige Ursula und alle Jungfrauen, pack dich, sonst reißt sie mir die Eier ab!«

»Äääh … was, Patron?« Der Leibwächter hielt verdutzt inne.

»Verschwinde, du dämlicher Ochse!«, geiferte Iver. »Das geht nur sie und mich was an.«

»Ich hau ihr mit einem Streich den Schädel runter, Patron«, informierte der Leibwächter.

»Danach kannst du *patrona* zu ihm sagen«, erwiderte Barbara und fuhr mit der anderen Hand unter Ivers Tunika. Iver riss das Kleidungsstück unwillkürlich hoch und entblößte Barbaras Faust, zwischen deren verkrallten Fingern Haargekräusel und der zerknüllte Stoff von Ivers Bruch hervorquollen. Ihre zweite Hand hielt eine Messerklinge an das Stück gedehnte Haut, das Ivers edelste Teile mit seinem Körper verband. Ivers Augen traten bei diesem Anblick aus den Höhlen. »Ich brauche nur aus Versehen zu zucken«, sagte Barbara. Iver begann zu kreischen.

Der Leibwächter zögerte und starrte Barbara dumpf an. »Was soll das, blöde Kuh?«, sagte er schließlich. »Du sollst ihm doch nur einen blasen, was regst du dich so auf?«

»Das ist doch gar nicht die Nutte!«, brüllte Iver. »Hau ab, oder ich sorg dafür, dass sie mit ihrem Messer an deinen Eiern rumschnippelt! Und bei den heiligen Drei Königen – ich werde dich dabei noch festhalten!«

»Ans Ende der Gasse«, sagte Barbara. »Pass auf, dass keiner reinkommt.«

Der Leibwächter warf einen Hilfe suchenden Blick zu Iver.

»AAAH!«, machte der, kräftig unterstützt von Barbaras Faust.

»Is' ja gut, Patron.« Der Leibwächter trollte sich.

Barbara wartete, bis er sich am Ende der Gasse postiert hatte, dann nahm sie das Messer fort. Iver stöhnte.

»Rede«, sagte sie.

»Du kannst mich jetzt loslassen, ja?«

»Vergiss es«, sagte Barbara und drückte zu.

»Was willst du wissen?«, winselte Iver.

»Wir haben auf dich gewartet.«

»Ja, ich … äh …«

»Lange gewartet.«

»Weißt du, Kindchen, ich habe Gregor doch gesagt …«

»*Zu* lange gewartet.«

»Äh, ich …«

»Dann kam jemand, aber das warst nicht du!«

»*Aiii!* Du bringst mich um! Lass los!«

Barbara öffnete die Faust und ließ los. Iver fiel gegen die Hausmauer in seinem Rücken und sank keuchend in sich zusammen. Barbara holte das Messer heraus und hielt es gegen Ivers kurzen Hals. Die andere Hand wischte sie langsam an Ivers Tunika ab. Iver knetete mit beiden Fäusten zwischen seinen Beinen herum und wiegte, wo der Schmerz saß. Barbara drückte die Klinge ein wenig fester gegen die Haut.

»Du hast Gregor gesagt, du hättest einen Käufer, und wir sollten beim alten römischen Magazin vor dem Kunibertsturm warten.«

Iver schloss die Augen und schluckte. Als Barbara versuchte, mit der Messerspitze einen Blutstropfen hervorzubringen, jaulte er auf.

»Schon gut, schon gut, du hast Recht!«

»Wer war dieser Käufer?«

»Ein reicher Pilger aus Aachen. Er …«

»Unsinn!«, rief Barbara. »Es war kein reicher Pilger aus Aachen, der uns mit seinen zwei Totschlägern überfiel!«

Der Leibwächter am Ende der Gasse sah herüber. Er ballte die Hände zu Fäusten, als er Barbara und seinen Auftraggeber betrachtete. Dann sah er weg. Seine Schultern waren so verkrampft, dass er einen schiefen Rücken hatte.

»Der Kerl ist sein Geld nicht wert«, brummte Barbara. »Wo hast du den aufgegabelt?«

»Im Allgemeinen«, ächzte Iver, »genügt es, wenn sie hinter mir herlaufen und gefährlich aussehen.«

»Waren die Kerle, die uns überfallen haben, von da, wo du auch ihn her hast?«

»Ich habe mit der Sache nichts zu tun, Kindchen.«

»Nenn mich noch einmal Kindchen, und ich schneid dir dein Hälschen bis zu den Öhrchen auf.«

»Barbara«, sagte Iver, »du würdest mich doch nicht umbringen.«

»Bist du dir so sicher?« Sie starrte ihn an. Iver erwiderte den Blick aus geröteten Augen. Nach einer Weile schlug er die Augen nieder.

»Wenn genügend Zeit gewesen wäre, hätte ich Gregor gewarnt«, sagte er. »Ein guter Geschäftsmann beschützt seine Lieferanten, selbst wenn sie so grün im Geschäft sind wie ihr zwei.«

»Und warum war nicht *genügend Zeit*?«

»Weil er uns abgefangen hat, als wir auf dem Weg zu euch waren. Er muss uns schon beobachtet haben, als ich noch mit Gregor verhandelte. Er trat aus dem Gebüsch, seine beiden Kerle nahmen uns in die Zange, und er sagte nur: ›Der Fingerknochen der heiligen Seraphia?‹ Ganz ruhig, kalt wie ein Fisch …«

Iver schwieg. Barbara starrte ihm ins Gesicht. »Und dann?«, stieß sie hervor.

Iver seufzte. »Nur damit du verstehst, Kindch… Barbara. Während er das fragte, steckte mir einer seiner beiden Knechte die Spitze seines Messers ins Nasenloch und schob die Klinge langsam nach oben.«

Barbara musterte ihn, nahm dann ihr Messer fort und ließ sich neben Iver gegen die Mauer sinken. Sie zog das Tuch um die Schultern und erschauerte. Iver rieb sich den Hals und atmete auf. Er verdrehte die Augen, als Barbara in Tränen ausbrach, blieb aber sitzen. Nach einigen Augenblicken klopfte er ihr unbeholfen auf die Schulter. Sie rückte von ihm weg.

»Wäre es umgekehrt gewesen, hätte Gregor mich ebenso schnell verraten«, erklärte Iver in Barbaras leises Schluchzen hinein. Sie antwortete nichts.

»Wieso läufst du eigentlich hier im Hemd herum?«

»Weil ich der Hübschlerin mein Kleid als Pfand gegeben habe, damit ich mit ihrem Lohn wiederkomme.«

Iver fragte ehrlich verblüfft: »Glaubst du vielleicht, ich bezahl dich jetzt dafür, dass du mir das Gemächt bis zu den Füßen lang ziehst, anstatt mir einen zu …« Er verstummte verlegen und spähte in Barbaras Gesicht, das halb hinter ihrem Tuch versteckt war. Er schien zu ahnen, dass er bezahlen würde. »Und sie hat sich darauf eingelassen?«

»Leicht verdientes Geld, oder?« Barbara wischte sich über die Augen und sah ihn an. »Sie dachte natürlich, ich würde mit deinen edlen Teilen was anderes anstellen als ich getan habe.« Plötzlich kicherte sie, doch es verlosch ebenso schnell, wie es in ihrer Kehle hochgestiegen war. »Du möchtest bestimmt nicht hören, was sie gesagt hat, als sie glaubte, ich wollte dich an ihrer Stelle übernehmen.«

»Nein, möchte ich nicht«, brummte Iver. Nach einer Pause fügte er an: »Und was jetzt? Wenn du das alles auf dich genommen hast, um dich an mir zu rächen, hast du mich zu früh von der Klinge gelassen. Ein zweites Mal kommst du nicht mehr an mich heran.«

»Du bist nur ein kleiner Fisch«, sagte Barbara. »Ich will

dem Burschen an die Gurgel, der Gregor auf dem Gewissen hat.«

»Mein liebes Ki… meine liebe Barbara, da hast du dir zu viel vorgenommen.«

»Wie ist sein Name?«

»Hast du mir nicht zugehört?«

»Hast du nicht gesehen, wie leicht es mir gefallen ist, dich beinahe zu entmannen?«

Iver verzog das Gesicht. Er starrte zu seinem Leibwächter, der am Ende der Gasse stand und ihnen immer noch den Rücken zuwandte.

»Du kommst nicht an ihn ran.«

»Überlass das mir. Der Name?«

»Weiß ich nicht.«

»Du weißt fast alles, wenn es um Reliquien geht. Und der Kerl ist kein zufälliger Sammler, der neu im Gewerbe ist!«

»Barbara, lass gut sein …«

»Hast du Angst, ich würde ihm verraten, wer mich zu ihm geführt hat? Ich garantiere dir, er wird gar nicht dazu kommen, mir eine Frage zu stellen, weil ich ihm mein Messer so schnell in den …«

»Nein, es geht mir um dich.«

»Was?«

Iver breitete die Arme aus. »Ich trag dir nicht nach, was du hier mit mir abgezogen hast. Ehrlich gesagt hab ich auch nicht erwartet, dass du Gregors Tod einfach so hinnimmst. Der alte Gregor wäre nie auf die Idee gekommen, sich auf den Reliquienhandel einzulassen, wenn er nicht geahnt hätte, dass sein Weib aus härterem Holz geschnitzt ist als die meisten. Aber Gregors Mörder bist du nicht gewachsen. Mach dich nicht unglücklich, Kindchen, es wäre Verschwendung.«

»Sag mir den Namen, Iver, und spar dir die Predigt für

den Moment, an dem du doch noch irgendwann in die Kirche gehst. Wenn du nicht willst, krieg ich den Namen auch auf die harte Tour heraus. In irgendeinem Winkelhaus wird mir schon einer verraten, was ich wissen will. Und wenn ich mit diesem Ungeheuer abgerechnet habe, komme ich wieder zu dir und erzähle dir, was ich davon halte, dass du mich trotz deines miesen kleinen Verrats nicht mal *so viel* unterstützt hast.« Zornig hielt sie ihm Daumen und Zeigefinger, die sie fest zusammengepresst hatte, vors Gesicht.

»Hast du ihn denn nicht genau angesehen?«, zischte Iver. »Was denkst du, was der Kerl ist und für wen er arbeitet?«

»Ich habe die Kutte gesehen …«

»Die Kutte, ja, die Kutte! Und die Tunika darunter … und die Sandalen an den Füßen … und das Skapulier über dem Kopf. Was meinst du wohl?«

»Er war wie ein Mönch gekleidet.«

»Er *ist* ein Mönch, heiliger Gereon! Er hat für jeden verdammten Bischof oder Kardinal im Reich gearbeitet, und er hat schon die Absolution in der Tasche, bevor derjenige, der ihm in die Quere gekommen ist, seinen letzten Atemzug getan hat. Das ist der Mann, an dem du deinen vertrottelten alten Ehemann rächen willst, dessen Namen er gar nicht weiß, weil es ihm schnurzegal ist, wie sein Opfer heißt, solange es nur den richtigen Knochen in seinem Besitz hat! Es tut mir Leid um dich, Kindchen, wie es mir um den alten Gregor Leid getan hat, und sollte es dir wirklich gelingen, den Kerl zu finden, bist du jetzt schon tot.« Iver hielt inne und holte Atem. Barbara musterte ihn unverwandt. Iver stieß die Luft aus und drehte resigniert die Handflächen nach oben. »Also gut. Die ihn kennen, nennen ihn Bruder Antonius.«

9.

»Wie wäre es mit diese Antonio?«, fragte Rinaldo.

»Wer?«

»Von die du mir erzählt hast. Antonio, die Kerl, die für die hohen Herrn die Knochen von der Heilige jagt.«

»*Der* Kerl«, sagte Ulrich, »es heißt *der* Kerl.«

»*Der* Kerl«, sagte Rinaldo, »wäre jedenfalls ein gute Tarnung.«

Das Gedränge vor der Fähre war beträchtlich. Deutz lag im späten Morgenlicht ein kurzes Stück flussabwärts, eine kompakte Festung; die Hütten der Fischer, Bootsbauer und Mühlenarbeiter lagen davor verstreut wie Unrat, den die Bewohner der Festung über die Mauern geworfen hatten und der sich nun bis zur Anlegestelle der Fähre heraufzog. Am jenseitigen Ufer war Köln zu erblicken; die Umrisse der hohen Gebäude flimmerten hinter den klobigen Konstruktionen der Wassermühlen, die in der Strömung hingen. Der Tag würde heiß werden. Ulrich schlug nach einer Mücke und spürte, wie ihm der Schweiß unter den Achselhöhlen hervorrann und unter der Kapuze von den Augenbrauen tropfte. Im Kloster war stets irgendwo Schatten zu finden gewesen, und die Obstbäume und gut gewässerten Beete hatten Kühle gespendet. Hier zeugten nur noch die Stümpfe davon, dass die Anlegestelle einst von Bäumen bestanden gewesen war; der Boden war so hart gestampft, dass kein Gräschen mehr wuchs. Der Staub der vielen Hufe und Füße stieg empor, kitzelte Ulrich in der Nase und machte die Hitze noch unerträglicher. Er sehnte sich danach, die Kapuze abzunehmen, fürchtete aber die Sonneneinstrahlung auf sein ungeschütztes Haupt. Er betrachtete Rinaldo; der kleine Mailänder schien in der Wärme aufzublühen. Seine Zähne blitzten im dunklen Gesicht.

»Bruder Antonius ist ein schrecklicher Sünder, nach allem, was man so hört«, sagte Ulrich. »Nicht mal im Traum würde ich daran denken, seinen Namen zu adoptieren.«

»Aber die Leute kennen ihn. Er muss nicht suchen. Sie kommen zu ihm und machen ihm Angebote.«

»Anzunehmen.«

»Ecco …«, sagte Rinaldo und breitete die Arme aus.

Ulrich betrachtete ein Menschenknäuel, das sich weiter vorn in einer großen Pilgergruppe gebildet hatte. Stimmen wehten zu ihnen herüber, aufgeregtes Geschnatter, Geschrei, das sich über das rhythmische Klopfen der Wassermühlen erhob. In Ulrich stieg Besorgnis auf. Was war da vorn los? Seinen gegenteiligen Beteuerungen zum Trotz jagte die Stadt ihm einen Heidenrespekt ein; er fühlte, dass alle Menschen, die hier lebten, potenzielle Verbrecher waren. War da vorn eine Schlägerei im Gang? Oder wurde jemand abgestochen? Ulrich hörte Gelächter, hielt es aber durchaus für möglich, dass es Menschen gab, die lachten, wenn ihnen jemand mit einem Messer zwischen den Rippen vor die Füße sank. Die Unruhe machte seine Hände noch schwitziger. Eine raue Stimme war über dem Gewirr verschiedenster Laute zu hören, ohne dass man verstehen konnte, was sie sagte; es war eine dieser typischen rauen, kratzigen Stimmen, die wie dafür geschaffen war, in einer einsamen Gasse jemanden anzupöbeln. Ulrich zog den Kopf noch tiefer in die Kapuze; er wollte gar nicht hören, was der Krakeeler von sich gab. Der dringende Wunsch, möglichst unauffällig zu sein, überkam ihn zugleich mit der Erkenntnis, dass er keine Aussicht auf Erfolg seiner Mission hatte, wenn er sich nicht exponierte. Er atmete aus und ballte die Fäuste.

»*Ecco?*«, fragte Rinaldo.

»Ich habe kein gutes Gefühl bei der Sache«, sagte Ulrich. Die Sorge ließ seine Stimme unwirsch klingen.

»Denk mal darüber nach. Es wäre ein gute Idee und ...«

»Was passiert da vorn?«, fragte Ulrich.

Rinaldo spähte hinüber. Aus dem Gedränge wand sich eine Gestalt hervor und sah sich suchend um. Zwischen den Pilgern, die in einem Knäuel zusammenstanden, und Ulrich mit seinem Begleiter war nur ein geringer Abstand, den ein vollgepackter Karren mit einer Ladung Kinder und den dazugehörigen, gebeugten Gestalten der Eltern – Wanderbauern – nur ungenügend ausfüllte. Die Pilger machten weiterhin großes Geschrei. Der Mann, der sich aus ihrer Mitte herausgewunden hatte, schüttelte sich, ordnete seine Kleidung und tat dann so, als würde er Ulrich und Rinaldo jetzt erst sehen. Er winkte zu ihnen herüber.

»Was will der Kerl?«

»Wie viele Geld willst du rauswerfen?«, erkundigte sich Rinaldo.

»Wie meinst du das?«

»Er will uns was verkaufen.«

»Der abgerissene Kerl? Was könnte der schon ...?«

»Ich glaube«, sagte Rinaldo, »du kannst gleich eine Gespräch üben, die du in die nächste Tage noch oft führen wirst.«

»*Ein* Gespräch«, sagte Ulrich. »Es heißt ... wie meinst du das?«

Der Mann kam in ihre Richtung geschlendert. Er trug eine völlig zerschlissene Schaube – die für Ulrich von fern wie ein Überwurf mit spitz zulaufenden Zaddeln ausgesehen hatte – sowie eine enge Lederkappe. Er hielt nicht an, als der Wanderbauer ihn neugierig etwas fragte, und seine

Antwort, über die Schulter hingeworfen, war kurz. »Nichts für dich«, verstand Ulrich. Der Bauer zog den Kopf ein.

»Gott zum Gruß, ihr Herren«, sagte Lederkappe und verbeugte sich. »Ehrwürdiger Vater, darf ich um den Segen bitten?«

»Ich bin ein schlichter Mönch«, brummte Ulrich.

»Darf ich trotzdem …?« Lederkappe entblößte sein Haupt und senkte den Kopf. Ulrich presste die Lippen zusammen.

»Es segne dich Gott Vater der Herr, der Sohn und der heilige Geist«, murmelte er schließlich und zeichnete einen Segen in die Luft. Der Mann stülpte sich die Kappe wieder auf und strahlte Ulrich an. »Amen, Bruder, und Dank sei Gott und Ehre allen Heiligen im Himmel.«

»Geh hin in Frieden, mein Sohn.«

»Und Lob und Preis Jesus Christus, unserem Herrn und …«

»Amen«, unterbrach Ulrich. »Nun *geh hin* in Frieden.«

Er spähte zu Rinaldo, dessen Wangenmuskeln zuckten. Nach einigen Augenblicken wurde ihm klar, dass der kleine Sänger ein Lachen unterdrückte. Der Anblick empörte Ulrich. Machte sein Weggefährte sich über ihn lustig?

»Was für ein schöner Tag«, rief Lederkappe, scheinbar unbeeindruckt von Ulrichs Unhöflichkeit. »Diesen Morgen hat Gott der Herr gesegnet.«

»Es geht schon auf die Sext zu«, bemerkte Ulrich. »Von wegen Morgen.«

»Halleluja, Bruder, du sagst es, und was für ein wunderschöner Mittag es doch ist …«

»Können wir etwas für dich tun?«, presste Ulrich hervor. Er sah aus dem Augenwinkel, dass Rinaldos Gesicht rot angelaufen war. Der Italiener schien dem Erstickungstod nahe. Ulrich ertappte sich dabei, wie er für einen Augenblick wünschte, es möge tatsächlich so sein. Er wusste nicht, wer ihm mehr auf die Nerven ging: Lederkappe mit seiner Aufdringlichkeit oder Rinaldo, der sich inwendig vor Lachen kringelte.

»Nein«, rief Lederkappe. »Ihr habt genug getan, Bruder.«

»Na dann …«

»Ich möchte es Euch vergelten.«

»Was?«

»Ihr habt mir so inbrünstig den Segen gespendet, dass ich sofort zu mir sagte, gepriesen sei der Herr, Zacharias, habe ich zu mir gesagt, dieser Mann da vor dir ist ein Heiliger, Gott sei mein Zeuge, jawohl, das habe ich gesagt.«

»Gn… gnnn…«, machte Rinaldo und hielt sich die Hände vor den Mund. Tränen liefen ihm aus den Augen.

»Was hat Euer Knecht?«, fragte Zacharias.

»Der Herr hat seine Zunge verknotet«, knurrte Ulrich. »Und wenn es so weitergeht, wird jemand auch noch seine Gliedmaßen verknoten.«

»O ja, Bruder, Gott in der Höhe bemisst seine Strafen genauso wie seine Gnade, und …«

»Wir haben eigentlich keine Zeit. Die Fähre kommt jeden Moment«, sagte Ulrich und reckte sich. Er konnte die Holzplattform winzig am jenseitigen Ufer ausmachen – sie wurde immer noch entladen. Er ließ sich auf den Rücken seines Maultiers zurücksinken.

»… und ebenso gerecht hat er sein Wunder gewirkt.«

»Was für ein Wunder?«, fragte Ulrich beinahe gegen seinen Willen.

Zacharias rückte näher heran und kramte in seiner Gürteltasche.

»O Bruder, es ist schon ein Wunder, Euch hier zu treffen, denn nicht einmal die Engel könnten jemanden finden, der würdiger ist als Ihr …« Zacharias fand, was er gesucht hatte, riss die Hand heraus und machte eine weit ausholende Bewegung, die damit endete, dass Ulrich eine Faust unter die Nase gehalten, blitzschnell geöffnet und wieder geschlossen wurde.

»O Bruder, habt Ihr sie gesehen?«, hauchte Zacharias.

Ulrich hatte nichts gesehen. »Nun, es ging ein bisschen schnell …«

»Die da drüben«, sagte Zacharias und deutete auf die Pilger. »Gottesfürchtige, ehrliche Menschen, die nur Gutes verdient haben. Und doch hat eine Stimme mich zurückgehalten und mir eingegeben, ihnen den wahren Schatz nicht auszuhändigen … ihn für Euch aufzuheben.« Die Faust öffnete und schloss sich wieder. Ulrich blinzelte. Er hatte den Eindruck, dass Zacharias ein dünnes bräunliches Stöckchen in der Hand versteckte.

»Was hast du denn da? Ist das eine …?«

»Pssst«, flüsterte Zacharias. »Wer weiß, welche Ohren jetzt lauschen.« Er warf dem Bauern, der sich ebenfalls herangeschoben hatte und ihr Gespräch mit offenem Mund verfolgte, einen argwöhnischen Blick zu. »Es ist eines der Wunder Gottes.« Er hatte noch leiser gesprochen.

»Seit wann kann man Wunder Gottes in die Hand halten?«, fragte Rinaldo, der sich erholt zu haben schien. Zacharias ignorierte ihn.

»Ich kann Euch einen Sonderpreis machen. Um Euretwillen«, sagte er.

»Wofür denn?«, rief Ulrich.

Zacharias öffnete langsam die Faust und präsentierte, was er hatte. Ein längliches, an den Enden verdicktes, braun verfärbtes Gebilde. Kein Stöckchen – einen Knochen. Winzig und dünn.

»Das, o Bruder«, stöhnte Zacharias, »ist es. Blinde werden sehend, Lahme können wieder gehen, Lügner sprechen die Wahrheit. Vertraut mir, ich halte es in der Hand, ich kann Euch nicht belügen. Es ist …«

»Es ist …«, echote Ulrich unwillkürlich.

»Es ist ein Finger … ein Knochen … ein Fingerknochen … eine Reliquie der heiligen Theosophila von Akkon!« Zacharias erschauerte. »Halleluja!«

»Wer ist die heilige Theosophila?«, fragte Ulrich.

»Dat is' 'n Hühnerbein«, sagte der Bauer.

»Ihr kennt die heilige Theosophila von Akkon nicht? O Bruder … die ihr Leben ließ in den Kerkern der Heiden um der Liebe des Herrn willen … der man Glied um Glied abzwickte bei lebendigem Leibe bis auf ihren rechten Zeigefinger, mit dem sie zum Himmel zeigte und unablässig rief: Bis zur Ewigkeit, mein Gott, und zu Dir! Und die keine Träne des Schmerzes vergoss, als die Folterknechte ihr das Herz mit einem Löffel herausschnitten und …«

»Nie von ihr gehört«, sagte Ulrich unsicher.

»Dat is' 'n verdammtes Hühnerbein«, sagte der Bauer.

Zacharias drehte sich um und bedachte ihn mit einem mörderischen Blick. »Is' doch wahr«, sagte der Bauer eingeschüchtert und wich mit einem mühsamen Hinken zurück.

»Was hast du den Pilgern verkauft?«, erkundigte sich Rinaldo.

»Oh, ich habe ihnen wundersame Dinge gegeben … Sand aus der schrecklichen Arena in Rom, von genau der Stelle, an der der heilige Petrus den Tod am Kreuz fand … einen Ölzweig aus dem Garten Gethsemane … aber das Beste habe ich für Euch aufgehoben.«

»Die Fingerknochen von die heilige Theosophila.«

»Amen. So ist es, mein Freund.«

»Ich glaube, du willst uns …«, begann Ulrich.

»… Gutes tun«, vollendete Rinaldo. »Was willst du dafür haben?«

Ulrich starrte seinen Reisebegleiter fassungslos an. Sein Mund arbeitete, doch er brachte keinen Laut hervor. Was glaubte der kleine Italiener, diesem Betrüger abzukaufen … und mit wessen Geld? Ulrich meinte, den Sänger zwinkern gesehen zu haben, doch im nächsten Moment war sein Gesicht ernst und regungslos. Zacharias schien sich in körperlichen Qualen zu winden.

»Oooh, Bruder«, machte er, »es tut mir so Leid, dass diese Frage gestellt werden muss, aber man muss leben, versteht Ihr. Der Herr ernährt die Vögel auf dem Felde, halleluja, doch unsereiner muss sehen, wo er bleibt … nein, ich schäme mich, wahrlich, ich schäme mich, Geld für dieses Kleinod verlangen zu müssen, und wenn es nicht meiner zwölf Kinder und meines kranken Weibes wegen wäre … ach, Bruder«, Zacharias seufzte tief. »Zehn Pfennig, Kölner Währung, sofort auf die Hand, oder fünfzehn in anderer Münze, keine Verhandlungen, keine Naturalien, schlagt ein!«

»Zehn …«, ächzte Ulrich.

»Wir geben dir eine halbe Pfennig«, sagte Rinaldo, »Kölner Münze, nix Verhandlungen, nix Naturalien, schlag du ein.«

Zacharias schaute von einem zum anderen. Ulrich in seiner Fassungslosigkeit war wie gelähmt. Zehn Pfennig … und Rinaldo bot einen halben dagegen? Sollte das ein vernünftiges Verhandeln sein? Und wofür? Wer war die heilige Theosophila?

»O ihr Heiligen«, rief Zacharias und warf die Hände in die Höhe. »Einen *halben* Pfennig? Ein Goldgräber, der die Latrine säubert, verdient mehr! O Herr, hab ich das verdient, wo ich doch danach strebe, deinen Ruhm zu mehren? Ich dachte, ich treffe hier auf gerechte Leute! Sieben Pfennig und kein Krümelchen weniger! Schon damit versündige ich mich an meinen zehn Kindern und meinem toten Weibe!«

»Du hast *zwölf* Kinder, und dein Frau ist *krank*«, bemerkte Rinaldo. »Eine Pfennig, keine Viertelmünze mehr, oder du musst deine Glück woanders versuchen.«

»Rinaldo, ich will dieses … Ding da nicht kaufen.«

»Reiß mir die Leber heraus!«, jammerte Zacharias. Er zog sich die Kappe vom Kopf und schleuderte sie auf den Boden. »Nimm mein Herz und wirf es den Hunden zum Fraß vor! *Fünf!*«

»Anderthalb.«

Zacharias bückte sich nach seiner Kappe. »Zwei …?«

»Gemacht.«

Zacharias drückte Rinaldo den Knochen schneller in die Hand, als Ulrich blinzeln konnte. Dann hielt er Ulrich die offene Handfläche hin. »Sofort auf die Hand.«

Ulrich zahlte, obwohl sein Kopf vor Schwindel kreiste. Zacharias' Finger schnappten zu wie eine Falle. Er grinste und machte einen Bückling.

»O Bruder, dein Knecht ist ein Aas, aber – halleluja! – ich bin glücklich, dass du nun diesen Schatz dein Eigen nennen kannst und …«

»Sei froh, dass du so gut weggekommen bist«, sagte Rinaldo ruhig. »Mein Herr hat heute seine gute Tag, nicht wahr, Bruder Anto … äh, Ulrico.«

Zacharias richtete sich steil auf. Plötzlich war kein Gezappel mehr an ihm festzustellen. Sein Gesicht wurde bleich. Seine Faust öffnete sich langsam.

»Ihr seid Bruder …?«

»Nein«, sagte Ulrich und warf Rinaldo einen vernichtenden Blick zu.

Zacharias tat einen langen Atemzug. Dann streckte er die Faust mit dem Geld aus und ließ die Münzen zurück in Ulrichs Handfläche klimpern. Er zitterte. »Herr, verzeiht, aber unsereiner muss auch leben.«

»Ich bin nicht …«, begann Ulrich.

»Natürlich nicht«, murmelte Zacharias, »natürlich nicht. Ich muss gehen. Verzeiht, Herr, verzeiht.« Er wandte sich ab. Er wagte nicht einmal mehr, Ulrich ins Gesicht zu sehen.

»Eine Schädel«, sagte Rinaldo. »Santo Albo. Wenn du was darüber hörst – meine Herr würde sich erkenntlich zeigen.«

Zacharias blickte auf. Sein Gesicht war eine Maske nackter Angst. »Ich habe nichts …«

»*No*«, sagte Rinaldo. »Aber wenn, frag nach meine Herr.«

»Jawohl, Herr, jawohl. Euer Diener.« Zacharias versuchte, Ulrich in die Augen zu sehen, versagte jedoch und schlurfte davon. Die Pilger begrüßten ihn mit lauten Rufen und Schulterklopfen, doch er wand sich durch sie hindurch wie sein eigener Schatten, setzte sich am Ufer des Rheins zu Boden, ließ den Kopf hängen und nahm ihn zwischen beide Hände. Ulrich hätte geschworen, dass er ihn vor Entsetzen bis hier herüber stöhnen hörte.

»Du lieber Gott«, sagte Ulrich, »was soll denn das …«

»Pass auf.« Rinaldo setzte ein strahlendes Lächeln auf und winkte den Bauern heran, der weiterhin offenen Mundes der ganzen Geschichte gefolgt war. Nun hinkte er herbei. Rinaldo hielt ihm die Reliquie der heiligen Theosophila von Akkon vors Gesicht.

»Meine Herr«, sagte er, »hat diese Kleinod gekauft, die Wunder machen kann und Lahme zum Gehen bringt. Er wünscht es dir zu schenken, um Barmherzigkeit zu üben und seine Seele für Ewigkeit vorzubereiten.«

»'n Geschenk … ich … mir?«, stammelte der Bauer. »Diese …«

»Reliquie. Der heiligen Theosophila. *Die Lahme gehend macht.*«

»Es ist ein Hühnerknochen«, sagte Ulrich.

»O Gott«, sagte der Bauer mit zitternden Lippen und bekreuzigte sich. »Ich meine, o heilige Schei… äh, ich …« Plötzlich sank er in die Knie und streckte die Hände zu Bruder Ulrich aus. »Segne mich, Bruder!«, rief er.

»Aber …«

»Herr, er ist eine einfache Charakter und sehnt sich nach die Vergebung«, raunte Rinaldo.

»Die *du* dafür niemals erlangen wirst«, zischte Ulrich aus dem Mundwinkel. Seine Wangen brannten, als er das Kreuzzeichen schlug. Der Bauer nahm das Geschenk aus den Händen Rinaldos entgegen, küsste blind vor Tränen, was er erhaschte, umklammerte das Hühnerbein und wankte davon, ärger hinkend denn je. »Ich kann gehen, ich kann gehen«, stöhnte er. »Gepriesen seist du, heilige Theosophilinia!«

Ulrich wandte sich ab. Er hatte das Gefühl, im nächsten Moment würde sich die Erde auftun. Rinaldos Blick war steinern.

»Das ist es, worauf du dich eingelassen hast, Bruder Ulrico«, sagte er. »Du glaubst, du suchst nach eine alte Knochen. Ich sag dir, du suchst nach die Macht, Fürstentümer zu vernichten.«

»Das ist doch ...«, flüsterte Ulrich. »Weißt du, was du eben für eine Sünde begangen hast?«

»Ich habe eine Betrüger und eine arme Schwein gegeben, was beide verdient haben. Und es hat dich nichts gekostet.«

»Aber ...«

»Es ist kein Hühnerknochen«, sagte Rinaldo. »Die Bauer hat sich geirrt.«

»Ich ...«

»Ist auch ganz egal, was es war, bevor du es gekauft hast. Jetzt ist es die Finger von die heilige Theosophila.«

»Es gibt sie doch gar ...«

»Schau die arme Schwein an«, sagte Rinaldo und winkte zurück, als die ganze Familie des Bauern begeistert herüberwinkte. Er lächelte ihnen zu, ohne beim Reden innezuhalten. »Er ist sogar überzeugt, dass seine schlimme Fuß besser geworden.«

»Ich schäme mich für das, was du getan hast.«

»Assurdità«, brummte Rinaldo. »Willst du nun die Bruder Antonio sein oder nicht?«

»Fang mir bloß nicht noch mal davon an! Mir dreht sich der Magen um, wenn ich daran denke, was ich gerade erlebt habe.«

Rinaldo zog ein Gesicht. Er schien tiefer von Ulrichs Ablehnung getroffen zu sein, als dieser erwartet hatte. Schon taten ihm seine harten Worte Leid. Der Sänger wandte sich ab und sah zu Boden. Vom anderen Flussufer drang ein Ruf schwach zu ihnen herüber. Die Fähre hatte abgelegt und paddelte in einem weiten Bogen gegen die Strömung hinaus. Die Pilger drängelten näher zum Ufer hin und nahmen Ulrich die Sicht auf Zacharias, der sich seitdem nicht bewegt hatte.

»Aber es war doch ein Hühnerknochen …«, flüsterte Ulrich.

»Nein«, sagte Rinaldo, ohne aufzusehen.

Ulrich hob die Hände und ließ sie wieder fallen. Er hatte sich noch nie so sehr gewünscht, sich nicht auf diese Geschichte eingelassen zu haben, nicht einmal, als er im Dormitorium vor seinen Schätzen gekauert war. »Ich verstehe gar nichts mehr.«

»War ein Ratte«, sagte Rinaldo, doch sein Gesicht hellte sich nicht dabei auf.

10.

»Du kleine Ratte«, sagte Jörg und ließ seine Pranke auf die Hand des Mannes ihm gegenüber fallen. Der Lederbecher rollte auf die Tischplatte.

»Was? Bist du verrückt, Herr Ritter? Hier, die Würfel sagen ganz klar, dass du verloren hast.«

»Das kann doch nicht sein.« Jörg starrte die zwei kleinen Knochenwürfel auf der anderen Tischseite an, deren nach oben weisende Seiten jeweils zwei Punkte zeigten. Zweimal die Zwei, die doppelte Doppelung, der höchste Wert im Spiel. Seine Blicke wanderten zu dem silbernen Medaillon, das neben den Münzen seines Mitspielers auf dem Tisch lag. Er fühlte, wie ihm der Schweiß auf dem geschorenen Schädel ausbrach. »Ich hatte …«

»Zweimal die Sechs, Herr, ein vollkommen anständiges Ergebnis, ich hätte meine Alte drauf gesetzt, Herr, glaub mir. Aber hier …« Sein Mitspieler zeigte mit der freien Hand auf die Würfel und grinste schief, »was ich habe, ist trotzdem besser.«

»Das gibt's doch nicht …«

»Tut mir Leid, Herr Ritter.« Der Mann schüttelte Jörgs Hand mit einem Gesichtsausdruck ab, der besagte, dass es ihm ganz und gar nicht Leid tat, und griff nach seinem Gewinn. Jörg sah entgeistert, wie sein Medaillon mit den Münzen zusammengeschoben wurde.

»Nein, warte!«, rief er. Der Mann sah auf. »Ich löse den Schmuck aus.«

Der Mann klaubte seine Münzen vom Tisch und zurück

in seine Börse. »Vorhin hast du gesagt, du hast kein Geld zum Setzen«, sagte er leise und ohne aufzusehen. »Wenn du jetzt doch welches hast, hast du beim Spielen beschissen.«

»Ich meine, ich löse es nicht sofort aus. Ich … gib mir ein paar Tage.«

»Dann bin ich schon lange nicht mehr hier. Pech im Spiel, Glück in der Liebe, was?«

Jörg schluckte. Er streckte den Arm aus und schloss die Faust um das Medaillon. Sein Mitspieler blickte nun doch auf. Seine Augen wurden schmal. »Es ist nicht mehr deins. Lass es los.«

»Ich will …«

»Wirt! Wo ist der Wirt? He, du fauler Sack, hol die Stockerknechte! Hier wird ein ehrlicher Mann unter deinem Dach um seinen Gewinn gebracht …!«

»Pssst!«, zischte Jörg und sah sich um. Das jenseitige Ende des Raumes war fast nicht zu erkennen. Rauch, Dunst, Küchengeruch und der Gestank ungewaschener Füße waberten wie Nebel unter den tiefhängenden Deckenbalken. Der Lärm war der einer Horde blutdürstiger Seldschuken während einer Attacke, dabei war noch gar kein Streit ausgebrochen. Auf einer Bank neben dem offenen Kaminfeuer saßen zwar einige Gestalten und hofften, eine Fehde auszulösen, indem sie Brotscheiben in den Pfützen tränkten, die auf dem Boden schwammen, und ziellos in die Menge schleuderten (und danach demonstrativ unauffällig die Köpfe einzogen und … gnhihihi … blöde kicherten), aber sie schienen noch niemanden ernstlich getroffen zu haben. Ein paar Gesichter in der Nähe wandten sich Jörg und seinem Gegenüber zu, doch der Ruf nach dem Wirt war weitestgehend ungehört geblieben. Glück gehabt … der Wirt musste ja nicht unbedingt so deutlich darauf aufmerksam gemacht werden, dass Jörg mittellos war. Bis jetzt war der

Wirt noch guter Hoffnung (kräftig unterstützt von Jörg), dass es sich bei dem Gast seiner einzigen Kammer unter dem Dach um einen Mann handelte, dessen finanzieller Engpass nur kurzfristig war. Wurde Jörg auf die Straße gesetzt, würde es nicht mehr lange dauern, bis er gezwungen war, sich als Halsabschneider zu betätigen, wenn er nicht verhungern wollte. Und das einem Mann, der voller Zuversicht mit Kaiser Rotbart dem Kreuz hinterhergezogen war, um die heilige Stadt Jerusalem aus der Hand der Sarazenen zu befreien! Verfluchte Misere ... Jörg erinnerte sich, wie man sie in den Städten gefeiert hatte, durch die sie auf dem Hinweg gezogen waren (zumindest in denen, die nicht von ihrem Heerzug geplündert worden waren, als die lange Versorgungslinie zusammenbrach – noch weit innerhalb des Reiches, wohlgemerkt). Damals hatte die Ehrfurcht derjenigen, die nicht auf die Pilgerfahrt gegangen waren, sie für einige Zeit ernährt. Versuch das jetzt mal einzufordern ... haha, noch so ein guter Witz! Jörg sah den Wirt an einem Tisch stehen, beladen mit Weinkrügen und Brotlaiben. Er hatte nichts mitbekommen. Jörg öffnete die Faust.

»Ich nehme es dir nicht weg!«, stieß er hervor. »Ich will doch nur ... siehst du ...« Er ließ das Medaillon aufschnappen.

Sein Mitspieler beugte sich überrascht nach vorn. »Was ist das? Haare?«

Jörg fischte mit spitzen Fingern nach der Locke. Er stellte fest, dass seine Finger zu dick waren, um sie herauszuholen – und zu sehr zitterten.

»Ist das eine Reliquie? Wenn's so ist, war sie in dem Medaillon und gehört also mir ...«

»Nein!« Jörg schüttelte den Kopf und mühte sich weiter ab. Er schüttelte das Medaillon in der Hoffnung, die Locke so zu befreien, jedoch vergeblich. Sie hatte sich in all den Jahren unter die Krempe des Schmuckstücks geschoben und sich dort seiner Form angepasst. Wenn seine Finger ein wenig dünner gewesen wären … er angelte mit abgespreiztem kleinem Finger und schob die Haarlocke hin und her, bekam sie aber nicht heraus. »Zum Teufel …«

»Von deiner Liebsten?«, fragte Jörgs Mitspieler.

Jörg brummte etwas.

»Warte mal.« Der Mann nahm Jörg das Medaillon ab und spähte hinein. Dann zog er ein dünnes Messer hervor, stocherte … und die Locke sprang heraus und segelte auf die Tischplatte. Jörg griff hastig danach.

»Eine gute Idee, Herr«, sagte Jörgs Mitspieler. »Wenn mir mal eine so sehr ans Herz wächst, schneide ich ihr auch ein paar Haare ab und leg sie hier rein. Wenn dir das ein Trost ist.« Er zwinkerte. »Mal sehen, ob ich sie ihr oben oder unten abschneide …« Er stand auf. »Dann hast du ja das Wichtigste behalten. Wie ich schon sagte: Pech im Spiel … Gott mit dir, Herr Ritter.« Er klappte das Medaillon zu, ließ es in seiner Börse verschwinden (Jörg hielt sich an der Bank fest, damit er nicht aufsprang und es mit Gewalt wieder an sich brachte), strich das Geld ein, sortierte einige Münzen wieder zurück auf den Tisch, zuckte mit den Schultern und sagte: »Kauf dir einen Becher auf meine Rechnung, Herr Ritter.« Dann verließ er das Lokal und hatte es nicht einmal eilig damit, der Bastard.

Jörg starrte auf das Geld. Die Haarlocke brannte in seiner Faust. Er spürte, wie Leute am Nachbartisch ihn neugierig musterten. Plötzlich hielt er es nicht mehr aus. Er stand ruckartig auf und drängte sich zu einem freien Platz neben den Krakeelern am Kamin – alles war besser, als von den Gaffern angestarrt zu werden und seinerseits das Almosen anzustarren, das auf dem Tisch lag und höhnisch zu blinken schien: Nimm mich, nimm mich doch … Bettler!

Die Krakeeler wandten sich Jörg zu, musterten ihn von oben bis unten, kamen zu dem Schluss, dass man ja nicht unbedingt mit *jedem* eine Fehde beginnen musste, und begaben sich wieder auf die Suche nach Objekten, die nicht darum zu betteln schienen, sich mit ihrem Besitzer anzulegen … nur eine dumme Bemerkung … ein schiefer Blick nur, o bitte … nein, es gab in der Schänke genügend andere, die kleiner waren … Jörg sah ihnen kurze Zeit zu, wünschte sich tatsächlich, sie mögen mit ihm anbandeln, und vergaß sie schließlich. Er öffnete die Faust und drehte die Haarlocke mit seinem dicken Zeigefinger hin und her. Sie fühlte sich spröde an, wie ein dürres Büschel vom Gras des letztes Jahres. Er schnupperte daran: ein vager Metallgeruch vom Innern des Medaillons. Er erinnerte sich an den Duft von Olivenöl, Lavendel und dem Schweiß einer wilden Jagd zu Fuß durch den Obstgarten … er hatte sie erwischt, und sie waren beide gestürzt und lachend übereinander gekugelt, bis der Stamm eines Obstbaumes sie aufhielt. Sie lag auf ihm, und ihr Haar hatte sich gelöst und hüllte sein Gesicht ein … er schloss die Augen, wie er sie damals geschlossen hatte, halb betäubt von ihrem süßen Duft … ihr Atem auf seinen Lippen … und dann der Ruck, mit dem sie in die Höhe fuhr, das Erschrecken, das ihre leuchtenden Augen stumpf machte … »Verzeih mir, verzeih mir!«, und sie sprang auf und rannte mit fliegendem Kleid davon. »Es gibt nichts zu verzeihen!«, wollte er ihr hinterherrufen, »Ich liebe dich, ich werde dich immer lieben!«, doch seine Kehle war wie zugeschnürt, und er brachte keinen Ton heraus, und es war auch besser so … und die ganze Zeit war der Duft ihres Haars um ihn und versengte sein Herz.

Das Gelächter der Kerle neben ihm riss Jörg aus der Erinnerung. Bevor er den Besitz seines Herrn verließ, hatte er es ihr noch gesagt: Ich liebe dich, ich werde dich immer lieben … immerhin hatte er sie so dazu überreden können, ihm die Haarlocke zu geben. Die einen bekamen ein Büschel Haare, die anderen den Rest. Und wem hatte sie ihr Herz gegeben? Jörg hatte in all den Jahren versucht, nicht genauer darüber nachzudenken, denn er ahnte, dass die Antwort auf diese Frage sein eigenes Herz endgültig abgedrückt hätte. Was war die Liebe schon wert, wenn es darum ging, den Besitz zusammenzuhalten, Allianzen zu schmieden, das Vermögen zu mehren? Ein Fliegenschiss im Wind war die Liebe.

Jörg schloss die Faust um die Haarlocke und blickte nachdenklich darauf. Fäuste wie Schinken. Er hatte noch nie gut die Laute spielen können und konnte es jetzt vermutlich gar nicht mehr. Die meisten bekamen einen Bauch vom Fressen und Saufen und ein lahmes Kreuz von jeder Bewegung. Was konnte Jörg dafür, wenn Fressen und Saufen und Sich-Bewegen bei ihm nur dazu führten, dass seine Schultern noch breiter, seine Arme noch muskulöser und seine Gestalt noch athletischer wurde … und was hatte es ihm genutzt im Leben? Wenn er eine feiste Plauze vor sich her getragen und ein Gesicht gehabt hätte wie eine Mastsau, wäre er auch nicht weiter unten gewesen als jetzt.

Plötzlich wusste er, was er tun musste. Er öffnete die Faust wieder, hielt sich die Locke vors Gesicht, schloss die Augen und blies darauf. Das kleine dürre Büschel Haare wirbelte auf, segelte über das Feuer, wurde von der heißen Luft nach oben getragen, taumelte wieder herunter, fing Feuer, flammte auf, stürzte wie eine kleine Sternschnuppe in die Glut und war nicht mehr. Das Werk von Sekundenbruchteilen. Jörg starrte wie betäubt in die Flammen und wünschte sich, er hätte es nicht getan.

Nach einer Weile stand er auf, ging zu seinem alten Sitzplatz zurück, versuchte sich einzureden, dass es ein Wink des Schicksals war, dass die Münzen noch auf dem Tisch lagen, und strich sie ein. Dann wurde ihm bewusst, dass der Wirt höchstselbst neben der Eingangstür stand und sie aufhielt, und ein kleiner dunkler Mann, der mit seinem Bart und seiner Gesichtsfarbe inmitten einer Schar von Pilgerfahrern nur so lange überlebt hätte, wie seine Körperteile brauchten, zwischen den schwirrenden Schwertklingen zu Boden zu fallen, stolzierte hinaus. Jörg hatte nicht darauf geachtet, wann er hereingekommen war, doch die Dauer seiner Anwesenheit hatte genügt, den Wirt zum Schwitzen zu bringen, obwohl dieser weit vom Feuer entfernt stand. Jörg fragte sich, wer da wohl die Schankstube betreten haben mochte, dass sogar der abgebrühte Wirt des Heiligen Knochen Angst vor ihm hatte.

11.

»Das soll es sein?«, fragte Ulrich zweifelnd. »Der Heilige Knochen? Das hört sich nach Blasphemie an. Sollten wir nicht lieber in der Nähe des Doms Unterkunft suchen?«

Rinaldo, der seine gute Laune noch nicht ganz wiedergefunden hatte, sah ihn von unten herauf an. »Willst du für die Rückkehr von die Albo beten oder danach suchen?«

Ulrich saß unschlüssig auf dem Rücken seines Tiers.

»Natürlich schauen wir uns bei die Dom um«, sagte Rinaldo und seufzte. »Aber wir müssen ja auch wo schlafen und essen, *no?*«

»Ausgerechnet hier?«

»Die Wirt hat gesagt, er hat ein eigene Kammer für uns. Was willst du mehr?«

»Und er tritt sie uns ab? Das gibt's doch gar nicht.«

Rinaldo nahm Ulrich die Zügel seines Pferdes aus der Hand und zerrte es hinter sich her zu den Stallungen der Herberge, um weiteren Diskussionen aus dem Weg zu gehen. Tatsächlich war der Heilige Knochen nicht der schlimmste Fleck Kölns, an dem man für ein paar Münzen etwas zu trinken, eine Feuerstelle zum Kochen und einen Platz für den Nachtschlaf bekommen konnte. Rinaldo hatte sich sowohl bei den Zöllnern am Stadttor als auch später unter den Müßiggängern erkundigt, und er meinte den Namen des Heiligen Knochen oft genug herausgehört zu haben, um sicher zu sein, dass es ein Platz war, den die meisten kannten und wovor niemand sich fürchtete. Es war wichtig, dass sich hier viele Leute trafen; es war wichtig, dass die Nachricht in der Stadt bekannt wurde, dass Ulrich und Rinaldo hier waren und nach dem Schädel des heiligen Albo suchten. Was weiters noch zu tun war, würde Rinaldo beizeiten besorgen; doch das Hauptquartier dort aufzuschlagen, wo es viele Ohren gab, gehörte unabdingbar dazu. Er sah sich um und stellte fest, dass Ulrich ihm mit verkniffenem Gesicht folgte. Als er sich klarmachte, wie viele Überraschungen bis jetzt auf den Mönch eingestürmt waren, konnte er ihm seine Starrsinnigkeit nicht wirklich verdenken. Eigentlich hatte der Bursche sich ganz gut gehalten, und er würde seine Haltung weiter bewahren müssen … Rinaldo seufzte in sich hinein und hoffte, dass Bruder Ulrich wirklich aus dem Holz geschnitzt war, wie Rinaldo es vermutete. Wenn der Mönch die Nerven verlor, würde Rinaldo sich entweder absetzen oder allein hinter die Suche nach dem alten Knochen klemmen müssen; da Möglichkeit Eins ausfiel, wenn Rinaldo sich jemals wieder selbst in die Augen sehen wollte, wäre er in der Aufgabe gefangen, zu deren Erledigung er eigentlich nur einen kleinen Teil hatte beitragen wollen; die Erreichung seines eigenen Ziels, währenddessen (und unterstützt von Ulrichs Geld) nach einem neuen Brotgeber Ausschau zu halten, wäre dann unmöglich. Nein, er musste sich darauf verlassen, dass unter dem festen Speck um Bruder Ulrichs Seele auch ein harter Kern steckte. »Pass auf die Kopf auf«, sagte er über die Schulter, als er durch das niedrige Eingangstor schritt. Er hörte, wie Bruder Ulrich »Danke!«, murmelte.

Der Wirt stand an der Tür und begrüßte sie, was höchst unüblich war. Rinaldo war froh, dass Ulrich die Gepflogenheiten in weltlichen Herbergen unbekannt waren. Der Wirt schwitzte, und sein Lächeln war wie festgefroren. Er redete hastig und neigte dazu, Silben zu verschlucken; seine Unruhe machte dieses Leiden noch schlimmer.

»Der Friede des Herrn sei allezeit mit Euch«, knödelte er

und verbeugte sich tief. Es hörte sich an wie: *DerFriesHerrnallsEuch.*

»Und mit deinem Geiste«, erwiderte Ulrich und machte ein erfreutes Gesicht. Rinaldo konnte förmlich spüren, wie sich im Innern des Mönchs etwas entspannte. Mit dieser Höflichkeit hatte er sichtlich nicht gerechnet. Nun, er würde noch früh genug erfahren, warum der Wirt so zuvorkommend war, doch bis dahin waren die Tatsachen, für die Rinaldo gesorgt hatte, schon gefestigt. Er nickte dem Wirt zu und warf sich in Positur.

»Meine bescheidene Herberge hat eine feine Kammer unter dem Dach, wo Euch niemand stören wird, Hochwürden«, sagte der Wirt und sah Ulrich ängstlich an. »Sie war belegt, aber ich lasse sie gerade in diesem Moment räumen.«

»Wer hat dort logiert?«, fragte Ulrich.

»Oh, Hochwürden braucht sich keine Sorgen zu machen, es ist ein Mann, kein Weib, und er ist recht reinlich gewesen.«

»Ich dachte, so einen Gast hält man sich bei Laune?«

Rinaldo sah zwischen Ulrich und dem Wirt hin und her. Ihm war klar, dass Ulrichs arglos-naive Fragen bei seinem Gegenüber ganz anders ankamen, und er grinste in sich hinein, ohne in seiner Wachsamkeit nachzulassen. Er traute Bruder Ulrich durchaus zu, eine derart naive Frage zu stellen, dass selbst der vor Ehrfurcht halb erstickte Wirt misstrauisch wurde. Er hatte den Wirt nicht nur in diese Stimmung versetzt, um die Suche nach dem Schädel bequemer und schneller abzuwickeln; es gereichte auch ihm selbst und seinen Plänen zum Vorteil, wenn man sich vor seinem vermeintlichen Herrn fürchtete. Rinaldo, der es gewöhnt war, im Wirtshaus den Inhalt seiner Börse vorzeigen zu müssen, bevor man ihn bediente, würde sich diesen Luxus nicht so schnell wieder nehmen lassen, *madonna santa* …

»Nun, für Hochwürden hätte ich sogar meine eigene Kammer geräumt, wenn meine Familie und ich nicht in der Schänke schlafen würden und …«

»Nein, ich meine, warum wirfst du den Mann hinaus? Er wird sich doch ärgern.«

»Er hat kein Geld, Hochwürden!«

»Also, wir haben natürlich …«

»O Gott … ich meine, o je«, der Wirt bekreuzigte sich hastig, »so war das doch nicht gemeint. Bitte, lasst Eure Münzen stecken, Hochwürden, Ihr beschämt mich. Es ist mir eine Ehre, Euch unter meinem Dach zu haben.«

»Na ja, aber …«

»Meine Herr wird die Kammer nehmen«, sagte Rinaldo.

»Ja«, sagte der Wirt und atmete auf, »ja. Ich danke Euch. Ich versichere, dass ich nicht …«

»Wann kann meine Herr in die Kammer ziehen?«

»Es dauert nur ein paar Augenblicke, bis wir die Sachen Eures Vorgängers zum Fenster hinaus … bis wir die Kammer geräumt haben.«

»Meine Herr wünscht sich in Kontemplation zu versenken.«

»Was wünsche ich?«, fragte Ulrich.

Rinaldo nahm ihn beiseite. »Du hast doch bestimmt jede Menge Messen versäumt, seit wir aufgebrochen sind, *no?*«

»Ja, natürlich, und ich müsste auch … wieso nennt er mich dauernd Hochwürden? Und warum schwitzt er so? Er hat nur ein dünnes Hemd an, und hier bei der Tür zieht es mächtig.«

»Wir können nicht mit die andere in Gastraum logieren oder vor Feuer in Kamin schlafen. Du brauchst eine ruhige Stelle, wo du die Anbieter auf die Zahn fühlen kannst.«

Ulrich richtete sich verwirrt auf. »Du hast sicher Recht, aber trotzdem … ich fühle mich beschämt durch seine

Unterwürfigkeit. Ich werde ihm sagen, er soll das bleiben lassen.«

»Dann er wird glauben, du nimmst ihn auf die Arm.« Rinaldo hätte sich am liebsten auf die Zunge gebissen, kaum dass es heraus war. Ulrich musterte ihn argwöhnisch.

»Auf den Arm? Wieso denn das? Für wen hält er mich?«

Zu Rinaldos Erleichterung dienerte der Wirt heran. Ulrich blickte von Rinaldo zu ihm und zurück. Man konnte dem Mönch ansehen, dass ihm ein Licht aufging, das aber noch zu klein war, um ihm die Sachlage wirklich zu erhellen.

»Kann ich den verehrten Herrn gefällig sein?«, fragte der Wirt.

»Ja«, sagte Rinaldo knapp. »Draußen die Pferde müssen versorgt werden. Die Kammer gerichtet. Etwas zu Essen gekauft, so wie ich dir vorher gesagt. Meine Herr wünscht mit solche Dinge nicht belästigt zu werden. Alle Fragen an mich, *capito?*«

»Natürlich«, erklärte der Wirt.

Rinaldo sah Ulrich mit einem demütigen Augenaufschlag an. »Wenn Hochwürden so freundlich sein wollen, dem Wirt drei oder vier Pfennige zu geben, damit er für Hochwürdens Wohlergehen sorgen kann? Untertänigster Diener, Hochwürden.«

Ulrich zog den Beutel hervor und zählte vier Pfennige ab. Er hatte den Mund nachdenklich zu einer Schnute verzogen und musterte sowohl Rinaldo als auch den Wirt aus den Augenwinkeln. Rinaldo konnte sehen, wie seine Stirn sich langsam in Falten legte. Er hoffte, dass der Mönch nicht plötzlich losblökte.

»Ich danke für das große Vertrauen, das die edlen Herren in mich setzen und …«, begann der Wirt.

»Meine Herr will nun in die Kammer«, unterbrach Rinaldo.

Der Wirt entfernte sich ein paar Schritte, wobei er sich verbeugte und rückwärts bewegte, bevor er sich herumwarf und die Treppe zum Dachgeschoss hinaufpolterte. Rinaldo sah sich um. Die Stille, die sich nach und nach über die Gäste in der Schänke gelegt hatte, löste sich in Tuscheln und Wispern auf. Da und dort reckten sich Hälse, um die beiden ungleichen Neuankömmlinge bei der Tür näher betrachten zu können. Rinaldo vernahm das Geflüster mit Befriedigung … gut! Die Gerüchtemühle konnte sich nicht früh genug in Bewegung setzen. Er schielte zu Bruder Ulrich hinauf.

Ulrich sah nachdenklich auf ihn hinunter, dann musterte er ebenso nachdenklich den Schankraum. Er sagte kein Wort mehr, bis der Wirt wieder zu ihnen stieß (noch heftiger schwitzend als zuvor) und sie nach oben führte.

Die Kammer war klein, die Decke niedrig, die Mansarde steil, sodass der Baumeister nur zwei kleine Fensteröffnungen in die Wand gebrochen hatte. Sie erhellten den Raum nur unzulänglich. Zwei Reisetruhen, die nie auf irgendwelche Reisen gegangen waren, und ein breites Bettgestell mit den üblichen Leinengurten stellten das Mobiliar dar.

»Ich lasse Säcke mit frischem Heu ausstopfen … wegen der Matratzen …«, keuchte der Wirt und deutete aufs Bett.

Rinaldos Blicke huschten durch die Unterkunft. Nicht schlecht, *caro mio,* nicht schlecht. Selbst zu seinen besten Zeiten im Hurenhaus in Mailand hatte er sein Nachtlager zwischen der Wachmannschaft und den Badeknechten aufschlagen müssen. Selbst im Vergleich zum Schlafsaal im Kloster war das hier Luxus. Hinter der Tür sah er einen Sack gegen die hölzerne Wand gelehnt, der selbst von weitem schwer wirkte. Etwas Zerzaustes, Federn vielleicht, lugte oben heraus; der Inhalt drückte sich teils kantig, teils sperrig von innen gegen das Sackleinen. Rinaldo winkte den Wirt mit einer Hand weg.

»Gut, gut«, sagte er. »Meine Herr ist zufrieden.«

Der Wirt schulterte ächzend den Sack (irgendetwas schepperte darin) und machte, dass er aus der Nähe seiner Gäste kam. Ulrich sah ihm ebenso schweigsam hinterher, wie er sich die letzten Minuten gegeben hatte. Rinaldo, dem die Stille plötzlich aufs Gemüt ging, schlug die Hände ineinander, rieb sie demonstrativ und versuchte dann ein aufmunterndes Kichern. Er stolzierte einmal um Ulrich herum und kam sich wie ein kleiner Junge vor, der auf die Strafpredigt wartet.

»*Ecco,* was sagst du nun?«, fragte er schließlich.

Ulrich sah ihn lange an. »Dass du ein Sünder bist, Rinaldo.«

»Es hat wahrscheinlich keinen Sinn mehr, dagegen anzukämpfen«, sagte Ulrich, nachdem er seinen Vorwurf unerklärt im Raum hatte stehen lassen. Er starrte auf eine Stelle vor einer der Truhen, wo kleine, scharf gezeichnete Löcher im Holzboden waren, fingerlang, aber nicht so breit. Offenbar hatte dort jemand müßig mit der Spitze eines Schwerts auf dem Boden herumgestochert. Auch Rinaldo starrte auf die Stelle.

»Stimmt, du musst die Schädel auf jeden Fall zurückbringen«, sagte er, nicht gewillt, früher aufzugeben als unbedingt nötig.

»Das meinte ich nicht.«

Rinaldo kratzte sich am Kopf. »Ich weiß«, sagte er endlich.

Ulrich seufzte. »Und was nun?«

»Ganz einfach. Ich gehe zu die Dom und rede mit die Leute und sehe zu, dass möglichst viele wissen, wozu wir hier sind – und wo sie dich finden können, wenn sie was anzubieten haben.«

»Ich hoffe, dass du dabei diskret vorgehst.«

Rinaldo hatte sich bereits einen Plan zurechtgelegt. Er würde sich in die Pilgerscharen mischen, die sich vor dem Schrein drängten, in dem die Gebeine der Heiligen drei Könige verwahrt wurden, unsichtbar und hinter schweren Schlössern, und die dort den Staub von den Flächen des Schreins sammelten oder das Öl aus dem Ewigen Licht darüber in kleine Fläschchen abfüllten. Dort würde er laut darüber nachdenken, ob man die Herausgabe der hochverehrten Reliquie sofort verlangen oder das Ende der Pilgersaison abwarten solle. Dem von solchem Gerede hoffentlich herbeigelockten Domdekan und der atemlos staunenden Menge würde er beim Hinausgehen beiläufig unter die Nase reiben, dass man sich möglicherweise auch mit der Reliquie des heiligen Albo zufrieden geben würde, eines besonders wunderträchtigen Patrons …

»Du kannst dich auf mich verlassen«, sagte Rinaldo.

Ulrich kniff die Lippen zusammen, ohne darauf zu antworten. Diese Geste schmerzte Rinaldo, und noch mehr schmerzte ihn, dass er sie verdient hatte – nicht wegen seines Ungehorsams bezüglich Ulrichs Inkognito, sondern wegen dem, was er zusätzlich zu seinem Auftritt im Dom noch tun wollte … und wovon er Ulrich nichts erzählen konnte.

Er setzte ein selbstbewusstes Grinsen auf und stiefelte zur Tür. Auf halbem Weg drehte er sich um, wie ein Mann, dem im letzten Augenblick etwas Nebensächliches eingefallen ist, das er schnell noch erledigt haben will.

»Kannst du mir eine bisschen Geld mitgeben?«, fragte er. »Vielleicht ich werde ein paar Hände salben müssen.«

Ulrich zog die Augenbrauen hoch. »Hände salben?«, echote er.

»Bakschisch«, sagte Rinaldo. »Vorauszahlung. Bestechung. Schmiere. Nenn es wie du willst.«

»Jetzt schon …?«

»Damit kann man nie früh genug anfangen.«

»Wie viel brauchst du?«

Rinaldo zögerte einen winzigen Augenblick. »Fünf Pfennig«, sagte er dann.

Ulrich schnappte nach Luft. Seine Hand blieb in seiner Gürtelbörse stecken. »Das ist ein Vermögen!«

»Es geht ja auch um ein wichtige Sache, *no?*«

Ulrich zählte seufzend Viertel- und Halbmünzen auf eine der Truhen. Mittendrin zögerte er und warf Rinaldo einen Seitenblick zu. Rinaldo nickte aufmunternd. Ulrich vervollständigte den Betrag und seufzte dabei noch tiefer. »Wenn das so weitergeht, sind wir pleite, bevor wir den Schädel auch nur gesehen haben«, brummte er.

Rinaldo schob die Münzen in seine hohle Hand und verstaute sie in dem Ledersäckchen, das er auf der Brust hängen hatte. Das Gewicht des Geldes spannte die Schnur und schnitt in seinen Nacken, aber es war eine beruhigende Last. Er atmete insgeheim auf … und fühlte sich noch insgeheimer wie ein Betrüger.

Ohne dich würde man Bruder Ulrico spätestens morgen in irgendeiner Gasse ausrauben, sagte er sich. Doch er konnte den Gedanken nicht vertreiben, dass er Verrat beging.

»Es kann eine Weilchen dauern«, sagte Rinaldo und öffnete die Tür.

Ulrich winkte ihm matt hinterher. »Keine Angst, ich laufe nicht weg. Wo sollte ich auch hin?«

12.

»Na, mein Sultan, wo willst du denn hin?« Die Hübschlerin drängte sich dicht an Rinaldo heran und lächelte ihn an. Aus der Nähe gewann ihr Gesicht noch einige Falten und Furunkel hinzu. Sie griff ungeniert unter seine Tunika. »Ich habe gehört, ihr Heiden seid beschnitten. Stimmt das, mein großer Saladin? Ich habe noch nie einen drin gehabt, der beschnitten war.« Sie begann zu kneten, was unter ihrem Griff zum Leben erwachte. »Und ich bin neugierig, Süßer! Wenn du mich überhaupt verstehst, mein schwarzer Heide …«

Rinaldo grinste sie breit an. »Jedes Wort ist wie Engelsgesang in meine Ohren«, säuselte er und tätschelte ihren Hintern. Sie presste seine Finger mit der freien Hand und schob sie näher zu der Stelle, wo die Rundungen ihrer Hinterbacken zusammentrafen.

»Wir können in die Kirche gehen«, flüsterte sie. »Es ist gerade keine Messe.«

»Ich suche etwas Besonderes«, sagte Rinaldo.

»Ich bin etwas Besonderes!«

»Ich meinte, etwas *ganz* Besonderes!«

Sie ließ seine Hand los, und auch die Finger unter seiner Tunika hörten auf zu kneten (Rinaldo war nicht undankbar dafür; hätte sie weitergemacht, wäre es ihm vermutlich ziemlich schnell unmöglich geworden, seine Komödie weiterzuspielen). Sie musterte ihn mit zusammengekniffenen Augen, was für ihr Gesicht keineswegs vorteilhaft war. Die knallrot geschminkten Flecken auf ihren Wangen verschoben sich nach oben.

»Ziegen?«, fragte sie langsam. »Esel?«

»Nein, keine Gedanke«, sagte Rinaldo und tat so, als würde er die Frage nicht beleidigend finden.

Die Hübschlerin nahm die Hand unter seiner Tunika hervor und wischte sie langsam an ihrem Rock ab. »Knaben …?«, hauchte sie.

»Ich sagte doch, etwas wirklich *Besonderes*!«

Die Hübschlerin war ratlos. »Ich habe eine Freundin, die wiegt dreihundert Pfund. Vielleicht möchtest du gern in weichen Kissen versinken, mein kleiner dürrer Spatz?«

»Es darf ruhig teuer sein.«

»Wenn's dir darum geht, ich knöpf dir gern das Dreifache ab …«

Rinaldo sah sie an und legte so viel Resignation in seine Stimme und auf sein Gesicht, dass ein Hund, hätte er ihn beobachtet, zu winseln begonnen hätte. »Ich glaube, ich kann bei dir nicht finden, was ich suche … aber für deine Mühe …«

Er zauberte eine Viertelmünze zwischen seinen Fingern hervor, legte sie sich auf die Zunge und beugte sich zu ihr nach vorn. Sie sah ihn einen Augenblick lang entgeistert an, dann presste sie ihre Lippen auf die seinen. Er spürte kurz den sauren Atem aus einem Magen, in dem sich seit zu langer Zeit zu wenig Inhalt befand; eine Zunge huschte in seinen Mund und wieder heraus, und die Frau lehnte sich zurück und grinste ihn an. Zwischen ihren Zähnen hielt sie die Münze. Sie spuckte sie in die Hand und lachte rau. »So bin ich noch nie bezahlt worden.«

Rinaldo lächelte sie an.

Die Hübschlerin seufzte und biss sich auf die Lippen. Schließlich brachte sie ihren Mund an sein Ohr und raunte: »Ich will verflucht sein, wenn ich je einen Kerl zu einer anderen geschickt habe, ohne ihn vorher selbst gemolken zu haben, aber bei dir mach ich eine Ausnahme.

Wenn Geld keine Rolle spielt, versuch's bei Tiberius im Berlich.«

»Eine viel versprechende Name.«

»Du wirst das Haus von außen nicht erkennen, aber ich kann's dir beschreiben. Wenn du jemanden fragst, wird's dir keiner sagen. Tiberius hält auf Diskretion.«

»Und was finde ich dort?«

Sie lachte und schlug ihm auf die Schulter. »Die teuersten Spalten in ganz Köln und Umgebung. Schön wie die Engel, verdorben wie die Sünde und teuer wie der Teufel. Wenn du dein Geld loswerden willst, gibt es keine bessere Adresse.«

Rinaldo grinste und zauberte eine weitere Münze hervor, während sie ihm in knappen Worten beschrieb, wie er Tiberius fände. Innerlich jubelte er. Genau, wohin er gewollt hatte! Guglielmo in Mailand hätte der Bruder von Tiberius sein können, was Geheimniskrämerei und Ruf anging. An solch eine Adresse kam man nur auf zwei Arten: Man wurde von dem reichen Patrizier oder Bischof eingeladen, der dort Stammgast war, oder man fing es so schlau an wie Rinaldo. Alle Weiber auf der Gasse kannten alle Adressen … aber keine von ihnen rückte sie einfach so heraus.

Er hielt ihr die Münze vor die Nase, eingeklemmt zwischen Zeige- und Mittelfinger, und sie nahm beide Finger in den Mund, leckte sie langsam ab und nahm die Münze schließlich mit sich. Rinaldo atmete tief ein.

»Du versäumst was, mein hübscher kleiner Heide«, sagte sie.

»Jede Wette«, erwiderte Rinaldo, tätschelte ihr den Hintern und stapfte zum Dom hinüber, um die andere seiner beiden heutigen Aufgaben in Angriff zu nehmen: Bruder Ulrichs Suche nach dem Schädel des heiligen Albo ganz diskret anzukündigen.

Zwei Stunden später räkelte sich Rinaldo auf einem frisch nach Heu duftenden Lager im Obergeschoss des Hauses, in dem Tiberius seine Schätze versteckte. Das Mädchen neben ihm war von der Art, dass ein reicher Mann anderswo ein Haus für sie gemietet und viel Geld dafür gezahlt hätte, um sie einmal im Monat besuchen zu dürfen. Rinaldo spielte versonnen mit dem nun leeren Lederbeutel um seinen Hals. Für Ulrichs kleines Vermögen hatte er nichts bekommen, das er mit zwei gesunden Händen nicht auch selbst vollbracht haben könnte, aber die Ausgabe war nötig gewesen, um an Tiberius heranzukommen – und das Mädchen war tatsächlich schön wie ein Engel. Rinaldo beobachtete sie, wie sie sich die Hände an einem Tuch säuberte und das Tuch dann durch den Samtvorhang ihres privaten Gevierts nach draußen warf, wo irgendein Bursche es sicher in den nächsten Augenblicken aufnehmen und davonbringen würde. Aus den anderen Gevierten ertönten die Geräusche von Beilagern in unterschiedlichen Stadien des Fortschritts. Bei aller Diskretion hatte Tiberius noch kein Mittel dagegen gefunden, und dass mancher Mann die Lust verlor, wenn er einen unsichtbaren Kameraden gleich nebenan lustvoll grunzen hörte, konnte ihm zwar egal sein, warf aber einen Schatten auf die Qualität seines Hauses. Guglielmo hatte in seinem Bordell die Anzahl der Liebeskammern auf zwei pro Geschoss beschränkt (was im Ganzen vier ausmachte), und sie waren weit genug voneinander entfernt, dass so etwas wie Privatheit entstand – ein seltener, zusätzlicher Genuss für die Herren, die zu Hause in der Regel stets von Dienstboten oder Familienangehörigen umgeben und bereit waren, dafür nochmals extra zu bezahlen. Die Wartezeiten, die sich bei Vollbelegung der Kammern ergaben, ließ Guglielmo nicht ungenutzt: Er tischte den Wartenden ungefragt Wein auf und sorgte dafür, dass einige der billigeren Mädchen sich in aufreizender Weise um sie bemühten und ihnen das lange Ausharren auf die wahren Königinnen des Hauses verkürzten (weitere Sondereinnahmen für Guglielmo). Rinaldo konnte ein Grinsen nicht unterdrücken. Ja, wenn Tiberius ihn in Dienst nahm, würde er seinem neuen Herrn nicht nur beim Spiel auf der Laute von Nutzen sein können.

Das Mädchen musterte ihn. »Warum du lächelst?«, fragte sie.

»Aaah, *cara* Katerina«, sagte er und legte ihr eine Hand auf den Oberschenkel; sie rutschte sofort beiseite. »Du Reine, die du dir nicht mal deine hübsche Kittelchen beschmutzt hast mit mir ... ich freue mich des Lebens!«

»Für diese Preis nicht mehr drin als ...« Sie machte eine eindeutige Handbewegung. »Ich dir gesagt.«

»Schon gut, schon gut. Wann müssen wir diese gastliche Stube verlassen?«

»Jetzt.«

»Bene.« Rinaldo knöpfte seine Hose zu. »Ich möchte Tiberius sprechen.«

»Du bleiben kannst, so lange wollen«, sagte Katerina. »Unten in Keller die Therme du kannst benutzen. Neue Mädchen – neue Geld.« Sie lächelte ihn plötzlich so liebreizend an, dass Rinaldo spürte, wie sich erneut etwas bei ihm regte, obwohl er wusste, dass sie nur an seine Börse wollte. »Selbe Mädchen ... auch neue Geld, aber schöner als vorher ...« Sie streichelte sich langsam über die Vorderseite des Kittels, unter dem sich ihre Brüste abzeichneten, die zu berühren ihm strengstens verboten gewesen war.

»Molto bene«, sagte Rinaldo. »Du bringst mich in Versuchung, *carissima* Katerina – aber ich möchte jetzt Tiberius sprechen.«

Sie hob den Vorhang und wartete, bis er an ihr vorbei nach draußen trat. Katerina war ebenso groß wie er; gut, dass Rinaldo das Korsett angelegt hatte, das ihn wenigstens einen Zoll nach oben reckte. Die Treppe hinunter in den Baderaum mit seinen Zubern lag im Dunkel des weiträumigen Obergeschosses; zwei Talglichter wiesen den Weg, über denen Essenzen und Kräuter in kleinen Tiegelchen verbrannten und Duftfähnchen in die Höhe sandten.

»Essen und Trinken auch neue Geld«, sagte Katerina. »Nur untertauchen in Therme umsonst. Wenn Mädchen in Therme – neue Geld.«

»Ich habe schon verstanden, dass Tiberius sein Gäste mit jedem Atemzug schröpft«, erklärte Rinaldo. »Und dass ihr hier eine Wasserbecken habt, auch …«

»Therme ist in Keller«, sagte Katerina. »Keine Wasserbecken. Therme. Alte Rom. Du verstehst? Therme. Ganz besonders.«

»Euer Haus steht auf die Reste von eine römische Bad?« Rinaldo hob die Brauen. Das musste Tiberius besser ausnutzen! Wieder ein Punkt, bei dem er ihm von Vorteil sein konnte. Ein großes Wasserreservoir – vielleicht funktionierten sogar die Öfen und das Hypocaust-System noch. Das musste er sich ansehen. Man könnte es für Orgien an reiche Kaufleute vermieten, die einen Handel zu feiern hatten. *Madonna!* Das war eine Goldgrube hier! Ein nützlicher Ratgeber mochte vom Sänger zum Partner aufsteigen!

»Sag Tiberius, dass er mich schnellstens empfangen soll, wenn er bald viele Geld einnehmen will.«

Katerina, die hinter ihm die enge Treppe ins Erdgeschoss hinunterkletterte, fragte: »Du kommst morgen wieder?«

»Äh … wer weiß, meine Schöne. Wirst du morgen Sehnsucht nach mir haben?«

»Nein. Aber Tiberius morgen ist da.«

Rinaldo blieb auf der letzten Stufe stehen. »Morgen? Ich will ihn heute noch sprechen.«

»Heute nicht ist da.«

»*Was?* Aber ich …« Rinaldo griff unwillkürlich nach dem

leeren Beutel um seinen Hals. *»Porco dio!«* Er bekreuzigte sich aufgebracht. Er hatte es für so sicher angenommen, dass der Bordellwirt da wäre, dass er sich gar nicht erst danach erkundigt hatte. Abgesehen davon wäre man nur misstrauisch geworden angesichts dieser Frage und hätte ihn nie mehr eingelassen. Und jetzt erfuhr er, dass … *maledetto!* Das ganze Geld umsonst ausgegeben und angesichts Katerinas mangelhafter Dienstleistung auch noch ohne Vergnügen!

»Tiberius morgen ist da«, flüsterte Katerina ihm ins Ohr und lehnte sich an ihn, wobei sie ihm näher kam als die ganze Zeit vorher. Sanft schob sie ihn den letzten Schritt von der Treppe hinunter. »Und ich morgen bin da. Du kommst noch mal zu mir und bringst mehr Geld mit?«

»Madonna«, fluchte Rinaldo, zu wütend, etwas Sinnvolleres zu sagen; gleichzeitig dachte er bereits darüber nach, wie viel Geld Bruder Ulrich noch besaß und wie er ihm ein weiteres kleines Vermögen abluchsen konnte. Er spürte das Klopfen des schlechten Gewissens ob dieses neuerlichen Verrats stärker als das Pochen, das die Berührung von Katerinas Körper unter dem dünnen Leinen an anderer Stelle verursachte.

Katerina strich an ihm vorbei und warf ihm einen letzten, aufreizenden Blick zu. Die Gespräche der wenigen Besucher in ihren Badezubern, deren hochrote Gesichter über den Zuberrändern herausschauten, brausten in seinen Ohren. Er hatte den Eindruck, dass sie ihn alle anstarrten, wie er da am Fuß der Treppe stand und versuchte, nicht vor Schreck und Wut zu platzen. Katerina machte eine Kopfbewegung zum Hintergrund des Baderaums.

»Dort Therme«, sagte sie. »Untertauchen umsonst.«

13.

Keine Angst, beim Essen tauchen wir in die Menge unter, hatte Rinaldo gesagt. Abgesehen davon, dass es in *der* Menge hieß, war Rinaldos Aussage auch inhaltlich falsch. Von wegen untertauchen. Sobald Ulrich auch nur die Augen hob, begegnete er mindestens einem neugierigen Blick, der sofort anderswohin zuckte, wenn die Blicke sich kreuzten, und zurückkehrte, kaum dass Ulrich sich in eine andere Richtung wandte.

»Die halbe Schankstube gafft uns an!«, zischte er Rinaldo zu.

»Das kommt, weil du nichts isst«, zischte Rinaldo zurück.

Es war, was Rinaldo einen »weiteren Stein in der Waagschale« genannt hatte: ein opulentes Abendmahl, für das Ulrich tief in den Säckel hatte greifen müssen. Rinaldo hatte darauf bestanden, dass der Wirt seine Frau und seine Kinder auf den Markt schickte, um einzukaufen, auch wenn Ulrich mit dem Hinweis protestiert hatte, dass sie auf diese Weise nie wüssten, wie viel die Lebensmittel tatsächlich gekostet hatten und dass der Wirt sie prellen würde – Angst vor dem falschen Bruder Antonius oder nicht. Rinaldo hatte geantwortet, darüber sei Bruder Antonius erhaben, worauf Ulrich geseufzt hatte: Ja, aber Bruder Ulrich nicht.

»Was hast du im Dom ausgerichtet?«, flüsterte Ulrich nun, während Rinaldo kurzerhand die Ansammlung von Hühnerschenkeln und -brüstchen, die Lauchstangen, Zwiebeln und Kohlscheiben auf die Tischplatte kippte und Ulrich die Holzschüssel vor die Nase setzte. Eines der gekochten Eier geriet in Bewegung und rollte auf Ulrich zu, der es auffing und zurückzulegen versuchte, wo es auf der abschüssigen Tischplatte sofort wieder Kurs auf ihn nahm. Irritiert klopfte er es so hart auf, dass die Schale zerbrach und das Ei auf der eingedellten Stelle liegen blieb. Rinaldo griff danach und pellte es langsam und mit Sorgfalt ab. In der Holzschüssel vor Ulrich schwamm Bratensaft und ließ seinen Magen knurren.

»War ganz gut«, sagte Rinaldo und konzentrierte sich auf die Aufgabe, ein winziges Stück Schale von der Eihülle zu picken. »Ich werde aber morgen noch einmal dort hin müssen.«

»Hat sich schon jemand auf deine Nachfragen gemeldet?« Ulrich sah erfreut auf.

»Nein«, sagte Rinaldo. An einer anderen Stelle des Eis schien sich ein noch hartnäckigerer Schalenrest festgesetzt zu haben. »Das geht nicht so schnell. Aber ich habe Aufsehen erregt, das kann ich dir sagen.« Er stopfte sich das Ei in den Mund. Seine Augen traten hervor. »Ich muss allerdings noch mal ein paar Börsen füllen«, nuschelte er und legte Ulrich einen Hühnerschenkel in die Schüssel. »Komm schon, iss!«

»Soll das heißen, du brauchst noch einmal Geld? Nach dem, was wir heute schon ausgegeben haben?« Ulrich war fassungslos. Er hatte schon gehört, dass einem in der Stadt das Geld von allein aus der Börse rann, aber dass es so schnell ging … er überschlug im Kopf, wie lange ihr Vorrat unter diesen Umständen noch ausreichte, und kam auf keine allzu lange Zeit. Das ganze Geld des Klosters …

»Rinaldo?«

Rinaldo, der immer noch mit dem Ei kämpfte und einen halb erstickten Eindruck machte, zuckte mit den Schultern und stieß unartikulierte Geräusche aus.

»Das war nur eine Tropfen auf die heiße Stein«, brachte er schließlich heraus. »Ich muss noch mehr von deine Albo wissen. Erzähl mir von …«

»Ein Tropfen auf dem …?«, kreischte Ulrich. Wer seine Aufmerksamkeit noch nicht auf die beiden gerichtet hatte, dessen Kopf schnappte jetzt herum. Ulrich spürte einen Tritt von gegenüber an sein Schienbein. Rinaldo funkelte ihn an.

»… heißen Stein?«, vollendete Ulrich leise. »Bist du verrückt? Allein für den Betrag, den ich dir mitgegeben habe, hätte man die ganze Gemeinschaft eine Woche lang verköstigen können.«

»Ja, mit Wasser und Brot«, brummte Rinaldo.

»Was glaubst du wohl, was wir dort sonst essen?«

Rinaldo spülte die Eierpampe mit einem riesigen Schluck Wein hinunter und würgte dann mit tränenden Augen, bis sich endlich ein Rülpser Bahn brach und seinen kleinen Körper erschütterte. *»Madonna«,* stöhnte er, »ich dachte, es drückt mich ab …«

»Rinaldo!«

»Lass mich nur machen, ich bringe dir die Schädel«, sagte Rinaldo leise und stippte auf Ulrichs Hühnerschenkel. »Du kannst beruhigt essen, Herr«, rief er dann. »Ich habe alles gekostet, nichts ist verdorben.«

Ulrich fuhr herum. Der Wirt stand hinter ihnen und sah sie mit unterwürfigem Lächeln an. »Ist alles zur Zufriedenheit?«, erkundigte er sich ängstlich. *Sallesfiedenheit?*

Ulrich nahm den Hühnerschenkel in die Hand. In seiner Fassungslosigkeit wegen Rinaldos unbekümmerter Geldausgabe gelang ihm eine überzeugende Vorstellung arroganten Klerikergehabes. »Das werde ich gleich wissen«, sagte er.

Der Wirt zog den Kopf ein, als hätte er sich eine Ohrfeige eingefangen, und schlurfte davon. Ulrich ließ das Fleischstück wieder in seine Schüssel fallen.

»Es ist *wirklich* gut«, sagte Rinaldo.

Ulrich ballte hilflos die Fäuste. »Das alles ist kein Spiel …«, begann er.

»*No*«, sagte Rinaldo und sah ihm ins Gesicht. »Das ist es nicht, *madonna santa!* Also erzähl mir etwas über die heilige Albo, damit ich vernünftig arbeiten kann.«

Rinaldo tat so, als würde er Ulrich auflegen, und nahm dabei den Hühnerschenkel aus dessen Schüssel. Er lieferte einen Beweis seiner Fingerfertigkeit, indem er stattdessen einen anderen, blank genagten Knochen zurückließ. Ulrich starrte den Knochen an und musste an Zacharias denken. Der Bratenduft hatte auf einmal keine Wirkung mehr. Rinaldo indes verzehrte das Fleisch des neuen Schenkels mit gierigen, genüsslichen Bissen. Ulrich fiel jetzt erst auf, wie groß und spitz seine Eckzähne waren, beinahe wie die eines Tieres.

Er seufzte. So viel Geld war weg! Und es bedurfte noch weiterer Ausgaben, und sie waren erst seit heute Morgen hier. Ulrich fragte sich, mit wem er sich da eingelassen hatte. Doch als Rinaldo vom Essen aufsah und ihn angrinste, konnte Ulrich nicht anders, als widerwillige Sympathie für den kleinen Italiener zu empfinden.

»Der heilige Albo kam aus Hispanien«, sagte Ulrich schließlich. »Das war zur Zeit von Carolus Magnus. Er war Mönch und auf der Flucht vor der adoptianischen Ketzerei und vor den Mauren, die den größten Teil des Landes beherrschten.«

»So wird man also zu eine Heilige«, brummte Rinaldo. »Man muss nur rechtzeitig abhauen.«

»Albo empfahl sich und seine Seele dem Herrn, denn er sagte sich: Und ob ich auch wandle durch ein finsteres Tal, ich fürchte nichts, denn …«

Vom Kaminfeuer her erklangen plötzlich Rufe und wieherndes Gelächter und ein über dem Lärm der Schankstube deutlich vernehmbares: »Was guckst du so blöd, Rübengesicht?« Ulrich sah sich unwillkürlich um, ohne ausmachen zu können, worum es dort drüben ging. Das ungute Gefühl, das er an der Anlegestelle der Fähre gehabt hatte, meldete sich aufs Neue. Die Stadt. Die große, gefährliche, mörderische Stadt …

»… denn du bist bei mir und weidest mich auf grünen …«

»Jetzt iss endlich«, sagte Rinaldo, »die Wirt schaut schon wieder her. Du bist Bruder Antonio, die gefürchtete Knochenjäger, und nicht ein demütiges Mönch.«

Ulrich atmete aus. »Ich esse nur Brot und Gemüse. Außerdem … wer sagt dir, dass Bruder Antonius nicht in Askese lebt?« Er spähte über die Schulter zum Wirt hinüber und pickte sich eine Kohlscheibe aus dem Fleischhaufen heraus. Sie roch betörend nach dem Braten und weckte Ulrichs Hunger wieder. Der Wirt wandte sich ab, und Ulrich ließ den Bissen fallen. Vielleicht konnte er den Herrn gnädig stimmen, wenn er mit Fasten ein Gegengewicht zu all den Sünden schuf, die schon in seinem Auftrag begangen worden waren (und vielleicht konnte er durch seine Frömmigkeit den Herrn bewegen, Unheil in Gestalt rauflustiger Stadtbewohner von ihm fern zu halten). Tief in seinem Innern regte sich der Gedanke, dass Jesus Christus nichts darüber ausgesagt hatte, dass sein Vater Verfehlungen und gute Taten so kleinlich gegeneinander aufrechnete wie der Vogt eines Bischofs den Zehnten seiner Pächter; doch langjähriger Bibelunterricht und der Einfluss von Bruder Fredegars zisterziensischem Gedankengut ließen sich nicht so leicht abschütteln. Sein Magen knurrte enttäuscht.

»Weil die Bruder Antonio dann schön dumm wäre«, sagte Rinaldo und schob Ulrich den Weinbecher zu.

»Und ich trinke nur Wasser.«

»Du willst wohl selber eine Heilige werden, eh?«

»Möchtest du nun Sankt Albos Vita erfahren oder nicht?«

»Natürlich.« Rinaldo ließ den Becher stehen. »Aber tu wenigstens so, als ob du trinken würdest. Ich halte dann für dich mit.«

»Wie willst du mich unterstützen, wenn du betrunken bist?«

»Ich esse ja auch für zwei«, sagte Rinaldo, »dank die Starrsinn von eine bestimmte Mönch.«

Ulrich führte den Becher zum Mund, der von Rinaldos Trinken und seinen Fingertappern ebenfalls nach Braten roch, und ließ den Inhalt gegen seine Lippen rollen. Unwillkürlich nahm er einen winzigen Schluck. Ulrich hatte etwas erwartet, das nach Pferdepisse schmeckte, doch der Wein war gut. Und mit dem zweiten, etwas größeren Schluck, der sich ihm förmlich aufdrängte, kam der Gedanke: Was mochte der Wirt ihm nachher für das Weinchen abverlangen? Er stellte den Becher hart zurück, aber nun war es doppelt so schwer, nicht das Essen anzurühren.

»Albo kam hierher nach Köln, genauer gesagt zu einem Dorf, an dessen Stelle jetzt das Kloster steht. Damals lebten hier nur Heiden, die Bäume anbeteten und ein Unwetter für den Zorn ihres Götzen hielten. Den frommen Bruder Albo aber wagten sie nicht anzutasten, im Gegenteil: Sie schickten ihm Essen und Trinken in seine Klause im Wald.«

»Hühnerschenkel und Wein«, sagte Rinaldo kauend.

»Brot und Wasser!«

»Warum muss eine Mann sich entweder totschinden lassen oder tothungern, um eine Heilige zu werden?«, seufzte Rinaldo und zog den Becher zu sich heran.

»Im nächsten Frühjahr luden die Heiden Albo ein, mit ihnen den Beginn der Aussaat zu feiern. Albo segnete die

Männer, Tiere, Kinder und Frauen des Dorfes und flehte den guten Willen des Herrn herab auf diese kleine Gemeinde, die trotz ihres Heidentums unschuldig war, denn sie hatten noch nie zuvor vom wahren, einzigen Gott gehört, und Albo empfahl sie seiner Obhut und bat den Herrn, sie zu erleuchten und ihnen Zugang zum wahren Glauben zu erlauben, und in aller Bescheidenheit fragte er um ein Zeichen, das ihm zeigen sollte, ob er dazu ausersehen sei, diese Kinder Gottes auf den rechten Weg zu bringen …«

»Oh-oh!«, machte Rinaldo.

»Was ist?« Ulrich sah sich erschrocken um.

»Nichts. Aber an diese Stelle in Erzählungen von Heilige fängt meistens das Unglück an. Steinigung oder lebendig Gebratenwerden oder das Abschneiden von die …«

»Nicht bei Sankt Albo!«

»Perdoname, patron. Wohlsein!« Rinaldo spähte in den Becher. »*Maledetto,* leer!« Er unterdrückte ein Aufstoßen. »Hoppla!«

»Rinaldo …«

»Wie geht weiter die Geschichte?« Der kleine Sänger sah sich mit erhobenem Becher um. »Und wo ist die Wirt …?«

»Rinaldo!«

»Äh, Bruder Antonio … Bruder Ulrico … komm schon. Wie geht weiter?«

Der Wirt eilte mit einem Krug heran. Rinaldo sagte: »Meine Herr hat noch Durst.« Er grinste. »Auf die gleiche Sorte, nicht auf das, was du in deine Nachtschüssel spazieren trägst.«

Ulrich biss die Zähne zusammen und wartete, bis der Wirt wieder verschwunden war. Rinaldos dunkle Hautfarbe hatte mittlerweile einen warm glänzenden Schimmer angenommen, und sein Haarschopf stand wirrer zu Berge denn je. »Hör auf damit!«, zischte er ihm zu.

»Wer so viel essen muss, muss auch viel trinken. Na

komm, wie haben die Heiden die arme Albo totgemacht? Jetzt wird die Geschichte endlich interessant …«

»Albo wurde … Albo erkannte plötzlich …« Ulrich seufzte verärgert. Diese Stelle in Sankt Albos Vita war schwierig, und angesichts der Trunkenheit Rinaldos hatte Ulrich keine Lust, sie zu erzählen. Der kleine Mann würde wahrscheinlich vor Lachen von der Bank fallen. Rinaldo sah ihn auffordernd an. »Während Albo zu Gott betete, trat auf einmal der Dorfälteste auf ihn zu, in Begleitung seines unschuldigen Töchterleins. Er forderte Albo auf, sich … nun, sich mit ihr in die Furchen zu legen.«

»Äh?«

»In die Furchen. Sie hatten die Felder frisch gepflügt, und …«

»In die Furche legen? *In die Furche legen?* Was soll das heißen?« Rinaldos Gesicht erhellte sich unvermittelt, und er patschte sich an die Stirn. Da er vergessen hatte, dass er einen Batzen Hühnerfleisch in der Hand hielt, hinterließ er einen triefenden Fettfleck, in dessen Mitte ein daumennagelgroßes Stück krosser Hühnerhaut klebte. »*Madonna santa*, ich verstehe!« Rinaldo riss die Augen voller Bewunderung auf. »Eine *consacrazione!* Eine … Ritual! Die Priester macht mit eine Frau ein Kind auf die Feld, und so wird die Feld fruchtbar!« Zu Ulrichs Überraschung lachte er überhaupt nicht. »Das ist das Gleiche wie die Anspritzen von die Feld mit Weihwasser, nur mit Vergnügen.«

»Das ist überhaupt nicht das Gleiche!«

»Doch, ist es!« Rinaldo tippte sich an die Stirn, ohne das dort klebende Stück Haut zu treffen. »Und ich weiß auch, wie es weitergeht. Die dumme Albo hat abgelehnt!«

»Wie kannst du dir erlauben, ihn dumm zu nennen, weil er die Keuschheit des Leibes hoch schätzte?«

»Verzeihung, Herr, verzeiht Eure unwissende Diener«, sagte Rinaldo und gab sich selbst eine Ohrfeige. Das Hautstückchen löste sich endlich und fiel herab. Rinaldo senkte den Kopf und streckte beide Hände gefaltet nach vorn zu Ulrich über den Tisch. Ulrich brauchte sich nicht umzusehen, um zu wissen, dass der Wirt wieder an ihrem Tisch stand, einen frischen Weinkrug in der Hand. Rinaldo blinzelte Ulrich aus seiner unterwürfigen Haltung heraus drängend an.

»Ich verzeihe dir, mein Sohn«, sagte er so herablassend er konnte und nahm die gefalteten Hände des Sängers in die seinen. »Um dir für die Zukunft zu helfen, gegenüber den Heiligen des Herrn demütig aufzutreten, wirst du zur Buße heute Abend nur noch Wasser trinken.« Ulrich wedelte den Wirt fort, ohne ihn anzusehen. Aus dem Augenwinkel sah er, dass der Mann sich nach kurzem Zögern davonschlich. Rinaldo richtete sich auf, stierte Ulrich an und ließ sich dann auf der Bank zusammensacken. Ulrich gab seinen Blick zurück und schaffte es nicht länger, sein Grinsen zu unterdrücken.

»Schadenfreude ist ein Sünde«, sagte Rinaldo.

»Du hast es herausgefordert.«

Rinaldo lachte auf. »Du hast Recht«, sagte er und schüttelte amüsiert den Kopf. »Und du hast schnell gelernt.« Er stieß auf und wischte sich über den Fleck an seiner Stirn. »Ist wahrscheinlich auch besser so. Wir schütten aber die Wein aus Becher in die Wasser, *si?* Draußen in die Kloster kannst du die Wasser gefahrlos trinken, aber nicht hier in die Stadt.«

»Einverstanden.«

»Habe ich Recht mit die Albo?«

Ulrich zuckte mit den Schultern, erleichtert, um den sündigen Anteil der Geschichte herumgekommen zu sein. »Albo beschwor in seinem Entsetzen Blitz und Donner auf die Heiden herab; umso mehr, als er sah, dass sich andere Paare schon in den Furchen tummelten. Die Ältesten des

Dorfes fielen vor Schreck in den Staub und erwarteten zitternd das Strafgericht, das der Gott Albos auf sie niederprasseln lassen würde.«

»Allein Gott der Herr …«

»… hörte nicht«, seufzte Ulrich. »Er hatte andere Pläne mit Albo. Gottes Wege sind wunderbarer, als die Menschen sich vorstellen.«

»Wie war Albos Weg?«

Ulrich lächelte. »Er nahm die Beine in die Hand.«

»Eh?«

»Als die Heiden nach einiger Zeit merkten, dass sie noch lebten, sprangen sie auf und drangen wütend auf Albo ein. Gott gab ihm ein zu fliehen, da er ihn noch brauchte.«

»Entkam er?«

»Die Heiden verfolgten ihn quer über die Felder. Albo rannte und rannte, aber sie waren schneller. Er rief Gott in seiner Not um Hilfe an. Du weißt, dass Gott sich vom Höchsten nicht befehlen lässt, aber die Bitten des Niedrigsten erhört? Albo stolperte und fiel, aber plötzlich war ihm, als zöge ihn ein Engel des Herrn auf die Beine und raunte ihm ins Ohr: Nur noch ein paar Schritte! Und Albo rannte weiter, doch an der Stelle, an der er gefallen war …«

»Ja?«

Ulrich warf die Arme in die Höhe. »… schoss ein gewaltiger Springquell empor, schwemmte die vordersten der Heiden weg und verwandelte sich im Nu in einen reißenden Sturzbach, der sich zwischen Albo und seine Verfolger legte und ihn rettete.« Er sah, dass einige der Nächstsitzenden ihn anstarrten. Vom Kamin her näherte sich ein hoch gewachsener, kahl geschorener Mann in kriegerischer Kleidung ihrem Platz. In der Stimmung, in die Ulrich seit Rinaldos kleiner Niederlage wegen des Weins geraten war, machte es ihm nichts aus, im Gegenteil. Nicht einmal, dass der Mann die Augen zusammengekniffen hatte und diejenigen, die nicht schnell genug beiseite rückten, einfach wegschob, erfüllte ihn mit Sorge. »Lobet den Herrn!«, rief er herausfordernd.

Die meisten um ihn herum bekreuzigten sich. »Lobet den Herrn«, murmelten sie.

»Amen, ja, lobet den Herrn und seine Wunder und den Mut des heiligen Albo, der seine Feinde mit einem Sturzbach schlug«, rief Ulrich. Der Mann war jetzt fast heran. Seine Kleidung sah abgerissen aus. »Und wenn ihr zufällig …«

Ulrich sah plötzlich etwas Dunkles heranschwirren. Er hatte nicht einmal Zeit, sich zu ducken.

»… vom Schädel des …«

FLATSCH!

14.

FLATSCH!

Das Gesicht des Mönchs war auf einmal verschwunden. Jörg starrte auf eine triefende dunkle Masse, von der Brocken in alle Richtungen davonflogen. Der Mönch fiel fast von der Bank. Jörg machte in der Bewegung kehrt und stapfte zurück zum Kamin. Er hörte die Kerle jauchzen und kichern.

»He, ich glaube, wir haben einen …«

Jörg war unter ihnen, noch als sie aufsprangen, um nachzuprüfen, ob ihr Geschoss wirklich sein Ziel erreicht hatte. Einer sah ihn noch überrascht an; dann verdeckte Jörgs Faust den Anblick seines aufgerissenen Mundes. Als die Faust sich wieder senkte, saß der Bursche schon auf dem Boden und blinzelte benommen. Jörg bückte sich, zerrte ihn an den Haaren hoch und klemmte den Hals des Burschen unter seinen linken Arm.

»Was ist denn mit dir los, Großer? Dich haben wir doch gar nicht …«

Ein Ellbogen krachte zwischen die Augen. Der Sprecher sank auf der Bank zusammen.

Der dritte versuchte sich hektisch zwischen Tisch und Bank hervorzuwinden. Jörg knurrte: »Du kannst freiwillig vorangehen oder getragen werden wie deine Freunde.« Er streckte die rechte Hand aus und nahm auch den auf der Bank Sitzenden in den Schwitzkasten. Er war noch halb betäubt. Der Bursche unter dem linken Arm gab erstickte Geräusche von sich und trommelte gegen Jörgs Rücken, ohne etwas auszurichten.

»Es ist mir eine Freude, mit dir zu gehen ...«, stammelte der dritte Krawallmacher.

Jörg nickte in die Richtung, in der der Mönch und sein kleiner Begleiter saßen. »Nach dir«, sagte er.

Als er bei den beiden Männern ankam – mit den zwei Kerlen unter den Armen und dem dritten vorneweg eine Art Bugwelle aus weggeschobenen oder aufspringenden Zechern durch den Raum ziehend –, bemühte der kleine Mann sich gerade, dem Mönch das Gesicht zu säubern. Der Wirt war wie üblich nirgends zu sehen. Jörg trat den Mann vor sich in den Hintern, dass er gegen den Tisch flog. Der Mönch und der kleine Mann fuhren erschrocken auf.

»Das sind die Burschen, Hochwürden«, sagte Jörg. »Mit Verlaub, lasst mich kurz den beiden hier die Hälse brechen, damit ich den dritten dort mit ihren toten Körpern erschlagen kann.«

Drei Augenpaare starrten ihn an. Die Männer in seinen Armen strampelten und keuchten und versuchten sich loszureißen. Ihr Kumpan sank vor dem Tisch auf die Knie und begann zu blubbern. Um sie herum wurde es mäuschenstill.

»War nur Spaß«, sagte Jörg und setzte ein breites Grinsen auf. Er deutete mit dem Kinn auf das verschmierte Gesicht des Mönchs. »Eine alte Brotscheibe, mit Schmutzwasser getränkt. Nichts, das einen bleibenden Schaden hinterlässt.«

Der Mönch starrte ihn immer noch an. Der kleine Mann an seiner Seite schien etwas agiler zu sein; er räusperte sich und ließ von seinen Säuberungsversuchen ab, räusperte sich ein zweites Mal (der Mönch gaffte immer noch, als habe ihm jemand ein Holzbrett vor die Stirn geschlagen), griff dem Krawallmacher, der vor dem Tisch auf dem Boden kniete, in die Haare, bog seinen Kopf nach hinten und rief laut in die Stille: »Weißt du, mit wem du dich angelegt hast, du Made?« Er hatte einen schweren Akzent, doch aus der Nähe besehen schien er weder ein Seldschuke noch ein Byzantiner zu sein.

»Verschont sie«, sagte der Mönch.

Der kleine Mann ließ den Krawallmacher los und drehte sich um. Er verbeugte sich. »Herr, Eure Gnade ist noch grenzenloser als Euer Zorn.«

Jörg spreizte die Arme ab und ließ seine Gefangenen zu Boden fallen. Sie kamen hustend auf die Beine. Zu dritt flohen sie nach draußen. Gelächter, Schreie und Pfiffe brandeten auf, und die ganz Mutigen unter den Schänkenbesuchern schleuderten ihnen nun ihrerseits nasse Brotscheiben hinterher. Jörg drehte sich einmal um die eigene Achse, nickte und grinste und musste sich zusammenreißen, um nicht die Arme zu heben und sich zu fühlen, als wäre er nach einem Buhurt noch als Letzter im Sattel.

Der kleine Mann deutete auf einen Platz neben sich. »Willst du dich nicht setzen?«

Jörg warf einen Blick zu dem Mönch, den der Kurze als seinen Herrn angesprochen hatte. Der Mönch, der zu ihm emporgestarrt hatte, zuckte plötzlich zusammen, als wäre ihm ein Schmerz durch den Körper gefahren. »Setz dich, mein Sohn«, sagte er ein wenig gezwungen.

Jörg ließ sich nieder. Auch im Sitzen überragte er beide Männer. Der Duft der Hühnchenschenkel stieg ihm in die Nase. Er fühlte, dass er die Chance hatte, mit dem seltsamen Mönch und seinem noch seltsameren Begleiter ins Geschäft zu kommen. Jetzt nur keine falsche Bewegung machen und keinen Unsinn daherreden! Es war zwar eigentlich unter seiner Würde, sich einem Pfaffen als Leibwächter anzudienen – noch dazu dem, dessentwegen der Wirt ihn vor die Tür gesetzt hatte, ein Umstand, den man geschickt in die Verhandlungen mit einfließen lassen konnte, wenn es darum ging, auf die Tränendrüse zu drücken – andererseits sagte die Art und Weise, wie der Wirt den Mönch hofiert hatte und mit welchem Selbstvertrauen der Mann hier in der Schänke saß, möglicherweise etwas über dessen Bedeutung aus. Könige und Bischöfe schickten zuweilen Mönche als ihre Legaten aus, oder Legaten verkleideten sich als Mönche, um einfacher reisen zu können. Einen solchen Mann zu schützen, war nicht ehrenrührig.

Nun, selbst wenn es so gewesen wäre – was war die Alternative? Jörg hatte ein paar Worte mit dem Leibwächter des überheblichen Reliquienhändlers getauscht und sofort erkannt, dass er hier einen Bruder im Schicksal vor sich hatte. Man konnte also noch tiefer sinken.

Und falls Jörg noch Zweifel gehabt haben sollte, ob er in Gestalt des Mönchs und seines kleinen Begleiters den Strohhalm sehen sollte, nach dem er greifen konnte, enthob sein Magen ihn weiteren Nachdenkens. Er meldete sich mit einem so lauten Knurren, dass selbst die Zecher an den Nachbartischen erschrocken auffuhren. Jörg errötete und versteckte die Hände unter der Tischplatte.

Der Mönch zuckte erneut zusammen und funkelte den kleinen Mann an. »Warum greifst du nicht zu, mein Sohn?«, stöhnte er dann.

»Meine Herr ist bereits gesättigt«, sagte der kleine Mann.

Jörg betrachtete die sauberen Hände und Gesicht des Mönchs. »Ihr kommt mit kleinen Portionen zurecht, Hochwürden.«

Der kleine Mann rieb sich mit dem Ärmel über das fetttriefende Kinn und wischte sich die Hände an seinen Beinlingen ab. Dann musterte er Jörg von oben bis unten. Schließlich grinste er mit vollen Wangen, und Jörg fragte sich, ob er das Funkeln in den schwarzen Augen des Burschen wirklich als spöttisch-anerkennend deuten sollte. Es war die Frage, vor wem man bei diesem Duo mehr auf der Hut sein musste. Jörg griff nach einer Hühnchenkeule und legte den Knochen mit einem einzigen Bissen blank.

»Herr, segne diese Gabe«, nuschelte er dann und bemühte sich um einen treuherzigen Blick.

Der Mönch machte einen erneuten Satz und rückte dann ein Stück beiseite. Einer seiner Mundwinkel war schmerzlich verzogen.

»Was kann ich für dich tun, mein Sohn?«, fragte er. »Außer, dich an meinem Tisch zu speisen?«

Jörg legte den abgenagten Knochen sorgsam beiseite und rieb die Hände ineinander, um das Fett wenigstens zu verteilen. Obwohl sein Magen sich nach diesem Häppchen noch ärger meldete als zuvor, ignorierte er ihn. Er hatte den Eindruck, dass es an der Zeit war, ein bisschen ritterliche Würde zu zeigen.

»Ich bin Jörg von Ahaus«, sagte er, »dritter Sohn von Hadamar, freier Ritter von Ahaus, und seinem Weib Agnes, niemandem zu Lehen als dem Kaiser, soeben zurückgekehrt von der Pilgerfahrt nach Jerusalem und …«

»Dritte Sohn, *ecco«,* sagte der kleine Kerl mit Betonung, als wüsste er, was das bedeutete. Jörg starrte ihn an, aus dem Konzept gebracht. Der Kleine zwinkerte ihm zu.

»Du warst auf der Pilgerfahrt mit Kaiser Rotbart?«, fragte der Mönch.

Jörg neigte den Kopf. »Gott, der ihn viel zu früh abberief, möge seiner großen Seele gnädig sein.«

»Reden wir von die große Seele, die Milano und die andere Städte verbrannt hat?«, brummte der Kleine.

»Stammst du von da?«, fragte Jörg. »Ich war damals noch gar nicht auf der Welt, das kann ich dir versichern.«

»Ich auch nicht«, sagte der Bursche und grinste erneut. »Ich bin Rinaldo.«

»Wo sind deine Gefährten? Wo ist dein Knappe?«, fragte der Mönch.

»Die Gefährten, die ich hatte, sind im Heiligen Land begraben«, erklärte Jörg. »Mein Knappe hat die Reise dorthin nicht überlebt.« Er sah dem Mönch gerade ins Gesicht. Er musste ihm ja nicht auf die Nase binden, dass der junge Pabo vor Heimweh geflennt hatte, als der Heerzug noch keine drei Tage tief im Königreich Ungarn gewesen war … und dass er den Burschen mit einer Gruppe Treidelschiffer über die Donau zurück in die Heimat geschickt hatte, weniger aus Mitgefühl, sondern weil sein eigenes Herz beim Anblick des melancholischen Kerls nie zur Ruhe gekommen wäre. Nicht, dass Jörg sich in die Heimat zurückgesehnt hätte, nur nach einer bestimmten Frau dort. In den letzten Monaten hatte er sich manchmal gefragt, ob Pabo auf dem Hof seines Bruders auf ihn wartete oder ob er in Schande zu seinem Vater, dem Grafen von Zulling, zurückgekehrt war. Er hatte ihn von seinem Treueschwur entbunden und hoffte, dass der Junge sein Glück anderweitig gemacht hatte. Mit Jörg zusammen hätte er es ohnehin nicht gefunden, hahaha …

»Was habt Ihr gesagt?«, fragte Jörg, durch die plötzliche Stille aus seinen Gedanken gerissen.

»Ich habe dich noch einmal gefragt, was ich für dich tun kann.«

Jörg faltete die Hände und streckte sie dem Mönch über den Tisch hinweg entgegen. Der Mönch blickte ratlos darauf.

»Ich möchte in Eure Dienste treten, Hochwürden.«

»Als was?«

»Als Euer Beschützer.« Jörg wies vage in die Richtung, in die die Krawallmacher verschwunden waren.

»Ich brauche keinen …« Der Mönch sprang fast von der Bank auf und zischte etwas, bevor er sich wieder niederließ und mit einer Hand unter dem Tisch herumfummelte, als würde er sich das Bein reiben.

»Was für eine großzügige Angebot«, sagte Rinaldo. »Meine Herr ist erfreut.«

Jörg sah von einem zum anderen.

»Er ist meine Zunge«, ächzte der Mönch. Rinaldo grinste.

»Was verlangst du?«

»Kost und Logis«, sagte Jörg schnell. Er deutete mit einem Daumen zur Decke. »Ich möchte meine Kammer wieder.«

»Das waren deine Sachen?«, staunte Rinaldo und lachte dann los. Jörg fragte sich, ob er es als Spott nehmen sollte, aber der kleine Kerl wirkte nicht so, als könne man ihm lange etwas krumm nehmen.

»Es ist sehr eng dort …«, begann Rinaldo.

»Wenn ich mich im Schlaf auf dich wälze und dich erdrückt habe, gibt es wieder etwas mehr Platz«, sagte Jörg und lächelte, als Rinaldo die Worte im Hals stecken blieben. »War nur Spaß«, sagte er dann.

»Kein Geld?«, erkundigte sich der Mönch.

»Nur so viel, dass ich mein Schwert auslösen kann. Ihr seht, ich bin ganz ehrlich.«

»Du bist ganz *pleite*«, sagte Rinaldo.

»Was versprichst du dir davon?«, fragte der Mönch.

»Ich muss wieder Fuß fassen. Ihr helft mir dabei.«

»Tut mir Leid, dass die Pilgerfahrt dir kein Glück gebracht hat.«

»Das ist vielen so ergangen. Allen voran dem Kaiser und seinem Sohn.«

»Friede ihrer Asche«, murmelte der Mönch.

»Also?«

»Du nimmst deine Anweisungen von mir entgegen und …«, sagte Rinaldo und schoss dann in die Höhe, als hätte eine Schlange unter dem Tisch ihn gebissen. Der Mönch lächelte zufrieden. Rinaldo stellte ein Bein auf die Bank und rieb sich mit schmerzverzerrtem Gesicht das Schienbein.

»Unser Freund Jörg wird selbst wissen, was er zu tun

hat«, sagte der Mönch. »Wenn es um Anweisungen geht, kommen sie von mir. Wenn es um Geld geht, auch.«

»*Certamente*«, ächzte Rinaldo.

Jörg streckte erneut die Hände über den Tisch. Der Mönch zuckte mit den Schultern.

»Die *commendatio,* bitte«, sagte Jörg.

Der Mönch umfasste Jörgs Hände nach kurzem Zögern und rollte dabei mit den Augen. »Eine einfache Zusage reicht doch auch …«, brummte er, sagte dann aber folgsam: *»Ego te recommendato, vassus.«*

Jörg zog die Hände zurück und neigte den Kopf. Er spürte, wie ein Segen auf seine Stirn gezeichnet wurde. Erleichtert ließ er die Hände sinken. Ein Lächeln stahl sich auf seine Lippen. Dass er mit Hilfe des Mönchs und seines Dienstes für ihn wieder auf die Beine kommen wollte, war ihm erst während des Gesprächs eingefallen; dennoch war es nicht weniger wahr. Als er sich zu den beiden herüber aufgemacht hatte, war ihm gar nicht richtig klar gewesen, was er von ihnen wollte. Er stellte fest, dass sich in den letzten Minuten sein Herz selbstständig gemacht und ihm die Worte in den Mund gelegt haben musste. Er sah auf und strahlte den Mönch an.

»Wie darf ich Euch nennen, Hochwürden?«

»Ich bin einfach nur Bruder …«

»… Antonio«, sagte Rinaldo.

Jörg zog die Augenbrauen hoch.

»Du hast ihn gehört«, seufzte der Mönch. »Bruder Antonius.« Er hob den Finger und drohte zu Rinaldo hinüber. »Und dabei bleibt es. Kein *Hochwürden,* kein *Ehrwürden,* kein *Ihr* und kein *Euer Gnaden.* Ich bin Bruder Antonius, das ist alles.«

»Verstanden, Bruder«, sagte Jörg knapp.

»Wie du wünschst, Bruder«, sagte Rinaldo. *»Molto piacere.«*

Jörg angelte sich einen neuen Hühnerschenkel. Auf halbem Weg zum Mund hielt er inne und fragte: »Und was treibt dich hierher, Bruder Antonius?«

Antonius und Rinaldo warfen sich einen Blick zu und sahen Jörg dann unschlüssig an. Der wedelte mit dem Hühnerbein durch die Luft.

»Ich meine ja nur«, sagte er. »Ich muss schon wissen, um was es geht, wenn ich dich vor Gefahren beschützen soll.«

15.

»Die Gefahr ist groß«, sagte Barbara.

Ihr Spiegelbild, das von der Oberfläche des schwarzen Wischwassers im Zuber zu ihr emporstarrte, erwiderte nichts. Barbara atmete ein.

»Pfeif drauf«, sagte sie dann und zerstörte das Spiegelbild mit einem raschen Schlenker der Hand. Sie sah sich in der morgendlich ruhigen, leeren Badestube um. Der Boden war stumpf vor Nässe und makellos sauber. Geschmeidig stand Barbara auf, obwohl sie die letzte Stunde auf den Knien um die Badezuber rutschend verbracht hatte. »Pfeif drauf«, wiederholte sie leise.

Sie ließ den Lappen in den Wischzuber fallen, trug beides vor die Tür und schüttete das eiskalte Schmutzwasser in die Kotrinne. Dann wrang sie den Lappen aus und legte ihn über die Öffnung des Zubers, trug beides wieder zurück an ihren Platz hinter der Tragsäule und sah sich noch einmal um. Der Geruch des nassen Holzbodens, vermischt mit dem von Kräutern und feuchtem Leinen, war angenehm, fast heimelig, aber auch nur fast. Barbara merkte, dass sie Abschied nahm. Ihr Herz begann zu klopfen. Von oben hörte sie die rhythmischen Geräusche, mit denen Walter und Hildegard den frühen Morgen begrüßten.

»Gott behüte euch«, sagte sie und schlüpfte hinaus, bevor die Tränen sie überwältigten.

Draußen an der frischen Luft war es besser. Selbst der Stadtgestank war um diese Tageszeit erträglich. Die Schatten von der Mauer waren lang und tiefgrau und reichten über die gesamte Gasse bis zu der Gebäudereihe herüber, von denen eines Walters Badehaus war. Barbara verschränkte die Arme, doch das Frösteln war beinahe angenehm – es ließ ihr Herz langsamer schlagen. Sie hörte das Klopfen der Wassermühlen im Rhein aus der einen Richtung und das helle Klingen eines Schmiedehammers aus der anderen. Von der Mauerkrone kamen ein Husten und Ausspucken, eine gemurmelte Begrüßung und ein kurzes Lachen: Die Mauerwache löste einander ab. Es war Tradition, dass der Ablösende dem Abzulösenden einen heißen Trank mitbrachte; Barbara lauschte auf das Schlürfen und das kurze, vertrauliche Gespräch der beiden Männer, ohne ein Wort verstehen zu können, und sie wünschte sich für einen Moment nichts anderes, als zu ihnen und ihrer Gemeinschaft zu gehören. Doch Barbara gehörte zu ihrem Ehemann und musste den Schwur einhalten, Gregors Tod zu sühnen. Wahrscheinlich würden sie bald im Jenseits vereint sein.

Die Schritte auf der Mauerkrone gingen auseinander.

Barbara zog das Tuch um Kopf und Schultern, schniefte und machte sich auf den Weg, Bruder Antonius zu ermorden.

Gestern Abend hatte einer der verschlagenen Typen vor dem Badehaus gestanden, einer jener Burschen, die zu Ivers weitreichenden Verbindungen in die verrufenen Viertel der Stadt gehörten.

»Iver lässt dir ausrichten, der Kerl is' wieder da«, hatte der Mann erklärt. »Du-weißt-schon-wer. Man hat ihn gesehen. Iver lässt dir außerdem sagen, dass du 'ne dumme Kuh bist.«

»Kann Iver mir auch sagen, wo ich den Mann treffen kann?«

»Wahrscheinlich vor oder nach der Prim am Dom. Diese Burschen gehen ja früh beten.«

»Ich werde dort sein.«

Der Bursche hatte sie von oben bis unten gemustert. »Ich hab 'n Viertelpfennig«, hatte er dann verkündet. »Du siehst gar nich' so übel aus. Was machste für 'n Viertelpfennig?«

»Was ich dir gebe, kannst du auch kostenlos haben. Eine Tracht Prügel mit dem Besenstiel, bis entweder der Stiel zerbricht oder deine hässliche Rübe.«

»Heiliger Gereon, du bist wirklich 'ne dumme Kuh.«

»Hau ab«, hatte Barbara gesagt und den Besen gehoben. Mit den Gedanken war sie schon ganz woanders gewesen.

Am Eingangsportal des Doms drängten die Menschen sich schon zu dieser frühen Stunde. Wahrscheinlich würde irgendwann einmal in der nächsten oder übernächsten Generation, sollte der Pilgerstrom zu den Gebeinen der Heiligen Drei Könige nicht abreißen, jemand einen Neubau planen. Ob Erzbischof Rainald daran gedacht hatte, als er die Reliquien hierher brachte? Nun, das war nicht Barbaras Problem; nichts, was weiter in der Zukunft lag als die nächsten paar Stunden, ging sie noch etwas an. Sie umklammerte das Heft des Messers, das sie unter dem Tuch versteckt hielt. Die Klinge war so scharf, dass sie sich schon in den Finger geschnitten hatte, als sie in ihrer Nervosität den Griff wechseln musste. Sie würde dem Ungeheuer, das nun einen Namen hatte, den sie in Gedanken kaum aussprach, an die Kehle gehen. Er sollte noch so viel Atem haben, ihr in die Augen sehen und hören zu können, wie sie flüsterte: »Das ist für Gregor, den besten Mann, der dir jemals zum Opfer gefallen ist, du … DRECKSTÜCK!«

Und wenn er selbst oder seine Leibwächter sie daran hinderten? Nein, sein Blut würde auf jeden Fall fließen! Und wenn im Getümmel obendrein ein paar Finger von der schwitzigen Hand des Leibwächters abgetrennt wurden, die sich auf ihren Mund gepresst hatte, würde sie deswegen kein schlechtes Gewissen empfinden.

Überdies ließ eine scharfe Klinge sich besser ins eigene Herz stoßen, wenn der Anschlag fehlzuschlagen drohte. Und falls Barbara die Tat glücklich zu Ende bringen konnte, ebenso.

Schweißgeruch, Mundgeruch, zu oft nass gewordene Kleidung und zu selten gewaschene Haut … in der Menge vor dem Portal eingekeilt, brach Barbara der Schweiß aus. Sie biss die Zähne zusammen. Ihr Magen revoltierte angesichts der Anspannung, des Gestanks und der Tatsache, dass sie seit gestern zur Sext nichts mehr zu sich genommen hatte. Sie schmeckte ihren eigenen Atem und wusste, dass er um nichts besser roch als derjenige der Pilger um sie herum. Hildegard hatte stets Schälchen mit Kardamom herumstehen, die von den Badenden ausgiebig gekaut wurden, um ihren schlechten Atem abzutöten; Barbara hatte einen weiten Bogen um sie gemacht, weil sie wusste, dass ihr angeschlagener Magen die Schärfe der Samenkügelchen niemals vertragen hätte. Sie schloss die Augen und blinzelte angestrengt, als ihr ein Schweißtropfen in die Wimpern lief.

Ein übler Atemstoß wehte unter ihr Tuch. Sie drehte den Kopf und starrte einem Mann in die Augen, der ihr so nahe war, dass er sie ohne Anstrengung hätte küssen können. Er verzog den Mund zu einem Grinsen, das seine Augen nicht erreichte. Nach einer Schrecksekunde erkannte Barbara, dass der Mann vor Angst beinahe schielte; er besaß ein spitzes, unrasiertes Gesicht unter einer Lederhaube, die vermutlich einer umfangreichen Population von Läusen Dach und Himmel war. Sie hob die Hand, um ihn wegzustoßen.

»Ein Wunder, Schwester«, flüsterte der Mann. »Willst du ein Wunder sehen?« Seine Blicke schossen hin und her und saugten sich schließlich an ihrem Gesicht fest.

»Nein«, sagte Barbara.

»Ich zeig's dir. Hier, sieh her …« Erneute sichernde Blicke; dann schob sich eine Faust vor ihre Nase, klappte auf, klappte zu, und wieder die hin und her zuckenden Blicke. »Ist das nicht ein Wunder, Schwester?« Seine Stimme klang, als hätte er hinzugefügt: *O bitte, bitte, bittebitte …*

»Ich habe gar nichts gesehen«, sagte Barbara. »Und jetzt lass mich in Ruhe, du Narr.« Sie legte eine Hand vor seine Brust und wollte ihn wegschieben, doch in der Menge war es unmöglich.

»Nein, sieh noch mal her«, flehte er. »So eine günstige Gelegenheit kommt nicht mehr wieder, Schwester. Ich will doch nur dein Bestes. Schau, der Fingerknochen der heiligen …«

Er hielt ihr die Faust noch einmal vors Gesicht und öffnete sie langsamer. Bevor Barbara erkennen konnte, was er darin versteckte, legte sich plötzlich eine Pranke groß wie eine Bratpfanne um die Faust des Mannes und drückte sie zu. Barbara hörte irgendetwas darin knacken, und das heisere Flüstern des Kerls verstummte mit einem Wehlaut.

»Sie hat dir gesagt, du sollst dich zum Teufel scheren«, brummte eine Stimme hoch über ihr.

Der Mann mit der Lederhaube begann zu winseln und ging in die Knie. Seine Faust steckte in der Pranke des Mannes wie in einer Schlagfalle. Noch einmal hörte Barbara irgendetwas knacken.

»Ich glaube, jetzt hat er verstanden«, sagte sie und blinzelte nach oben. Ein braun gebranntes Gesicht unter einem kahl geschorenen Schädel blickte auf sie herab; ein fröhliches Grinsen legte die schmalen Wangen in Falten und ließ die Augen blitzen. Überrascht erkannte Barbara, dass es der Mann war, der versucht hatte, mit Iver ins Geschäft zu kommen und den sie zuerst für einen seiner Leibwächter gehalten hatte; der Mann mit dem leeren Schwertgehenk eines Ritters an der Hüfte.

»Herr«, stöhnte der Mann mit der Lederhaube, »ich wusste doch nicht … Ihr gehört zu ihm, oder? Ich dachte, hier darf jeder …«

Die Schlagfalle öffnete sich, und der Mann mit der Lederhaube taumelte zurück.

»Verschwinde«, sagten Barbara und der Kahlgeschorene gleichzeitig. Sie sahen sich an. Der Kahlgeschorene lachte. Barbara verzog die Lippen, musste das Lächeln jedoch eher unterdrücken als erzwingen.

Der Kahlgeschorene trat einen Schritt nach hinten. Jede seiner Bewegungen wirkte, als pflüge ein Schlachtross durch die Menge. Auf einmal hatte Barbara jede Menge Platz. Sie sah sich nach dem Kerl mit der Lederhaube um (am Ende war ihr aufgegangen, was er anzubieten hatte, und dabei war es ihr kalt den Rücken heruntergelaufen), doch die Menge hatte den Mann bereits verschluckt. Ein Arm wie ein Baumstamm deutete auf den plötzlich freien Zugang zum Dom.

»Nach Euch, werte Dame.«

Sie zögerte. Mit einem Mal war ihr der Blick in die fröhlichen, arglosen blauen Augen des Mannes zu viel. Was weißt du schon, dachte sie. Dann nickte sie, zog das Tuch enger um ihre Schultern und schritt an ihm vorbei, ohne sich noch einmal umzusehen.

Sie erblickte Bruder Antonius sofort, nachdem ihre Augen sich an die Düsternis im Dom gewöhnt hatten. Inmitten des Trubels um den Reliquienschrein der Heiligen Drei Könige stand er still da, eine hünenhafte Figur in einer dunklen Kutte, die das Licht der Kerzen und Tranfunzeln aufsaugte und ihn noch schwärzer erscheinen ließ. Die Kapuze des Skapuliers war über seinen Kopf gezogen. Er hatte sich seitlich vom Schrein postiert, wandte ihr den Rücken zu und tat so, als würde er beten. Barbara spürte, wie sie vor Angst und Wut zu zittern begann. Ihre Zähne schlugen aufeinander, bis sie ihren Körper wieder unter Kontrolle hatte.

Sie sah sich um. Wo waren die beiden Leibwächter des Ungeheuers? Niemand drückte sich in seiner Nähe herum, der nicht Mantel und Stab eines Pilgers trug oder hinreichend harmlos aussah … tatsächlich schienen die Menschen einen Bogen um ihn zu machen und ihm auszuweichen. Auf der anderen Seite des Schreins fiel ihr eine Menschenansammlung auf. Die Leute traten mit fuchtelnden Armen auf der Stelle und unterhielten sich zischend – offenbar kein freundliches Gespräch. In der Mitte des Gedränges stand ein frech grinsender kleiner Kerl, der wie ein Muselmane aussah, wahrscheinlich aber keiner war, denn es hieß, dass Muselmanen augenblicklich von einem Blitzschlag niedergestreckt würden, wenn sie eine christliche Kirche betraten. Barbara wandte sich von der Szene ab; auch Bruder Antonius schien ihr keine Bedeutung beizumessen, wenngleich schwer zu sagen war, wohin im Innern der Kapuze seine Augen blickten. Barbara erinnerte sich an die untere Hälfte eines Gesichts … ein wuchtiges Kinn mit einer Kerbe darin, schmale Lippen, ein Mund, den man schön hätte nennen können, wäre er nicht vor Verachtung und Hohn verzerrt gewesen. Als sie erneut schauderte, atmete sie tief ein und packte das Heft des Messers fester, was ihr für kurze Zeit so etwas wie Beruhigung verschaffte.

Ihn arglos zu nennen, hätte die Sache wohl nicht getroffen, aber sicherlich war er ahnungslos, dass Barbara ihm so nahe und in seinem Rücken war. Sie schluckte, als sie merkte, dass ihr vor Anspannung der Speichel im Mund zusammenlief … und schluckte nochmals, als ihr dabei bewusst wurde, dass ihr Hals trocken wie ein altes Tuch war. Die Bewegungen der Menschen, die den Schrein aufsuchten, schob sie weiter nach vorn. Sie machte sich frei, um an den Rand der Menge zu gelangen. Bruder Antonius stand immer noch bewegungslos. Sie starrte ihn an, wie die Schlange im Gras den Frosch anstarrt. Ihr war, als könne sie nur ihn wahrnehmen, und als wäre alles um Bruder Antonius herum unscharf, verschwommen, farblos. Sie sah die groben Härchen um den Saum der Kapuze herum im Gegenlicht der Kerzen auf dem Schrein zittern mit jedem Atemzug, den das Ungeheuer tat; sie sah die leisen Bewegungen der Schultern, die sich hoben und senkten. Zwei, drei Schritte trennten sie noch von seinem Rücken. Sie hörte ein zitterndes Brausen: das Klopfen ihres Herzen in ihren Ohren. Der Schnitt in ihrem Finger brannte von der Kraft, mit der sie den Griff des Messers festhielt, und vom Schweiß, der in dicken Tropfen auf jeder Stelle ihrer Haut ausgebrochen war.

Der Goldüberzug des Schreins schimmerte im Licht der kleinen Flämmchen, als wäre er doppelt so groß. Die Pilger sammelten Staub von seinen Flanken in kleine Kästchen und kippten das Öl aus den Lichtern in kleine Flakons, die von Händlern in der Nähe des Eingangsportals zu einem Preis verkauft wurden, der einem die Schamesröte ins Gesicht trieb. Was mochten sich die drei weisen Männer denken, deren Gebeine in dem Schrein lagen, wenn sie das Treiben beobachteten? Das eifernde Gewusel der Pilger … und die schwarzen Absichten Barbaras?

Einen Menschen mit einem einzigen Messerstreich durch die Kehle zu ermorden … war das überhaupt möglich? Und warum stellte sie sich diese Frage erst jetzt? Barbara blinzelte. Und wenn es nicht möglich war? Was würde dann geschehen?

Ihre Beine waren schwer. Jemand rempelte sie an, ohne dass sie ins Schwanken gekommen wäre. Der Messergriff war schlüpfrig von ihrem Schweiß.

Nach der Tat würde man sie ergreifen, so viel war sicher. Niemals würde sie aus der Kirche entkommen. Und wenn sie das Ungeheuer nur kratzte? Dann würde sie in ein paar Wochen auf dem Weg zum Rhein darüber nachdenken können, wo er wohl auf sie wartete, während die Henkersknechte mit glühenden Zangen in ihrem Fleisch wühlten; und wenn man ihr Arme und Füße zusammenband und sie vom Floß des Henkers ins Wasser stieß, würde ihr letzter Anblick auf der Welt dieser Gesichtsausschnitt unter der Kapuze sein, das vorspringende Kinn und der höhnisch gekräuselte Mund. Und womit würde sie dann Gregor gegenübertreten, wenn der Herr den Jüngsten Tag ausrief?

Barbara merkte, dass sie einen Schritt zurückgetreten war. Sie wurde in den Rücken gestoßen. Jemand brummte eine Unhöflichkeit. Ihre Hand, die das Heft des Messers umschloss, war so schwach, dass die Waffe wohl zu Boden gefallen wäre, hätte der Stoff des Tuches sie nicht gehalten.

Was war zu tun?

Eine Gelegenheit wie diese würde niemals wieder kommen …

Aber wenn es in Wahrheit gar keine Gelegenheit war? Wenn sie nichts anderes erreichte, als sich selbst dem Henker auszuliefern, während sie dem Ungeheuer bloß einen Kratzer mit der Klinge zufügte?

Kaspar, Melchior und Balthasar, helft mir …

… einen Mord zu begehen?

Im heiligen Dom zu Sankt Peter und Sankt Maria?

O Gott, was hatte sie geplant? Blut vor dem Reliquienschrein vergießen! Im Angesicht Gottes und seines Sohnes Jesus Christus, der für die Sünden der Welt am Kreuz gestorben war!

»Pass doch auf, du meine Güte!«, zischte jemand ihr ins Ohr. Barbara bemerkte, dass sie noch ein paar Schritte zurückgewichen war. Das Brausen in ihren Ohren war Schwindel erregend.

»Entschuldigung«, flüsterte sie mit tauben Lippen. Sie

warf sich herum und wühlte sich durch den Andrang der Menschen nach draußen, durch wütende Aufschreie, Flüche und derbe Rippenstöße. Als sie wieder auf dem Kirchenvorplatz stand und die kühle Morgenluft spürte, begann sie lautlos zu weinen.

Als er an ihr vorbeiging, trennten sie keine fünf Schritte. Der Kirchplatz war mittlerweile menschenleer, sah man von den üblichen Bettlern am Rand ab. Barbara stand in der Mitte des Platzes, gefangen in einer Erstarrung, die aus Verzweiflung geboren war und die sie ob ihrer seelischen und körperlichen Erschöpfung nie mehr überwinden zu können glaubte. Das Ungeheuer hielt den Kopf in der Kapuze gesenkt und die Hände in den Ärmeln der Kutte versteckt; er ging so langsam, als würde er durch den Kreuzgang eines Klosters gehen und seine Zeit in stiller Kontemplation verbringen. Ein Duft von Weihrauch wehte hinter ihm her und drang durch die Glocke, die sich um Barbara gelegt hatte. Im Dom hatte er wie ein Behemoth gewirkt; hier, im Freien, war er immer noch groß und wuchtig, aber das Sonnenlicht nahm etwas von der Düsternis, in die er gehüllt war. Letztendlich war er doch nur ein Mensch.

Den ersten Schritt tat Barbara beinahe unbewusst. Die weiteren setzte sie schon mit Bedacht. Ihr Hirn brauchte noch einige Augenblicke, um aus der Erstarrung zu erwachen. Barbara mochte nicht glauben, dass die Heiligen Drei Könige ihr Flehen erhört und geantwortet hatten, indem sie das Ungeheuer aus der Kirche und geradewegs in ihre Arme schickten; kein Heiliger Gottes würde Mordabsichten unterstützen. Barbara nahm die Wendung des Schicksals dennoch an. Als der große Mann in der dunklen Kutte den Rand des Platzes erreicht hatte, folgte sie ihm in gleichbleibendem Abstand. Seine Sandalen schlappten über den Boden; Barbara in ihren dünnen Tuchschuhen ging völlig lautlos. Wieder legte sie die Hand um den Messergriff und lockerte das Tuch um ihre Schultern. Ein plötzlicher Gedanke überraschte sie: Geh nur dahin in der Sonne, du Scheusal, und genieße sie; du wirst sie heute zum letzten Mal sehen. Sie wischte sich die Tränen ab und versuchte zu lächeln.

16.

Ulrich lächelte über Rinaldos eifrige Handbewegungen, mit denen er dem Domprobst und den Pilgern erklärte, dass die Eigentumsverhältnisse der Gebeine in ihrem goldenen Schrein *keineswegs* geklärt seien und dass Bruder Antonius im Namen eines mächtigen Kirchenfürsten, der hier nicht genannt werden wollte, *durchaus* Anspruch darauf erheben konnte. So wie Rinaldo aufschnitt, konnte man zu der Überzeugung gelangen, der Papst persönlich stecke hinter dem vermeintlichen Auftrag des ebenso vermeintlichen Bruders Antonius. Dann machte er sich klar, dass Rinaldo die frommen Pilger und den Domprobst nicht nur belog, sondern gehörig auf den Arm nahm (was er obendrein sichtlich genoss), und das Lächeln auf Ulrichs Gesicht schwand.

Plötzlich erinnerte er sich an seine eigene Wallfahrt zum Schrein des heiligen Jakobus, an die Angst während der ersten Tage der Reise vor Überfällen, an die Furcht, von schlechtem Wasser, schlechtem Essen oder schlechter Luft das Fieber zu bekommen, an die Sorge, nicht mit den anderen Pilgern mithalten zu können, weil der Körper die Strapaze des ständigen Fußmarsches nicht gewöhnt war, und vor allem – mit jeder Meile, die sie sich dem Ziel näherten – an die Befürchtung, nicht bis zum Schrein des heiligen Apostels vordringen zu können, weil die Menschenmassen zu zahlreich waren. Zugleich quälte ihn die Schreck erregende Erinnerung an Berichte über Pilger, die bei einer Massenhysterie totgetrampelt worden waren. Und am Ziel, wenn alle Sorgen der Reise vergessen waren, lauerte der größte aller Schrecken: Vor dem Schrein zu stehen und erkennen zu müssen, dass man der Erleuchtung und Gnade des Herrn unwürdig war und der eigene Lebensweg in eine Sackgasse geführt hatte.

Auch diese Erfahrung war Bruder Ulrich erspart geblieben … wenn man ehrlich sein wollte, hatte er angesichts des Schreins überhaupt keine neue Erfahrung gemacht, höheren Bewusstseins oder nicht, und nur ein einziger Gedanke hatte ihn beherrscht: Wäre ich nur schon wieder zu Hause und könnte meine Füße in ein Kräuterbad stecken! Ungeachtet der eigenen offensichtlichen Oberflächlichkeit war Ulrich überzeugt, dass ein Pilger Besseres verdient hatte, als vor dem Ziel seiner Wünsche von einem gottlosen italienischen Aufschneider verspottet zu werden …

… den ein ebenso gottloser Mönch zu seinem Tun ermächtigt hatte.

Ulrich schüttelte sich. Alle Sünden waren im Vorhinein vergeben, die Absolution schon ausgesprochen? Absolution spielte sich vor allem im eigenen Gewissen ab, und Ulrich ahnte, dass sein Gewissen ihn dieser Geschichte wegen noch lange plagen würde. Er wandte sich ab und verließ die Kirche; er musste Rinaldo bei seinem sündigen Tun ja nicht auch noch zusehen.

Er hatte sich den Weg vom Heiligen Knochen zum Dom eingeprägt. Es blieb zu hoffen, dass seine Erinnerung ihn jetzt nicht trog. Er hätte sich nach Jörg von Ahaus umsehen können, um sich von ihm zur Herberge bringen zu lassen; doch er hatte Jörg gebeten, auf den kleinen Sänger Acht zu geben und diesen, wenn sein loses Mundwerk ihn in Schwierigkeiten brachte, gegebenenfalls herauszuhauen. Genau das, sagte sich Ulrich, zeichnet einen guten Herrn und Befehlshaber aus: die Sorge um seine Männer. Nicht dass er sich jemals gewünscht hatte, ein *Befehlshaber* zu sein; aber wenn er es schon sein musste, wollte er wenigstens die nötigen Anforderungen erfüllen.

Das Beste war, sich nicht ablenken zu lassen. Wenn man vor dem inneren Auge die Bilder aufrief, die man auf dem Herweg gesehen hatte, musste es ein Leichtes sein, sich mittels dieser Bilder den Rückweg zu erschließen. Ulrich starrte auf seine Zehen, die mit jedem Vorwärtsschreiten unter der Kutte sichtbar wurden, und bemühte sich, sich die Bilder vors innere Auge zu holen. Die Gassen um den Dom sahen alle gleich aus, das war ein Problem, doch er musste sich nur die Besonderheiten der Mauerkanten ins Gedächtnis rufen, die die Gassenecken bildeten: eine Beschädigung etwa, oder eine auffällige Farbe, oder die Wassermarke von einer lange zurückliegenden Überschwemmung, und das Problem war gelöst. Hatte er daran gedacht, sich umzudrehen und die Hausecken zu mustern, als sie beim Herkommen auf den Kirchplatz hinausgegangen waren? Nun, das war ja lächerlich … tatsächlich, die Hausecken ähnelten einander auch wie ein Ei dem anderen … hmmm, vielleicht gab es wirklich ein Problem. Ulrich betrachtete angestrengt seine Zehen … erinnere dich, erinnere dich … die anderen schafften es doch auch, bewegten sich plaudernd durch dieses Labyrinth, ohne auf den Weg zu achten, und er sollte schon bei den ersten Schritten in Schwierigkeiten geraten? Der Rhein! Das Klopfen der Wassermühlen war beim Herweg von rechts gekommen (außer an den Stellen, wo das Geräusch sich an den gegenüberliegenden Hauswänden gebrochen hatte und von überall her erklungen war), also mussten sie parallel mit dem Wasser und quasi seinem Lauf von Süd nach Nord gefolgt sein. Er musste nur noch in eine der Gassen gehen, die von Nord nach Süd verliefen, und sie würde ihn zum Heiligen Knochen zurückführen.

Es standen mehrere Gassen zur Auswahl, die dem Anschein nach alle nach Süden führten. Er würde die nehmen, deren Eingang ganz links lag; sie schien diejenige zu sein, deren Richtung am *südlichsten* war. Remigius und einige andere Brüder verspotteten ihn immer noch wegen der Geschichte damals ... gut, er hatte sich verirrt gehabt, er hatte weder Anfang noch Ende der Stadt wiedergefunden, hatte es irgendwann aufgegeben und darauf vertraut, dass die Klostergemeinschaft ihn suchen würde. Nach drei Tagen hatten sie ihn gefunden, an einer Gassenecke, die nie mehr zu verlassen er sich geschworen hatte, predigend, Psalmen singend und aus dem Gedächtnis aus einem der vielen Codices zitierend, die sein Archiv beherbergte ... er hatte so viele Almosen erhalten, dass er dem Kloster noch etwas geben konnte, und die Bewohner der umliegenden Häuser hatten ihn so liebevoll mit Essen und Trinken versorgt, dass er nicht einmal hatte fasten müssen. Alles in allem war es also gar nicht so schlimm gewesen, und die Brüder taten Unrecht, wenn sie dieses Ereignis immer wieder hervorholten und damit zu illustrieren versuchten, dass Bruder Ulrich sich nur mit viel Glück in seinem eigenen Archiv nicht verirrte. Er würde sich selbst und der Welt beweisen, dass es damals nur eine kurze Unaufmerksamkeit gewesen war, die dazu geführt hatte, dass er nicht mehr aus der Stadt herausfand. Mit seiner Methode der Erinnerung an die Eindrücke des Herwegs und der logischen Schlussfolgerung, wie er sie soeben beim Aussuchen der Gasse angewandt hatte, würde er ohne jegliche Abweichung geradewegs zum Heiligen Knochen zurückkehren, und falls man ihn später fragen sollte, wie er sich in der Stadt zurechtgefunden hatte, würde er nur bescheiden sagen: Kein Problem, Brüder, man muss nur wissen, was man tut.

Er betrat die Gasse, die er ausgesucht hatte, und hatte sich schon verirrt.

17.

Jörg verließ die Gasse und betrat die Schankstube nun schon zum dritten Mal. Allmählich machte er sich Sorgen um den Mönch. Die Terz war nicht mehr fern, wenn sein Zeitgefühl ihn nicht trog, und der Mönch war immer noch nicht wieder im Heiligen Knochen aufgetaucht. Sie hatten keinen Treffpunkt vereinbart, aber wo sollte der Mann schon hingegangen sein, nachdem er den Dom verlassen hatte? Jörg nahm an, dass Ulrich … Antonius, er wollte, dass man ihn Antonius nannte … es ihm gesagt hätte, wenn er ein anderes Ziel gehabt hätte als die Rückkehr in die Herberge. So aber hatte Ulrich sich nur kurzerhand umgedreht und die Kirche verlassen, und Jörg, in Ermangelung einer anderen Anweisung, war zurückgeblieben und hatte sich am Rand der Menge herumgedrückt, um einzuschreiten, falls die Pilger Anstalten machten, Rinaldo in Stücke zu reißen. Das war jetzt zwei Stunden her. Jörg setzte sich auf die Bank, von der er vor wenigen Augenblicken aufgestanden war, um nach draußen zu sehen. Man sollte meinen, dass man den kurzen Weg vom Dom zum Heiligen Knochen in einer halben Stunde zurücklegen konnte, selbst wenn man ein Mönch war und sich auf zwei lächerlichen Schlappen vorwärts bewegte.

Unruhig trommelte Jörg mit den Fingern auf den Tisch im Schankraum. Sollte er sich auf die Suche nach Ulrich machen? Aber wo? Einfach den Weg zum Dom zurückzugehen war Unsinn. Wenn Ulrich in einer der Gassen zu finden gewesen wäre, hätte Jörg ihn auf dem Weg zur Herberge entdeckt. Und Rinaldo? Aber wo der steckte, wusste der Teufel – und selbst der konnte nur raten.

Rinaldo hatte ihm plötzlich zugezwinkert und sich aus dem Auflauf herausgewunden, den er verursacht hatte. Nach ein paar Augenblicken des Zögerns waren ihm mehrere Pilger gefolgt, jedoch unverhofft auf einem breiten Rücken aufgelaufen, der sich zwischen sie und den kleinen Italiener geschoben hatte, und bis sie den Besitzer des Rückens umrundet hatten (wegschubsen wäre unmöglich und außerdem ein Akt unangebrachter Tollkühnheit gewesen), war Rinaldo verschwunden gewesen. Jörg hatte ihn aus einer Gasse winken sehen, als er selbst auf den Kirchplatz hinausgetreten war, und war dem Wink gefolgt.

Rinaldo hatte sich kichernd die Hände gerieben. »Erledigt«, hatte er gesagt. »Selbst die Probst hat die Köder geschluckt.«

»Erzähl mir, was hier faul ist«, hatte Jörg gesagt.

»Faul?«

»Mit dir und Bruder Antonius und den Verrenkungen, die du da drinnen angestellt hast.«

»Ist das wieder eine von deine ›Spaß‹?«, hatte Rinaldo gefragt.

Jörg hatte den Kopf geschüttelt. »Bruder Antonius läuft herum wie das schlechte Gewissen. Du erzählst irgendwelche Märchen, wer ihn alles unterstützt, dass man glauben könnte, er sei der persönliche Legat des Papstes. Dabei braucht man ihn nur anzuschauen, um zu wissen, dass du und er allein arbeiten. Was hat es mit diesem verdammten Schädel des Sankt Albo auf sich? Das möchte ich mal wissen.«

»Du bist verrückt«, hatte Rinaldo gesagt, ihm aber nicht in die Augen gesehen.

»Gut, dann trage ich dich jetzt wieder in den Dom hinein, erzähle allen, dass ich dich von früher kenne und weiß, dass du in Wahrheit ein Muselmane bist, der die Gebeine der Heiligen Drei Könige klauen will, damit Sultan Saladin bei nächster Gelegenheit darauf pissen kann, und dann werde ich dich festhalten, damit sie dir die Glieder einzeln ausreißen können.«

»Das ist aber jetzt eine Spaß, *no?*«

Jörg hatte gegrinst.

»Molto bene«, hatte Rinaldo geseufzt. »Komm mal hierher, damit uns nicht jeder zuhören kann.«

Danach war Rinaldo mit seinem üblichen Grinsen und der Bemerkung davongeschlendert, dass er noch eine andere Mission zu erfüllen habe. Jörg war aufgefallen, dass sein freches Grinsen diesmal aufgesetzt gewirkt hatte, als wäre er nicht sicher, ob er das Richtige tat. Er selbst war in die Herberge zurückgekehrt, in dem festen Glauben, dass Bruder Ulrich schon längst dort sein musste, und mit dem Vorsatz, ihm zu erklären, dass er jetzt Bescheid wusste, ihn aber trotzdem weiter unterstützen würde. Da gewesen war nur der Wirt, der sich so schnell aus der leeren Schankstube verdrückt hatte, dass seine Abneigung, mit Jörg allein dort zu sein, mehr als deutlich geworden war. Gestern hatte er mit vielen gehaspelten Entschuldigungen, die sich in seiner Hast wie eine eigene Sprache anhörten, Jörgs Sachen eigenhändig in die Kammer zurückgeschleppt und ständig erklärt, er habe ja nicht ahnen können, dass Jörg der persönliche Beschützer von Bruder Antonius war.

Jörg trommelte weiter auf die Tischplatte. Ulrich war nicht nur der Steigbügel, mit dessen Hilfe er wieder in den Sattel des Lebens kommen konnte; er hatte gelobt, ihm zu Diensten zu sein, und Jörg hatte noch nie einen Herrn im Stich gelassen. Wenn Ulrich etwas zustieß, hieß das, dass Jörg ihn im Stich gelassen *hatte*. Er sah auf, als er eine Bewegung an seiner Seite gewahrte.

»Krugweinherr?«, fragte der Wirt und lächelte ängstlich.

»Nein«, knurrte Jörg und wedelte ihn fort. Er fuhr herum, als die Eingangstür sich öffnete, doch es war ein Unbekannter, der hereinkam und sich an eine Bank weit entfernt von Jörg setzte. Seufzend lehnte Jörg sich zurück und verschränkte die Arme über der Brust. Wenn Bruder Ulrich nicht in den nächsten Minuten kam …

… würde er wohl noch ein wenig länger warten müssen.

18.

Barbara beschloss, nicht mehr lange zu warten.

Das Ungeheuer war vom Kirchplatz weg in eine der Gassen geschritten und war dann, ohne einmal den Kopf zu heben, den verschiedensten Gassenverläufen gefolgt, ohne dass Barbara hätte erkennen können, wohin er wollte. Einmal hatte er vor einem Häuflein Kleider angehalten, das halb in der Gosse lag, doch im gleichen Moment war ein kleines Mädchen um die Ecke geflitzt, hatte sich auf das Bündel geworfen und es gerüttelt, worauf sich ein geröteter Kopf mit geschwollenen Augen aus dem Haufen geschält hatte, der mit versoffener Stimme zu reden versuchte und es nach einem Hustenanfall aufgab. »Komm, Papa, steh auf«, hatte das Mädchen gesagt, »wir müssen gehen, bevor die Stockerknechte dich finden!« Und der Betrunkene war schwankend auf die Beine gekommen und zusammen mit dem Kind in eine Gasse getaumelt, die nicht viel breiter war als eine *quintana* und deren Dunkelheit sie augenblicklich verschluckte.

Das Ungeheuer war regungslos in der Gasse gestanden und dann weitergegangen. Barbara, hinter einer Hausecke versteckt, hatte ihren verkrampften Griff um das Heft des Messers gelockert und die Verfolgung wieder aufgenommen. Sie wich der Frage aus, was sie unternommen hätte, hätte das Ungeheuer dem Betrunkenen und seiner Tochter etwas angetan.

Die Gegend, in die sie der dunklen Gestalt folgte, wurde immer schäbiger; die Menschen zogen sich von den Gassen in finstere Hauseingänge zurück oder wandten sich einfach ab. Falls es jemandem auffiel, dass eine junge Frau mit hundert Schritt Abstand einem Mönch folgte, ließ es sich keiner anmerken. Wenigstens bestand hier nicht die Gefahr, dass jemand den zuständigen Schöffen alarmierte, wenn sie das Ungeheuer angriff.

Die Gebäude an den Gassenrändern waren schmutzig und halb verfallen gewesen, doch hatten Menschen darin gewohnt. Nach ein paar Schritten bog der Mönch unvermittelt ab, und sie gerieten zwischen Lagerhäuser und Stadel, in denen keine Menschen wohnten und wo kein Händler, der noch bei Sinnen war, seine Ware gelagert hätte. Von den Ladegalgen vor den Trockenspeichern baumelten zerfranste Stricke, die denen an wirklichen Galgen bedrückend ähnlich sahen. Die Fensteröffnungen darunter waren nicht alle mit Brettern verschlagen, und wo man hineinsah, erblickte man den Himmel, fein säuberlich aufgeteilt in lange rechteckige Schnitte: diesen Häusern fehlte das Dach, und bei nicht wenigen war sogar der sichtbare Dachstuhl so schadhaft, dass sich nicht einmal die Raben auf die leer in den Himmel ragenden Balken setzten, aus Furcht, das Haus könnte unter ihrem Gewicht zusammenbrechen. Eine freie Fläche war von Schutt bedeckt, auf dem Gestrüpp wucherte: ein wenigstens hundert Schritte langer Schnitt wie eine schlecht verheilte Narbe, hinter dem sich noch schäbigere Ruinen von Holzhäusern und weitere Stadel erhoben, die zwar neuer wirkten, dafür aber primitiv aus Fachwerk und verschlämmtem Stroh errichtet waren.

Barbara glaubte zu wissen, wo der Mönch hinwollte. Der düstere Bereich – sichtbarer Ausdruck, dass sich hier vor der letzten Stadterweiterung die Mauer und der traditionell angrenzende Bereich der Armen befunden hatte, was dem Viertel noch immer anzusehen war – trennte die Gegend von Sankt Pantaleon von den älteren Bereichen der

Stadt. Die wüste Fläche markierte eine Länge des ehemaligen Mauerverlaufs; die Mauer selbst hatte man an dieser Stelle bereits abgerissen, um Baumaterial für die neue Stadtbefestigung zu erhalten, die ein paar hundert Schritte weiter draußen verlief und bislang, außer durch einen Graben und einen dahinter aufgeschütteten Wall, kaum von Bedeutung war. Als Barbara auf die freie Fläche hinaustrat und sich nach Osten umwandte, sah sie die Türme des alten Georgstores über den verfallenen Dächern der Gebäude aufragen.

Und was den Mann betraf, dem Barbara sich an die Fersen geheftet hatte: Bei Sankt Pantaleon befand sich ein Hospiz der Barfüßer. Wahrscheinlich war das Ungeheuer auf dem Weg dorthin. Eine bessere Tarnung hätte man sich nicht denken können: Der Wolf residierte in der Schafherde und kam nur heraus, um sich nach seiner nächsten Beute umzusehen. Vermutlich zitterten alle Bettelbrüder in der Hospizgemeinschaft vor Antonius und dankten Gott, wenn er auf Beutezug war und die Welt außerhalb der Klosterpforte terrorisierte.

Der Mönch tauchte in die holprige Gassenlandschaft jenseits der freien Fläche ein und schlenderte in der Mitte einer Gasse entlang. Das Schlappen seiner Sandalen brach sich an den Gebäuden und zersplitterte in leise Echos. Barbara glitt auf ihren Tuchschuhen völlig ohne jedes Geräusch näher, plötzlich kurzatmig und schweißgebadet. Als sie zwanzig Schritte von ihm entfernt war, wurde ihr auf einmal klar, dass sie verloren war, wenn Bruder Antonius sich gerade in diesem Augenblick umdrehte. Barbara hatte sich noch nie Gedanken darüber gemacht, was ein Kriegsknecht empfand, der über die deckungslose Fläche vor einer Stadtmauer stürmte, während von oben die Bogenschützen auf ihn zielten, doch sie nahm an, dass es ähnlich dem war, was in ihrer Seele vorging. Wenn er sich umdrehte und sie auf sich zustürmen sah, brauchte er nur eine Hand zu heben, sie zu packen und festzuhalten – bei seiner Größe konnte er sie sich mit ausgestrecktem Arm vom Leibe halten und um Hilfe rufen (wenn er es nicht vorzog, ihr eigenhändig auf der Stelle das Genick zu brechen). Ihr Atem pfiff durch die zusammengebissenen Zähne. Eine Strecke von zwanzig Schritten. Wie lang sie war! Barbara spürte die Steine und Schlaglöcher der ungepflasterten Gasse durch die dünnen Sohlen ihrer Schuhe. In ihrem Hirn klopfte ein Stoßgebet im Rhythmus ihrer Herzschläge: Herr, hilf … Herr, hilf … Herr, HILF! Selbst ihre Beine bewegten sich im gleichen Takt.

Und dann war sie heran und hatte alle ihre taktischen Überlegungen vergessen: das Messer vorstrecken, ein Stich unterhalb des linken Schulterblattes, das Messer herausreißen, dem Mann die Krallen durch Gesicht ziehen, ihm auf den Rücken springen, ihn zu Boden reißen, noch im Fallen das Messer an seine Kehle bringen und hindurchziehen, hindurchstoßen, hindurchsägen, dass ihr das Blut warm und feucht über die Hände sprudelte, sich auf ihn schwingen, in seine entsetzten, sterbenden Augen sehen und zischen: »Das ist für meinen Mann!« Und dann zustechen, zustechen, zustechen …

Sie rannte in ihn hinein; es war ein Aufprall wie auf einen Felsen. Trotzdem geriet er ins Stolpern. Barbara hörte ein Klimpern, sah das Messer unbenutzt über den Boden wirbeln. Der Mann ruderte mit den Armen und verlor eine seiner Sandalen, trat sich mit dem bloßen Fuß auf die Sohle der verbliebenen Sandale, fiel nach vorn und schlug dröhnend auf. Barbara, vom eigenen Schwung mitgerissen, rollte über ihn hinweg gegen die Wand eines Gebäudes und fühlte plötzlich den Messergriff wieder zwischen den Fingern. Sie sprang auf und schnellte zu dem Mönch hinüber, der sich gerade auf die Oberarme stützte, riss ihn zur Seite und kam mit weit gespreizten Beinen auf seinem Brustkorb zu knien. Sie spürte, wie ihr Rock an einer Seite in der ganzen Länge bis hinauf zum Bund aufriss, packte die Kapuze des Skapuliers, fegte sie nach hinten und hob das Messer. Sie hörte sich schrill kreischen, starrte in das totenbleiche Gesicht des Mannes unter ihr, in dem die Augen und der Mund große schwarze Löcher waren, und wurde sich bewusst, dass das Kreischen von ihm kam, nicht von ihr …

… ein großes, fettes Gesicht …

Barbara hob das Messer noch höher.

… feiste Wangen, zwischen denen die Nase wie ein kleiner Knopf hing; ein bebendes Doppelkinn, das sich vom Kieferknochen scheinbar ohne jede Zäsur zum Halsschnitt des Skapuliers herunterzog …

»Heiligemariamuttergottes«, kreischte der Mönch und stierte sie an. »Tu mir nichts! Gnade! *Erbarmen!*«

Das Messer in Barbaras Faust zuckte. Die Lider des Mannes zuckten mit. Barbara fühlte, wie die Kraft aus ihrem Leib rann. Sie ließ das Messer fallen.

Sie hatte erneut versagt.

19.

»Der Hypocaust hat schon lange versagt«, erklärte Tiberius. Sein Dialekt war grauenvoll; man musste sich direkt schämen, die gleiche Sprache zu sprechen wie er. Diese Apulier verwandelten sie in eine ungenießbare Mischung derber Urlaute, das phonetische Äquivalent zu ihren ekelhaften Wasserteigbroten, auf die sie alles streuten, was sich seit der letzten Überschwemmung auf dem Fußboden ihrer Hütten angesammelt hatte, um das Ganze dann in den Ofen zu schieben, bis es blubberte und zischte und große Blasen warf, um es dann zu verzehren. Rinaldo machte ein aufmerksames Gesicht. Er würde den Teufel tun und sich anmerken lassen, wie enttäuscht er nach der ersten überraschenden Feststellung gewesen war, dass Tiberius wie er von jenseits der Alpen kam, als er gemerkt hatte, *woher* Tiberius stammte.

»Ablagerungen in den Leitungen«, sagte Rinaldo. »Vielleicht sind irgendwo ein paar Tonröhren zerbrochen, und ihre Trümmer verstopfen den Durchlauf. Es müsste einen Zulauf vom Rhein her geben, der dieses Becken immer wieder füllt, und der wahrscheinlich ebenfalls halb verschüttet ist.«

Tiberius zuckte mit den Schultern. »Ja, frisches Wasser kommt nach, aber nur in kleinen Mengen. Was soll's!« Er trat einen kleinen, lockeren Steinbrocken aus der Umfassung des gewaltigen Wasserbeckens, welches das Reservoir der früheren Therme darstellte. Der Stein hüpfte in weitem Bogen ins Wasser. Katerina, die mit unbeholfenen Bewegungen darin herumpaddelte und mehr das Wasser aufspritzte, als dass sie sich darin fortbewegt hätte, warf ihnen einen empörten Blick zu. Sie zog eine unregelmäßige Kurve wie eine Galeere mit schweren Ausfällen unter den Ruderskla-ven und rettete sich an den Randbereich des Beckens, wo das Wasser ihr nur bis zur Hüfte ging. Rinaldo fragte sich, wie tief das Becken wohl in der Mitte sein mochte. Es war ein ungeheurer Wasservorrat hier – die Zeit musste die Zuführungen, die die Römer zur nächsten natürlichen Zisterne geschaffen hatten, ausgefressen und vergrößert haben, sodass sich beinahe so etwas wie ein unterirdischer See gebildet hatte, gigantisch, einzigartig ... und dieser apulische Trottel hatte sich angestellt wie ein Maultier, als Rinaldo ihn bat, ihm die unterirdischen Anlagen zu zeigen.

Katerina streckte ihre Brüste heraus und ließ das Wasser von sich abtropfen, dessen Kälte ihre Brustwarzen hart und steif hatte werden lassen. In Rinaldos Handflächen juckte es unwillkürlich. Mit dem Betrag, mit dem er sie an diesem Tag hatte beglücken dürfen, war es ihm erlaubt gewesen, sie anzufassen. Er fragte sich, wie diese harten Dinger sich wohl in der Hand angefühlt hätten ... es war ihm nämlich trotz aller Bemühungen nicht gelungen, sie zu irgendeiner Reaktion zu bewegen, und er hatte jede Alternative zwischen Zärtlichkeit und Grobheit angewendet, die ihm bekannt gewesen war. Tatsächlich fragte er sich, wieso er wieder zu Katerina gegangen war; auch die anderen Mädchen bei Tiberius hatten hübsche Gesichter, und dass ihr Stöhnen noch künstlicher gewirkt hätte als das Katerinas, war kaum vorstellbar. Immerhin, diesmal hatte er mehr bekommen als ihre Hand ... es musste wohl so sein, dass dieses lustlose, herablassende Biest, dessen Gesicht von der Sünde und dessen Körper von der Wollust geschaffen worden sein musste, irgendetwas in ihm herausforderte, eine Art innere Überzeugung, dass er in der Lage war, mehr in ihr zu wecken als nur abgrundtief gelangweilte Abneigung.

»Wenn du schwimmen willst, das ist im Preis mit drin«, brummte Tiberius. »Wenn du sie noch mal vögeln willst …«

»Hör mal, Tiberius, du hast hier einen Schatz, weißt du das?«

»… musst du noch mal zahlen«, sagte Tiberius, kniff die Augen zusammen und musterte Katerina, die unbeholfen versuchte, aus dem Wasser zu gelangen. Dann warf er Rinaldo einen Blick zu, der deutlich besagte, dass er an seinem Geschmack zweifelte.

Rinaldo grinste und zuckte mit den Schultern. »Nicht die Kleine ist der Schatz«, sagte Rinaldo. »Das hier.« Er machte eine weit ausholende Armbewegung über den See.

»Das ist doch bloß 'ne Menge Wasser, die mich zwingt, die Vorräte im Erdgeschoss zu lagern«, murrte Tiberius. »Wenn ich eine Idee hätte, wie ich den Mist ablaufen lassen könnte, würde ich's tun.«

»Nein«, rief Rinaldo. »Damit kannst du ein Vermögen machen. Du musst nur zusehen, dass du den Hypocaust wieder zum Leben erweckst.«

»Vergiss es«, sagte Tiberius. »Willst du nun schwimmen oder willst du nicht?«

»Tiberius, ich habe dich nicht gebeten, mir das hier zu zeigen, um danach ins Wasser zu hüpfen.«

»Nein?«

»Nein, ich möchte *dir* etwas zeigen!«

Katerina stemmte sich auf den Rand des künstlichen Beckens und blieb darauf sitzen, direkt zwischen Rinaldo und Tiberius. Sie schenkte Rinaldo einen Blick und ein kühles Lächeln.

»Kaltes Wasser macht mich heiß«, sagte sie. »Du gehst noch mal mit mir?«

»Bedaure, mein Täubchen, aber ich habe Wichtiges mit deinem Meister zu bereden.«

Tiberius winkte großzügig. »Geh nur mit ihr, wenn's dich juckt.«

»Ich glaube, man könnte den Hypocaust reparieren«, sagte Rinaldo, bemüht, nicht zu viel von seinen Ideen zu verraten, bevor er sich Tiberius nicht verpflichtet hatte.

»Schwachsinn«, sagte Tiberius. »Die Anlage ist hin, außerdem braucht sie sowieso keiner.«

»Da hast du natürlich Recht.« Auch auf diese Weise ließ sich vorankommen. Tiberius hatte wirklich keine Ahnung, was sich hieraus machen ließ. Nun, eine Einschränkung galt: Tiberius' Pessimismus hinsichtlich des Zerstörungsgrades der Heizungsanlage durfte nicht fundiert sein. Rinaldo traute sich zu, einem Steinmetz die richtigen Anweisungen zu geben, wenn die Anlage nur geringe Beschädigungen aufwies ... eine Ruine wiederherzustellen, dazu fehlte ihm die nötige Kenntnis. Er glaubte nicht, dass Tiberius' Beurteilung stimmte; wahrscheinlich hatte der Esel sich noch nie die Mühe gemacht, den Hypocaust näher zu betrachten.

»Wenn er aber noch funktioniert, könnte ich dir helfen, eine Menge Geld damit zu verdienen.«

Tiberius schnippte mit den Fingern. Katerina stand auf, und Tiberius ließ sich dort nieder, wo sie gesessen hatte. Katerina trat mit mürrischem Gesicht beiseite und begann, sich in ihr Kleidchen zu winden.

»Ich habe Sehnsucht nach dir, Renardo«, säuselte sie.

Rinaldo verdrehte die Augen.

»Worüber reden wir jetzt eigentlich?«, fragte Tiberius. »Über den Vorteil, den es mir bringen soll, dich als Sänger zu engagieren, oder über das Geld, das du aus dem Wasser hier zaubern willst?«

»Über beides!«, rief Rinaldo. »Heute ist dein Glückstag, Tiberius.«

Tiberius grinste freudlos. »Jeder Tag ist mein Glückstag. Dazu brauche ich keinen Klugscheißer aus Mailand.«

Rinaldos Lächeln ließ keinen Moment nach. »Lass uns den Hypocaust anschauen«, sagte er. »Ich würde gern wissen, ob man ihn nicht wieder herstellen kann.«

»Lass uns den Hypocaust *nicht* anschauen«, erwiderte Tiberius. »Erzähl mir lieber, wie du dir das mit der Singerei vorgestellt hast.«

»Du würdest nicht bereuen, mich zu dir zu nehmen.«

»Ich will offen sagen, dass mir ein Sänger fehlt.«

»Siehst du!«

»Ich will auch offen sagen, dass ich nur auf den Heumarkt zu gehen und eine Hand voll Münzen auf den Boden zu werfen brauche. Die Burschen, die sich dann darum prügeln, sind entweder abgebrannte Pilgerfahrer oder abgebrannte Sänger. Die lassen sich leicht auseinander sortieren.«

»*Irgendeinen* Sänger du bekommst an jeder Ecke.«

»Wer sagt mir, dass du nicht direkt von so einer Ecke zu mir gekommen bist?«

Rinaldo beugte sich näher zu Tiberius' Ohr. »Die Tatsache, dass ich eigentlich hergekommen bin, um mir mit der Schönsten von deinen Mägdelein den Reisestaub von der Haut zu strampeln.«

»Stimmt ja«, sagte Tiberius. »Auf den Gedanken, mir deine Dienste anzubieten, bist du erst gekommen, als dir in der Badestube die Musik fehlte.«

»Genau«, sagte Rinaldo.

»Eigentlich warst du gestern auch nur da, um dir den Stachel polieren zu lassen, und bist dann so nebenher auf den Gedanken gekommen, mich sprechen zu wollen, oder?«

Rinaldo warf einen Blick zu Katerina, die an ihrem Kleidchen zupfte und sich um sich selbst drehte, um zu prüfen, ob es nicht irgendwo eine unliebsame Falte warf. Tiberius lächelte ihn ohne Wärme an. Rinaldo erkannte besorgt, dass er den Mann wegen seines groben Dialektes unterschätzt hatte.

»Nun …«, begann er.

»Und dann hast du tatsächlich vergessen, dass du schon mal hier warst, kamst zufällig noch mal vorbei, und der Gedanke, dass du die Lösung meiner Sorgen bist, krabbelte erneut in deinem Hirn hoch, oder wie?«

Rinaldo setzte sich schwer auf die Umrandung neben den Bordellwirt. Er drehte die Handflächen nach oben und versuchte ein Grinsen. »Hör mal, Tiberius …«

»Nein, jetzt hörst du zu. Ich habe deine neunmalkluge mailändische Scheiße bis hier. Wenn die Kerle zu mir kommen, dann fragen sie mich direkt: Tiberius, hast du eine Dalmatinerin? Tiberius, ist die Süße vom letzten Osterfest noch da? Tiberius, hast du eine, die sich wie ein Knabe nehmen lässt? Und ich sage: habe ich! Oder: habe ich nicht. Da kommt keiner und sagt, he, Tiberius, heute ist dein Glückstag, rein zufällig bin ich auf den Gedanken gekommen, dass der Himmel blau und das Wasser nass ist! Und ich sage nicht: Oh, *messere* Milano, wie mich das freut, ich ahne, dass es mir Wohlstand und Freude bringen wird, dich unter meinem Dach zu haben, und darf ich dir anbieten, wonach ich dich lechzen gesehen zu haben glaube?«

Rinaldo seufzte. »Also gut, Tiberius …«

»Nichts da. Was willst du von mir, Milano? Möchtest du für mich arbeiten oder nicht? Bist du ein so guter Sänger, dass ich dich nicht gleich achtkantig hinauswerfe, sobald du den Mund auftust?«

»Ja«, sagte Rinaldo und reckte sich. »Und ja.«

»Hast du schon mal in einem Haus wie diesem gearbeitet?«

»Ja.«

»Dann weißt du, dass die Gäste hier keine gedrechselten Sirventen hören wollen und die Weiber keine *fin amor*?«

»Sicher, sicher. Tiberius, es ist nicht nur der Gesang, ich kann dir auch …«

»Worum es hier geht, ist Geld«, sagte Tiberius. »Wenn die Kerle aus der Kammer kommen, fällt ihnen als Erstes ein, dass sie beim nächsten Kirchgang dem Pfaffen beichten müssen, was sie gerade getan haben. Und dann schauen sie sich um und sehen die anderen Kerle, die gerade das Gleiche denken und die Köpfe genauso tief hängen lassen. Wenn sie aus diesem Zustand nicht mehr rauskommen, gehen sie. Ich brauche jemanden, der sie diesen Zustand überwinden lässt.«

»Jemand, der ihnen ein Lied singt oder eine Geschichte erzählt.«

»Dann kaufen sie einen Krug Wein, der Stachel regt sich erneut, die Weiber gefallen ihnen wieder, und sie bleiben auf eine neue Runde. *Das* ist es, was ich brauche«, sagte Tiberius. »Einen Haufen, der die Fliegen anzieht. Wenn du dich lieber als Honigtopf siehst, der die Bienen anlockt, ist es mir auch recht. Wichtig ist, dass denen, die um dich kreisen, das Geld aus den Taschen fällt. Verstehst du, Milano?«

»Wenn wir uns den Hypocaust anschauen, könnte ich dir noch eine weitere Möglichkeit …«

»Ich würde dich auf Probe nehmen«, sagte Tiberius. »Willst du die Bedingungen hören oder nicht?«

Katerina warf Rinaldo noch einen letzten, langen Blick zu, ließ die Zungenspitze über die Lippen kreisen (ein Versprechen, das sich höchstens erfüllen würde, wenn man ihre Titten mit Gold aufwog) und stolzierte davon, auf dem festen Boden deutlich graziöser als im Wasser. Langsam sickerte in Rinaldos Hirn, was Tiberius gesagt hatte.

»Auf Probe?«, echote er. »Ich bin doch kein Rossknecht!«

»Ich will erst mal sehen, ob ich dir trauen kann.«

Rinaldo starrte ihn an. Er bemühte sich, Tiberius nicht merken zu lassen, dass er ihn getroffen hatte. »Ich beweise dir, dass ich dein Glücksbringer bin«, sagte er mit verzerrtem Lächeln. »Führ mich nur zum Hypocaust, und ich zeig dir …«

»Verdammte Pest!«, brüllte Tiberius plötzlich. »Scheiß auf den Hypocaust! Was ist jetzt, du Wichser? Nimmst du mein Angebot an oder nicht? Was glaubst du, wie viel Zeit ich für dich übrig habe?«

Rinaldo blinzelte. Irgendetwas in ihm sagte laut und deutlich: Steh auf und geh, das hast du nicht nötig. Etwas anderes sagte ebenso laut: Ganz ruhig, alter Junge, mach dich erst mal unentbehrlich, dann sehen wir weiter. »Wie stellst du dir das vor?«, hörte er sich fragen.

Tiberius öffnete die Hände und hielt ihm zehn Finger vor die Nase. »Zehn Pfennige«, sagte er. »Dafür kannst du einen ganzen Monat hier schlafen und spielen. Essen kostet extra, vögeln auch. Am Ende des Monats rechne ich zusammen, was ich eingenommen habe. Übersteigt es die Einnahme des letzten Monats um mehr als zehn Pfennig, gehört dir der Überschuss, und du kannst bleiben. Ist es weniger, kannst du wieder gehen.«

»Aber das ist ungerecht …«

»So ist das Leben, Milano«, sagte Tiberius, »ob ungerecht oder nicht. Fünf Pfennig im Monat verlangt der Blutvogt dafür, dass ich hier einen Sänger auftreten lassen darf. Fünf Pfennig will ich für das Risiko, dass einem der Schöffen, die sich bei mir verlustieren, dein Gegröle nicht gefällt oder er die Musik für Gotteslästerung hält und ich den Drecksack bestechen muss, damit er mich nicht vor die Schöffenstube bringt. Unter fünf macht's der Blutvogt nicht, und warum soll ich es für weniger tun als dieser Halsabschneider? Deshalb die zehn Pfennig, und deshalb sollst du sie für den ersten Monat auslegen. Du willst die

Arbeit, also trägst du auch das Risiko. Immer noch ungerecht, Milano?«

»Woher soll ich so viel Geld nehmen?«

»Was interessiert mich das? Leih es dir von den Juden. Überfall einen Pfaffen. Stiehl es einem Bettler aus der Tasche.«

»Tiberius, wenn du dir meinen Vorschlag wegen der Heizung anhören würdest, denn würdest du sehen, dass ich dir ein Vermögen …«

Tiberius stand auf und putzte sich mit der flachen Hand den Hintern von Geröll und Steinstaub ab. »Sobald du das Geld bringst, kannst du anfangen. Warte nicht zu lange. Wenn morgen einer kommt und sagt, er kann singen, und die zehn Pfennig auf die Hand zählen kann, nehm ich ihn und nicht dich.« Er zog ein kleines Glöckchen aus einer Tasche und läutete. Der Klang hörte sich dünn in der weiten Kammer an und wollte nicht zu Tiberius' kalten Worten passen. Sekunden später vernahm Rinaldo Schritte, die die Treppe heruntersprangen.

Tiberius drehte sich um und wies auf die Wasserfläche. »Wenn du noch baden willst, das ist im Preis mit drin. Noch mal vögeln, noch mal zahlen.« Er rieb Daumen und Zeigefinger gegeneinander. Einer der kleinen Jungs hüpfte die letzten Stufen herunter und rannte zu Tiberius, wo er keuchend stehen blieb. Tiberius gab ihm eine freundlich gemeinte Kopfnuss und schob ihn dann in Rinaldos Arme. »Bis demnächst, Milano. Wenn du weder baden noch vögeln willst, führt der Junge dich raus.«

20.

Der kleine Junge führte Ulrich mit solcher Zielstrebigkeit zum Heiligen Knochen, dass der Archivar sich noch mehr schämte. Selbst ein kleines Kind fand ohne Mühe aus dem Gassengewirr, wohin es wollte; Ulrich jedoch war nicht einmal in der Lage, *zurück*zufinden. Der Junge sprang um ihn herum wie ein Hündchen und lachte. Als er auf die Eingangstür zusprang, hielt Ulrich ihn auf.

»Das ist weit genug«, sagte er. »Hinein komme ich alleine.«

»Ist gut, Vater«, rief der Junge und blieb vor ihm stehen. Er sah zu ihm hinauf; ein schmächtiges Bürschchen, das Ulrich gerade eben bis zum Bauchnabel reichte. Wenigstens hatte es diesmal keines Rettungseinsatzes der Klostergemeinschaft bedurft … Ulrich seufzte. Ein kluger Mann war der, der sich mit dem Geschick abfand, das Gott der Herr ihm zugedacht hatte. Und ihm war offensichtlich zugedacht, dass er sich unweigerlich verirrte, wenn ihn nicht eine gerade Linie zum Ziel führte und das Ziel deutlich sichtbar war. Was das für die Aufgabe bedeutete, die er hier zu bestehen hatte und zu deren Erfüllung der Weg noch verschlungener war, als jeder Fußmarsch vom Dom zur Herberge es jemals sein konnte, lag klar vor Augen …

Ulrich seufzte ein zweites Mal. Er starrte auf den Jungen und fühlte sich tölpelhaft, unnütz und hoffnungslos.

Der Junge grinste übers ganze Gesicht. Endlich kämpfte sich der Gedanke durch Ulrichs Mutlosigkeit, dass der Kleine eine Belohnung erwartete – und dass ein Segen zwar angebracht, aber nicht ausreichend war.

Ulrich räusperte sich und fischte in seiner Kutte nach der Börse. Leicht war sie geworden, besonders nach Rinaldos letzter Forderung. Wie geldgierig die Menschen hier waren (besonders der Klerus; Rinaldo hatte ihm verraten, dass der Domprobst am tiefsten in den Säckel gelangt hatte). Blieb zu hoffen, dass Rinaldo mit dem heutigen Betrag alle Hände gesalbt hatte, die zu salben waren, sonst ging ihnen das Geld aus, noch bevor sie auch nur den kleinsten Hinweis auf den Verbleib des Schädels hatten. Ulrich fühlte eine Woge des Zorns in sich aufsteigen, als er sich vor Augen führte, welch große, mühsam erarbeitete Finanzmittel des Klosters wegen der Suche nach Sankt Albos Reliquie vernichtet wurden … und er ärgerte sich noch mehr, als ihm bewusst wurde, dass sein Zorn ganz allein dem Heiligen galt.

Er holte eine geviertelte Münze heraus, überprüfte ihren Wert und reichte sie dem Jungen. Sie verschwand blitzschnell in einer schmutzigen kleinen Faust. Der Junge blieb stehen und lächelte zu Ulrich empor. Ulrich gab den Blick des Knirpses ratlos zurück; dann holte er eine weitere Münze heraus. Der Junge schnappte sie so schnell wie die erste und lächelte weiter.

»Nun ist aber gut«, sagte Ulrich und stellte fest, dass er das Lächeln zurückgab. Der Junge zuckte mit den Schultern, dann kniete er nieder und senkte den Kopf. »Segne mich, Vater.«

Ulrich tätschelte den verfilzten Hinterkopf des Kindes. »Der Herr behüte dich auf all deinen Wegen«, sagte er und meinte es ehrlich. Dann fügte er hinzu: »Und er möge dich zu mir führen, wenn ich auf meinen Wegen wieder vom rechten Pfad abkomme.«

Der Junge sprang auf. »Gemacht, Vater!«, rief er, sauste in die nächste Gasse hinein und war verschwunden. Ulrich hätte geschworen, dass sie aus einer ganz anderen Gasse gekommen waren … nun, der Junge musste ja nicht unbedingt auf demselben Weg zurück, den sie gekommen waren. Andererseits, warum hätte er einen Umweg machen sollen? Auf jeden Fall war Ulrich sicher gewesen, dass sie nicht aus dieser, sondern aus jener Gasse gekommen waren, der mit dem toten Raben in der Kotrinne … oh, der Rabe lag ja dort *drüben* in der Rinne, nicht da, wo Ulrich ihn erwartet hatte (und dass der tote Rabe sich von der Stelle bewegt hatte, war ja ziemlich unwahrscheinlich). Ulrich schloss die Augen, unterdrückte ein Stöhnen und platzte dann so schnell in die Trinkstube hinein, als würden sämtliche Teufel der Hölle aus den Gassenmündungen auf ihn zustürmen.

Das Dunkel in der Trinkstube war im ersten Augenblick undurchdringlich; der Lärm schien es ebenso zu sein, bis er mit einem letzten Lacher, einem letzten heiseren Ausruf abbrach und eine Stille entstand, in die hinein das Krachen der aufgestoßenen Tür zu dröhnen schien wie ein Donnerschlag. Ulrich blieb stehen. Alle Köpfe wandten sich ihm zu. Die Trinkstube war mit mindestens zwei Dutzend Menschen besetzt, und alle gafften ihn an. Die Stille dehnte sich, bis Ulrich das Gefühl hatte, hineinzufallen. Irgendwo rülpste jemand und brach mit einem erschrockenen Winseln ab. Beim Kamin scharrte eine Bank ins Schweigen hinein.

Ulrich spähte in die Düsternis. Etwas wuchs dort in die Höhe, bis es mit dem Kopf an die Decke zu stoßen schien. Jörg von Ahaus. Er winkte.

»Hier drüben, Brud… Herr!«, rief er. »Hier bin ich!«

Sein Ruf brach den Bann. Plötzlich schrien alle durcheinander, eine Kakophonie, über die sich die Worte Reliquie, Schädel, Albo und hochwürdiger-Herr-Antonius mühsam durchsetzten. Ulrich stand wie festgenagelt. Er sah, wie Jörg sich in Bewegung setzte.

Ein Mann tauchte plötzlich vor ihm auf, fiel auf die Knie und begann in schrillem Diskant zu reden. Ulrich verstand kein Wort und wähnte einen Moment lang, der Mann spreche eine fremde Sprache, bis er die gleichen Worte heraushörte, die sich auch aus dem allgemeinen Gebrüll herausfiltern ließen. Der Mann zupfte an seiner Kutte und gestikulierte mit eindeutigen Bewegungen auf seinen Oberkörper. Ulrich blinzelte. Jörg sprengte eine Gruppe auseinander, die sich in die Haare geraten war, wurde in seinem Vormarsch aber geringfügig aufgehalten. Rinaldo war nirgends zu sehen, wenn er nicht in dem Aufruhr, den die Verrückten hier veranstalteten, zu Boden gegangen und plattgetrampelt worden war. Der Mann zupfte stärker an Ulrichs Kutte und deutete wieder Formen an seinem Oberkörper an, die, wären sie gewesen, als was Ulrich sie interpretierte, und hätten sie sich am Oberkörper einer Frau befunden, diese unweigerlich nach vorn hätten kippen lassen. Das Gesicht des Mannes glühte vor Eifer. Ulrichs Blicke huschten durch die Schänke – und plötzlich explodierte die Wut in ihm, die vor dem Eingang erwacht war.

»RUHEZUMTEUFELNOCHMAL!«, brüllte er.

Das Japsen und Hecheln und Kreischen verstummte schlagartig. Eine quietschende Stimme gellte in die abrupte Stille: »Die Titten der heiligen Magdalena, Hochwürden!«, und kam mit einem Misslaut ebenfalls zur Ruhe. Der Mann auf dem Boden vor Ulrich klappte den Mund zu und starrte erschrocken zu ihm auf. Ulrich gab den Blick nicht weniger erschrocken zurück. Sein Zorn war verflogen. Was hatte er eben gebrüllt? Er hob die Hand, um sich zu bekreuzigen. Der Mann auf dem Boden zuckte zurück.

Dann war Jörg an seiner Seite, und der kniende Mann war verschwunden. Ulrich sah ihn aus dem Augenwinkel unter eine Bank schlittern und dort zwei der anderen Verrückten zu Boden reißen. Jörg stellte seinen rechten Fuß auf die Erde zurück.

»Ich hab mir Sorgen gemacht«, sagte er leise und verbeugte sich demonstrativ. »Wo warst du?«

»Was sind das für Unselige?«, flüsterte Ulrich zurück.

»Sie warten alle auf dich. Besser gesagt, sie warten auf Bruder Antonius.«

»Sind das …?« Ulrich blickte vorsichtig an Jörg vorbei und schaute in die aufgerissenen Augen, sah die geblähten Nasenflügel und die eifrig geöffneten Münder, aus denen kein Laut mehr kam. Wohin er auch sah, richtete der Betreffende sich halb auf und sank wieder in sich zusammen, als Ulrichs Blick weiterwanderte.

»Genau«, sagte Jörg.

»Und die alle haben … Sankt Albo …?«

»Zweifelhaft«, sagte Jörg. »Aber sie haben *irgendwas*. Und das wollen sie dir anbieten.«

»Aber ich will nur …«

»Vielleicht ist er ja dabei.«

Ulrich spürte, wie ihm schwindlig wurde. »Wo ist Rinaldo?«, fragte er schwach.

»Keine Ahnung.«

»Aber hat er … ich dachte, er hätte all diese Leute geschickt?«

»Das dachte ich auch. Vielleicht ist er gerade mit weiteren zwei Dutzend Knochenhändlern auf dem Weg hierher.« Ulrich sah ihn an, und Jörg zuckte mit den Schultern. »War nur Spaß.«

»Ehrwürden!«, rief jemand aus der Menge. »Ehrwürden, darf ich Euch …«

»Nein, Heiligkeit, kommt zu mir!«, rief ein anderer.

»Ich habe, was Ihr sucht.«

»Nein, *ich!*«

»Ich hab was viel Besseres …«

Jörg drehte sich um, und die Rufer verstummten.

»Was soll ich denn jetzt tun?«, sagte Ulrich.

»Jetzt werden wir verhandeln«, sagte eine bekannte Stimme an seiner Seite. *»Andiamo, amici!«*

Dass Rinaldo Ulrich dazu gebracht hatte, Jörgs Dienste anzunehmen, erwies sich als vorausschauend. Ulrich war sicher, dass die Meute professioneller, halbprofessioneller und Möchtegern-Reliquienhändler den kleinen Italiener schwerlich als Hindernis auf dem Weg zu ihm in die Kammer betrachtet hätte. So aber stand Jörg am Fuß der hölzernen Treppe, und es *versuchte* nicht einmal jemand, an ihm vorbeizukommen. Währenddessen sortierte Rinaldo die Erfolg versprechenderen Angebote aus dem blanken Unsinn aus. Es war noch genügend Idiotisches vorhanden, dass Ulrich die feinen Härchen auf seiner Tonsur zu Berge standen, doch wie hatte Rinaldo geflüstert? »Keine wird dir die Albo gleich zu Anfang anbieten. Hör dir erst an, was sie sonst noch haben, und lehn alles ab. Irgendwann kommen sie mit die Schädel rüber …«

»Und wenn es nicht gleich der Erste ist, der ihn hat?«, hatte Ulrich zurückgeflüstert.

»Es wird auf keine Fall die Erste sein.« Rinaldo hatte mit den Schultern gezuckt. »Wenn wir Glück haben, kommt die Bursche morgen oder übermorgen hierher. Aber wir können nicht riskieren, die Kerle hier einfach in Bausch und Bogen wegzuschicken, das macht uns unglaubwürdig. Da musst du durch.«

So saß Ulrich auf der maroden Truhe in der Kammer und »verhandelte« mit denen, die Rinaldos Auswahl bestanden hatten, hoffend und gleichzeitig fürchtend, der jeweilige Gesprächspartner möge sich als der Dieb von Sankt Albos Schädel zu erkennen geben. In den Wartepausen rang er die Hände wegen all der Schlechtigkeit, die hier vor ihm aufspazierte. Er bezweifelte, dass der Herr Jesus Christus jemals das wilde Verlangen verspürt hatte, seine Fäuste in ein verschlagenes Gesicht zu pflanzen, das sich in seinem Blickfeld befand; doch es ließ sich nicht leugnen, dass Ulrich dieser Versuchung immer mehr zu erliegen drohte. Der Erlöser hatte sich andauernd mit solchem Abschaum umgeben, und nicht nur, dass er Mitleid und Verständnis gezeigt hatte – die Unseligen hatten ihn auch noch geläutert verlassen. Aus Ulrichs Reichweite verschwanden sie bloß mit langen Gesichtern.

Die Tür öffnete sich, und Jörgs hünenhafte Gestalt erschien im Türrahmen. Er bückte sich, um hereinzuspähen. »Schon was dabei gewesen?«, fragte er.

Ulrich winkte müde ab.

»Rinaldo schickt mich«, sagte Jörg. »Er hat einen Kerl drunten, der über den Verbleib der Barthaare des Josef von Arimathäa Bescheid weiß.«

Ulrich starrte den Ritter an. Jörgs Gesicht war zu entnehmen, dass er das Angebot für interessant hielt. »Sag ihm, die Barthaare von Josef polstern das Kissen, auf dem der Heilige Gral steht«, brummte er.

Jörg riss die Augen auf. »Das wusste ich ja noch gar nicht«, murmelte er und ging wieder hinaus. Ulrich verbarg das Gesicht in den Händen. Nach wenigen Augenblicken hörte er Jörgs schwere Schritte wieder zurückkommen.

»Den Kerl mit den Titten der heiligen Magdalena hat Rinaldo bereits weggeschickt«, meldete er. »Jetzt verhandelt er mit einem, der sagt, er könne das … äh, Jungfernhäutchen der heiligen Ursula besorgen.« Jörg schaffte es, zart zu erröten.

»Nimm den einen und erschlag damit den anderen«, flüsterte Ulrich.

Jörg schien schockiert. »WAS?«

»War nur Spaß«, sagte Ulrich und zeigte Jörg ein Lächeln mit zu vielen Zähnen. Jörg kniff ein Auge zu und deutete mit einem Finger auf Ulrich. Er grinste. »Erwischt«, sagte er und machte die Tür wieder hinter sich zu.

In den Stunden bis zum Abend wurde Ulrich noch Folgendes angeboten:

Die Fingerknochen von mindestens sechsundvierzig Aposteln.

Eine Sandale, die der Herr Jesus Christus ausgezogen hatte, bevor er über den See Genezareth gewandelt war.

Federn des Hahnes, der dreimal gekräht hatte, als der Apostel Petrus den Herrn verleugnete.

Ein Splitter vom Stab des heiligen Christophorus.

Der Fuß des Kelches, in dem das Christuskind die Myrrhe von einem der drei weisen Könige erhalten hatte.

Das Oberteil des Kästchens, in dem das Christuskind die Myrrhe erhalten hatte.

Der leinene Beutel, in dem die Myrrhe gewesen war, die das Christuskind erhalten hatte.

Ein paar steinharte Klümpchen in einer Schale, die Ulrich an eingetrocknete Schnecken erinnerten und die die Überreste der Myrrhe darstellten, die dem Christuskind geschenkt worden war, komplett mit dem Schälchen, in dem die drei Könige sie überreicht hatten.

Der Siegelring von Pontius Pilatus (»Pilatus hatte bestimmt kein Siegel, in das ein Kreuz geschnitten war«, sagte Ulrich, und Jörg, der bereits Interesse an dem Kleinod bekundet hatte, machte sich in der Schankstube auf die Suche nach dem Anbieter, um ihm den Kopf abzureißen).

Die abgeschnittene Vorhaut des Jesuskindes, weitere verdorrte Brüste diverser Heiliger, das Glied des heiligen Emmeran und die Schamhaare der heiligen Radegunde; all das von einem einzigen Anbieter, dessen Sortiment höchst spezialisiert zu sein schien und das Ulrich zu einem cholerischen Anfall verhalf.

Und zuletzt: der wahre Leichnam des Evangelisten Markus (nicht die Jammergestalt, die die Venezianer irrtümlich in ihrer Basilika verehrten), im Voraus zu bezahlen wegen der großen Gefahren im Zusammenhang mit der Beschaffung und lieferbar in etwa drei Jahren.

Nach dem Vesperläuten kamen Jörg und Rinaldo in die Kammer. Der kleine Italiener wirkte aufgekratzt und rastlos, während Jörg sich nur auf seinem löchrigen Mantel auf dem Boden ausstreckte und »Jungejunge, was für ein Haufen Verrückter!« brummte. Rinaldo gab Ulrichs Blick lange zurück. Schließlich zuckte er mit den Schultern.

»Was für ein Bockmist«, sagte Ulrich. »Einen zweiten Tag stehe ich diese Gottlosigkeit nicht durch. Selbst dem abgefeimtesten Heiden würde diese Ansammlung abergläubischer Verbrecher den Magen umdrehen.«

»Reg dich nicht auf«, sagte Rinaldo.

»Du siehst ihnen in die Augen und erkennst genau, sie betrügen dich – und sie wissen, dass sie dich betrügen. Sie halten dir ein altes Kuheuter hin und behaupten, es handle sich um eine mumifizierte Brust; sie zeigen dir einen Holzsplitter und sagen, er stamme vom Kreuz Christi, und du siehst genau die Farbreste von den Türflügeln eines Stadttores, von dem der Splitter heruntergefallen ist. Sie legen dir ein Bündel Haare hin, das so frisch abgeschnitten ist, dass die Läuse noch darin herumwimmeln, und sagen, es sei tausend Jahre alt und stamme vom Haupt Johannes des Täufers …«

»Nimm's nicht so schwer.«

»… und dann trifft der eine dieser Unseligen den anderen vor der Tür zu deiner Kammer, und du hörst, wie sie sich ihre plumpen Fälschungen gegenseitig abkaufen, als wären sie überzeugt, dass der jeweils andere eine wirkliche Reliquie anzubieten habe statt irgendeines lächerlichen Gelumps aus der nächsten Gosse. Haben diese Kreaturen Dung im Hirn?«

Ulrich schüttelte den Kopf und sah von Rinaldo zu Jörg und zurück. Aus dem Augenwinkel bemerkte er, wie sich ein breites Grinsen auf Jörgs Gesicht stahl. »Jungejunge, was für ein Haufen Schwachköpfe«, sagte der Ritter.

Ulrich stellte plötzlich fest, dass sein Zorn irgendwann zwischen Jörgs erster Bemerkung und dieser verraucht war. Er konnte nicht anders, als Jörgs Grinsen nachzumachen. Rinaldo hob erstaunt die Augenbrauen und verzog dann den Mund.

»Wir müssen die Sache anders angehen«, sagte Rinaldo langsam. »Ich glaube, ich sollte noch mal …«

»Der Bursche mit dem Stroh aus der Matratze, auf der die Jungfrau Maria den Erlöser zur Welt gebracht haben soll …«, sagte Jörg und lachte los.

»Oder der mit dem Wetzstein, der das Schwert geschliffen haben soll, mit dem der heilige Martin seinen Mantel auseinander schnitt …«, prustete Ulrich.

»Der Beste war dieser Halunke mit dem Bart bis zu den Knien!«, rief Jörg und hielt sich die Seiten vor Lachen.

Ulrich runzelte die Stirn. »Wer war das denn?«

»Den hast du nicht gesehen, den hat Rinaldo aussortiert«, brüllte Jörg, der sich die Lachtränen aus den Augen wischte. »Hahahaaa!«

»Ja«, sagte Rinaldo. »Sehr lustig. Also, ich glaube, ich muss noch ein letztes Mal …«

»Was war mit dem Kerl?«, fragte Ulrich.

»Der hat … hihihi … der hat …«

Rinaldo verdrehte die Augen. »Hör zu, Bruder Ulrico, es ist unbedingt nötig, dass ich …«

»… der hat …«

»Nun erzähle schon«, stöhnte Ulrich und krümmte sich vor Lachen auf dem Bett.

»Er hat uns seine eigene Gebeine angeboten«, sagte Rinaldo und verdrehte ungeduldig die Augen, konnte aber auch nicht verhindern, dass ein Lächeln über sein Gesicht huschte.

Ulrichs Lachen verstummte. Er starrte Rinaldo an, den er durch den Schleier aus Tränen nur unscharf sah. Jörg auf seinem Lager keuchte und sah zu Ulrich herüber, bereit, erneut loszugackern. »*Was* hat er?«, sagte Ulrich.

»Er sagte«, platzte Jörg heraus, »er führt ein so gottgefälliges Leben, dass er nach seinem Tod sofort zum Heiligen wird. Da könnten wir ihm das Geld für seine Knochen doch gleich geben, und er wird zusehen, dass man uns seinen Leichnam überstellt, wenn er gestorben ist.« Jörg begann von neuem zu lachen und brach auf seinem Lager zusammen. »Jungejunge«, keuchte er, als er wieder Luft bekam, »was für ein Haufen Arschlöcher.«

Ulrich sah Rinaldo sprachlos an. Offenbar war sein Gesichtsausdruck so komisch, dass Rinaldo seine unübliche Anspannung aufgab und ebenfalls grinste.

»Aber das Schönste kommt noch«, rief Jörg und fiel dem nächsten Lachanfall zum Opfer. »Rinaldo … *hahaha.*«

Rinaldo seufzte, doch Jörgs Heiterkeit hatte mittlerweile den Raum erfüllt und verschonte weder ihn noch Ulrich, der versuchte, über die sagenhafte Anmaßung des Anbieters nicht zu lachen und stattdessen laut herausgrunzte und sich die Hand vor den Mund hielt. Rinaldo prustete los.

»O Mann, ich platze gleich«, stöhnte Jörg.

»*Was* hat Rinaldo getan?«, rief Ulrich. »Was hast du getan?«

»Ich sagte zu die Mann: ›Wir haben nicht so lange Zeit zu warten, bis du stirbst.‹«

»... und dann sagte Rinaldo, hier, Jörg, gib ihm sein Geld und stich ihn ab, damit wir ihn auskochen können.« Jörgs Worte gingen in seinem Lachen unter. Er trommelte mit den Füßen auf den Boden, das die ganze Kammer erzitterte.

»Und dann?«

»Dann haben wir ihn rausgetragen«, sagte Rinaldo, der sich die Tränen abwischte.

»*Was?* Ihr habt ihn doch nicht etwa ...?«

»Nein, wo denkst du hin? Er wandte sich so hastig zur Flucht, dass er auf seinen Bart trat und mit die Schädel gegen eine Bank knallte. Er hatte eine Beule so groß wie eine Hühnerei, als wir ihn vor die Schänke auf die Gasse legten. Wahrscheinlich ist er immer noch nicht wieder zu Bewusstsein gekommen.«

»Jungejunge«, winselte Jörg.

Ulrichs Blicke wanderten von ihm zu Rinaldo und zurück. Jörgs Gesicht war so rot, dass seine Zähne förmlich daraus hervorleuchteten; Rinaldo wischte sich die letzten Tränen aus den Wimpern. Eine Woge der Sympathie für seine Mitstreiter überkam Ulrich, wie er sie zuletzt für Bruder Fredegar empfunden hatte, als dieser sich kurz nach seiner Ankunft im Kloster im Archiv angemeldet und Ulrichs Schätze hatte zeigen lassen; Ulrich konnte sich nicht erinnern, dass er zuvor sein Herz dermaßen für einen anderen Menschen hatte aufgehen lassen. Er schüttelte den Kopf und lächelte, und für eine Weile entstand ein Schweigen zwischen den drei Männern, das nicht peinlich war, sondern voller Zuneigung, und das Ulrich die Zuversicht gab, seine Aufgabe vielleicht doch noch zu erfüllen.

»Bevor ich zu euch stieß, habe ich eine Reliquie verbrannt«, sagte Jörg plötzlich.

Rinaldo begann zu kichern. »Sag nichts, lass mich raten ... eine Klumpen Tran von die Walfisch, die Jonas verschluckt hatte!« Rinaldo gackerte und schlug sich auf die Schenkel.

Jörg lächelte. »Nein«, sagte er und sah Rinaldo so lange an, bis dessen Lachen verstummte. Ulrich starrte von einem zum anderen. Jörgs Blicke lösten sich von Rinaldo und wanderten zu Ulrich. Der sog den Atem ein.

»Es war eine Haarlocke«, sagte Jörg und sah Ulrich unverwandt in die Augen. »Sie stammte von der Frau, für die ich mein Leben gegeben hätte, so sehr liebte ich sie.«

Rinaldo blinzelte und atmete ein paar Mal tief ein und aus. Er räusperte sich.

»Wir waren zusammen aufgewachsen«, sagte Jörg. »Mein Vater hatte mich als Pagen beim Grafen von Zulling untergebracht. Die von Zulling und mein Geschlecht sind seit Generationen Verbündete. Ich bin der dritte Sohn meines Vaters, aber der Graf schätzte mich, und statt mich zu einem seiner Einschildritter zu senden, gab er mich zu einem Mann namens Otto, Truchsess des Grafen und Verwalter seines Sitzes Ellenbrechtskirchen, nur ein paar Meilen von Zulling entfernt. So war ich öfter auf Burg Zulling als dort, wo mein Dienst mich hingesandt hatte.«

»Wie hieß das Mädchen?«, fragte Ulrich.

Jörg zuckte mit den Schultern. »Irmgard. Die älteste Tochter der Grafen von Zulling heißt immer Irmgard.«

»Was ist geschehen?«

»Was immer geschieht«, sagte Jörg und ließ sich zurücksinken. Ein paar Augenblicke lang starrte er an die Zimmerdecke und schien mit sich zu kämpfen; dann beschloss er, weiter zu erzählen.

»Wir waren gleich alt. Wenn ich im Hof Bogenschießen, Ringen und den Faustkampf lernte oder Strohpuppen köpfte, saß sie oben in der Kemenate und lernte Spinnen, Sticken und was die Weiber sonst noch so an geheimen Dingen lernen. Aber wenn es um's Lesen und Schreiben ging oder darum, die französische Sprache zu lernen, oder um das Musizieren, dann lernten wir gemeinsam. Wir waren ja die Einzigen, die es dafür gab, denn Irmgards ältere Brüder waren alle bereits als Pagen oder Knappen auf anderen Höfen, und ihre anderen Geschwister waren um vieles jünger, und ich war ohnehin allein.«

»Du kannst musizieren?«, fragte Ulrich im gleichen Atemzug mit Rinaldo, der ebenso ungläubig fragte: »Du kannst lesen und schreiben?«

Jörg grinste. Er hob seine Pranken in die Höhe und betrachtete sie. »Möchte man nicht glauben, wenn man sich meine Tatzen ansieht, was?«

»So war das nicht gemeint.«

»Keine Sorge. Tatsächlich habe ich das Laute spielen aufgegeben, und was Lesen und Schreiben angeht, bräuchte ich wohl wieder ein wenig Übung. Verschüttete Talente … nicht, dass mein Talent sonderlich groß gewesen wäre.«

»Du musst dich nicht kleiner machen, als du bist, auch nicht im Spaß«, sagte Ulrich, und eine Weile blieb seine Aussage im Raum hängen, während sowohl Jörg als auch Rinaldo darauf herumkauten.

»Was hat euch getrennt?«, fragte Ulrich schließlich.

»Ich dachte, ein Klosterbruder würde als Erstes fragen, ob wir gesündigt haben.«

»Die Gemeinschaft im Kloster ist eine Gemeinschaft der Liebe«, sagte Ulrich. »Darum geht es in erster Linie. Wir fragen, was uns zusammenhält, nicht, was uns trennt.«

»Ich glaube«, sagte Jörg und lächelte freudlos, »du beschönigst ein bisschen was.«

Ulrich gab das Lächeln zurück und bemühte sich, es wärmer sein zu lassen als das Wolfsgrinsen, das Jörg hervorgebracht hatte. Jörg zuckte mit den Schultern.

»Na ja, Bruder Ulrich, ich beichte hier und jetzt: Wir haben *nicht* gesündigt. Jedenfalls nicht in Taten. Aber selbst wenn wir es getan hätten, nicht einmal Gott der Herr hätte es als Sünde ansehen können. Wir haben uns …« Jörg brach ab und tat so, als müsse er nachdenken. Ulrich sah einen Schatten von Mitgefühl über Rinaldos dunkles Gesicht huschen, der sofort wieder hinter der Maske aus amüsiertem Interesse verschwand, als er Ulrichs Blick bemerkte.

»Wir waren zwei Hälften eines Ganzen«, sagte Jörg schließlich.

»Erbfolge«, sagte Rinaldo.

Jörg nickte.

»*Maledetto*. Eine wichtige Lehensnehmer? Oder die König?«

»Ein sehr guter Verbündeter«, erklärte Jörg.

Ulrich starrte Jörg an. »Ist es so, wie ich denke?« Er schluckte, weil er plötzlich glaubte, Jörgs Schmerz nachvollziehen zu können.

»Mein ältester Bruder war sehr erfreut. Irmgard war nicht nur schön, weil meine Liebe sie dazu machte. Und ihre Mitgift war Ellenbrechtskirchen, das ohnehin nach einem neuen Verwalter verlangte, weil Otto den Wunsch geäußert hatte, ins Heilige Land zu ziehen, sobald es möglich wäre.«

»Dann bist du mitgezogen?«

»Mit Otto? Nein. Er entband mich von meinem Treueschwur, weil er als einfacher Pilger dorthin wollte, nicht als Ritter. Der Graf ließ mich eine Weile als Edelknecht in Zulling dienen, doch als Kaiser Rotbart das Kreuz nahm, schlug er mich zum Ritter und ließ mich ziehen.«

»Ich kann mir vorstellen, dass du nichts sehnlicher wolltest, als aus Irmgards Nähe zu verschwinden.«

»Unsinn«, sagte Jörg. »Ich wünschte mir nichts sehnlicher, als zu ihren Füßen zu liegen oder den Boden zu küssen, auf dem sie gegangen war. Ich konnte es nicht ertragen, fern von ihr zu sein, auch wenn mich jeder Augenblick quälte, den wir zusammen waren; auch wenn ich wusste, dass es früher oder später zu einer wirklichen Sünde kommen würde, wenn ich nicht aus ihrer Nähe floh … verstehst du, Bruder Ulrich? All das Gerede vom Beilager, das ohne die Sanktion des Ehesakraments eine Sünde sein soll, ist klerikale Kacke, wenn du entschuldigst, und hat mehr mit dynastischer Vermögenssicherung zu tun als damit, dass Gott den Menschen ein Herz gegeben und Jesus Christus sie die Liebe gelehrt hat. Aber die Frau meines Bruders zu nehmen … nein, das wäre *wirklich* Sünde gewesen.«

»Du hattest einen klugen Lehrer«, sagte Ulrich.

»Otto war ein großer Mann.«

»Ich hoffe, er ist von seiner Pilgerfahrt heil zurückgekommen.«

Jörg holte tief Atem. »Ja, das hoffe ich auch.«

»Warum bist du doch gegangen?«, fragte Rinaldo.

Jörg ließ sich mit der Antwort Zeit. »Es gab keinen Grund mehr zu bleiben.«

Ulrich fühlte, wie eine plötzliche Schwäche seine Beine hinaufkroch. Er und Rinaldo wechselten einen raschen Blick. Selbst Rinaldo schien schockiert und nicht zu wissen, was er sagen sollte.

»Ihr habt schon richtig verstanden«, sagte Jörg. »Kindbettfieber.«

»Der Herr sei euren Seelen gnädig«, flüsterte Ulrich.

»Der Schmerz vergeht mit der Zeit«, sagte Jörg. »Das Loch im Herzen bleibt.«

21.

Rinaldo stellte fest, dass auch er ein Loch im Herzen hatte. Tatsächlich war dieses Loch so groß, dass es schien, als wäre sein Herz zur Gänze darin verschwunden. Er lag mit geschlossenen Augen auf der Strohmatratze und tat so, als würde er noch schlafen. Von rechts ertönte Jörgs leises Atmen (angesichts seiner Größe hätte man erwartet, dass er dröhnend wie ein Schlachtross schnarchte, aber im Schlaf war er so leise wie ein Luchs), von links die geflüsterten Gebete von Bruder Ulrico, der versuchte, den Gebetsrhythmus des Klosters auch hier einzuhalten und der Rinaldo aus seinem unruhigen Schlummer geweckt hatte. Das Loch in seinem Herzen … *vero,* da war ein Loch, und gerissen worden war es von dem Gedanken, dass die Kameradschaft, die ihn so warm aufgenommen hatte, mit dem Erfolg ihrer Mission enden würde … und dass er sich noch einen Plan zurechtlegen musste, wie er Bruder Ulrico, den großherzigsten Menschen, der ihm je begegnet war, um weitere zehn Pfennige betrügen konnte.

Das Dilemma bestand immer noch, als sie gemeinsam an einem der Tische in der Schänke saßen, Haferbrei aßen, den der Wirt ihnen seit gestern Morgen ohne jede Aufforderung vorsetzte, und Jörg Ulrico damit aufzog, dass er so tat, als würde er Wein in seine Schüssel gießen oder ihm einen Bissen von dem kalten Fleisch aufzunötigen versuchte, während Ulrico ihm eine für seine Verhältnisse erstaunlich drastische Schilderung jenes Höllenkreises entgegenhielt, der den Völlern und Prassern vorbehalten war.

»Unser Denker und Planer ist heute so still«, sagte Jörg.

Rinaldo fühlte Ulricos wohlwollende Musterung. Er hob den Blick nicht aus der Schüssel. »Das liegt daran, dass ich gerade denke und plane«, versetzte er.

»Bereits zu einem Ergebnis gelangt?«

»Si«, sagte Rinaldo. Er atmete tief ein. Irgendwann musste er Ulrico damit konfrontieren. *»Certamente.* Ich ... die Plan tritt nun in eine neue Phase ein, und dazu brauche ich ... möchte ich ...«

»Wenn du so stotterst, kann es nur was Unanständiges sein.« Jörg grinste. »Willst du uns anpumpen, damit du dir ein paar schlechte Weiber kaufen kannst?«

Rinaldo fühlte, wie ihm das Blut in die Wangen schoss. Er schnappte nach Luft.

»Hör auf, Jörg«, sagte Ulrich. »Du siehst doch, dass er sich gerade überlegt, wie er uns alle noch schneller aus diesem Sündenpfuhl herausbringen kann.«

Uns alle? Was sollte das heißen? War mit *uns* gemeint, einschließlich ... *Rinaldo?* Natürlich war es das; Ulrico trug sein Herz auf der Zunge, doch Rinaldo wagte zu bezweifeln, dass der Mönch auch nur den Hauch einer Idee hatte, was danach aus ihrer Gemeinschaft werden sollte. Wollte er Jörg und ihn überreden, ins Kloster einzutreten? Lächerlich. Doch eine andere Möglichkeit, ihre kleine Gemeinschaft fortzusetzen, gab es nicht. Die Brüder würden keinen Sänger engagieren, und abgesehen davon vertrug die Laute keine kirchlichen Gesänge ... und sie würden auch keinen Ritter aushalten, der zu ihrem Schutz Patrouillen um die Klostermauern ritt. Dennoch, dass Ulrico so unbedarft *uns alle* gesagt hatte, versetzte Rinaldo einen Stich. Die klugen Argumente, mit denen er die Rede hatte einleiten wollen, die die zehn Pfennig aus Ulricos Börse hätte locken sollen, hörten sich auf einmal plump und aufgesetzt an. Rinaldo sah vorsichtig auf stellte fest, dass sowohl Jörg als auch Ulrich ihn erwartungsvoll ansahen.

»Ich muss noch mal zu die Dom«, hörte Rinaldo sich sagen. »Ich lasse verbreiten, dass wir die Schädel nicht mehr brauchen, weil wir sie bereits erstanden haben.«

»Was soll das denn für einen Sinn haben?«

Rinaldo hob den Kopf, ein breites Grinsen auf dem Gesicht.

»Was wird die Kerl, die die Schädel gestohlen hat, dann wohl denken?«, fragte er.

»Verdammt, ich bin zu spät gekommen«, brummte Jörg.

»*Certamente no!* Er wird denken: *Merda,* sie haben die falsche Schädel gekauft!«

»Na und?«

»Und er wird nicht länger warten und taktieren, um den Preis in die Höhe zu treiben«, rief Ulrich, dem ein Licht aufgegangen zu sein schien. Jörg riss Mund und Augen auf und stieß hervor: »Er wird die Beine in die Hand nehmen und schnellstens hier aufkreuzen, um sicherzustellen, dass er sein Exemplar noch loswird!«

»Rinaldo, ich glaube, manchmal spricht der Heilige Geist aus dir«, sagte Ulrich.

»Ah, bah«, wehrte Rinaldo ab und bemühte sich nach Kräften, bescheiden zu tun. »Lag doch nahe.« Er schob die Schüssel mit dem Haferbrei von sich und stand auf. »Dann werde ich mal losgehen. Äh … Bruder Ulrico, es kann sein, dass ich noch ein paar Leute …«

»Ich gehe mit dir«, sagte Ulrich und stand so entschlossen auf, dass sein Bauch den Tisch verschob. Rinaldo starrte ihn überrascht an. »Jörg bleibt hier und passt auf die Verrückten auf, die heute noch vorsprechen werden.«

Jörg nickte knapp und spähte in Ulrichs Schüssel, ob dieser einen nennenswerten Rest seines Morgenmahls übrig gelassen hatte. Rinaldos Gedanken rasten.

»Bist du sicher, dass du mitkommen willst?«, fragte er. »Die Gedränge wird noch schlimmer sein als gestern.«

»Dann musst du eben auf mich aufpassen.«

»Du könntest mich verlieren …«

»Dann finde ich irgendeinen Gassenjungen, der mich hierher zurückbringt.« Ulrich streckte den Arm über den Tisch aus und klopfte Rinaldo auf die Schulter. »Danke für deine Sorge, mein Freund. Ich verspreche dir auch, ich werde so finster und arrogant dreinblicken wie ein päpstlicher Legat, um deine Reden zu unterstützen.«

»Aber …«

»Iss und trink noch was«, sagte Ulrich. »Du musst ja wieder die Hauptarbeit verrichten. Ich gehe noch für einen Moment nach oben und bete dafür, dass dein Plan heute die ersehnten Früchte trägt. Und sagt dem Wirt, er soll seine Magd auf den Markt schicken. Wenn es klappt, breche ich heute Abend mit euch das Fastengebot.« Ulrich zwinkerte ihnen zu Rinaldos unendlichem Erstaunen zu. »Mein ehrwürdiger Abt hat gesagt, alle Sünden auf dieser Mission seien mir im Vorhinein vergeben.«

Rinaldo sah ihm nach, wie er die Treppe hinaufstapfte. Jörg steckte zwei Finger in den Mund und pfiff nach dem Wirt. Ulrichs schwere Schritte verklangen; bald waren sie leise durch die Decke des Schankraums zu vernehmen, als er über den kurzen Gang im Obergeschoss zur Kammer marschierte. Es gab viele Arten von Verrat, und einem Kunden seines Brotgebers ein Messer zwischen die Rippen zu rammen war im Vergleich gesehen nicht so schlimm wie das, was Rinaldo vorhatte.

»In diese Gasse bin ich gestern hineingegangen«, sagte Ulrich und streckte einen Finger aus, als sie auf dem Domplatz angekommen waren. »Ich dachte, sie müsse mich auf direktem Weg zur Herberge führen, weil sie nach Süden verläuft …«

Ich kann es nicht tun, dachte Rinaldo. Laut sagte er: »Ja, aber die Herberge liegt von die Dom aus gesehen in Westen, bei altes Peterstor.«

Ulrich verdrehte die Augen. »Es ist hoffnungslos. Ich bin mir nicht mal sicher, ob es wirklich diese Gasse da war, die ich genommen habe.«

Ich bringe es nicht übers Herz, dachte Rinaldo. Aber wenn ich es nicht tue, kann ich die Stelle bei Tiberius vergessen. Er hat gesagt, er wartet nicht auf mich. Das Risiko ist zu groß. Meine Zukunft hängt daran.

»Als wir vom Kloster aufgebrochen sind, hatte ich nicht die geringste Hoffnung, dass ich meine Aufgabe je erfüllen würde«, erklärte Ulrich, der die Gasseneingänge musterte, wobei er ein Gesicht zog, als würden sie ihn auslachen. »Alles was ich hatte, waren deine Fröhlichkeit und dein Glaube, dass wir es schaffen. Ich wusste, wenn wir versagen, würde ich nur noch ein einziges Mal in die Klostergemeinschaft zurückkehren: um endgültig Abschied zu nehmen. Die Reliquie hält die Gemeinschaft zusammen, egal, welche hehren Gedanken Bruder Fredegar uns mitgebracht hat. Die Brüder brauchen das Symbol. Verstehst du, Rinaldo …«

Ulrich wandte sich zu Rinaldos Schrecken plötzlich um und legte ihm beide Hände auf die Schultern. Ulrichs Augen leuchteten.

»Hätten wir den Schädel nicht gefunden, hätte die Suche danach das neue Symbol unserer Gemeinschaft werden müssen. Und das bedeutet, ich hätte das Kloster verlassen müssen und auf eine Fahrt gehen, die nie ans Ziel führt … schlimmer als Parzivals Suche nach dem Gral. Irgendwann hätten sie vergessen, dass der Schädel tatsächlich in seinem Schrein hinter dem Altar gelegen hatte; stattdessen hätten sie ihn als ihren Schatz in der Diaspora betrachtet. Wahrscheinlich hätten sie in den ersten Jahren noch für mich gebetet; dann hätten sie auch mich vergessen. Und es wäre ja auch vollkommen egal gewesen, ob ich lebe oder ob meine Gebeine in irgendeinem Straßengraben vermoderten, solange ich nicht ohne den Schädel zurückkehrte und ihnen damit das nahm, woran sie ihren Glauben hefteten.«

»Ich wusste nicht, dass deine Glück so stark von diese Schädel abhängt«, brachte Rinaldo hervor.

»Wie solltest du auch. Ich habe es für mich behalten, um dir nicht noch mehr Last aufzubürden. Anfangs war es mir nicht so klar, aber mittlerweile weiß ich, dass ich ohnehin keine Wahl hatte, als das Risiko anzunehmen. Alles andere wäre Verrat an Vater Remigius und allen Brüdern der Gemeinschaft.«

Ulrich nahm die Hände von Rinaldos Schultern und steckte sie in die Ärmel seiner Kutte. Er holte tief Atem.

»Deine Pläne haben meine Verzweiflung in Erwartung und das Risiko in eine Herausforderung verwandelt. Der Himmel hat dich geschickt, Rinaldo, das dachte ich von Anfang an, und jetzt ist mir klar, dass es wirklich stimmt.« Er machte eine Kopfbewegung zum Dom hin. »Lass uns gehen, mein Freund. Ich kann es kaum erwarten, Zeuge zu werden, wie du alle diese Aaskrähen aufs Neue an der Nase herumführst.«

Und so einfach war es, dachte Rinaldo, während er neben Ulrich hertrottete und in die Menschenmenge eintauchte, die zum Dom strömte. Heute nicht mit den zehn Pfennigen bei Tiberius aufzukreuzen, war bloß ein Risiko, das man auch als Herausforderung betrachten konnte. Tiberius wollte einen anderen Sänger nehmen, wenn der sich bei ihm vorstellte und auf seine Forderungen einging? Ha, sollte er doch! Es galt noch immer, was Rinaldo gesagt hatte: Einer wie er stand nicht an jeder Ecke, und wenn Tiberius sich einen Raben statt einer Drossel ins Haus geholt hatte, würde er ihn sehr schnell mit einem Tritt in den Hintern wieder auf die Gasse befördern – und Rinaldo würde erneut hineinspazieren, ein paar spöttische Bemerkungen machen und den Betrag vielleicht auf acht Pfennig drücken können. Wie er die acht Pfennig zusammenbekommen und die Zeit bis dahin überbrücken sollte, war noch die Frage, aber es gehörte nun mal zum Wesen einer Herausforderung, dass man nicht alles planen konnte. Außerdem war ja nicht gesagt, dass Tiberius wirklich Ersatz für Rinaldo fand in der kurzen Zeit, die Ulricos Mission noch dauern konnte. Gut, in diesem Fall würde die Summe von zehn Pfennig gelten, aber auch hier galt: Irgendwie würde er sie schon zusammenbekommen. Die Einzelheiten waren des Nachdenkens erst wert, wenn der Ernstfall eintrat.

Rinaldo reckte sich, bis sein Lederkorsett knackte. Er hatte plötzlich das Gefühl, der Zukunft noch nie so erwartungsvoll ins Gesicht geschaut zu haben wie in diesen Augenblicken. Ihre kleine Gemeinschaft – er, Ulrico und Jörg – würde sich in den nächsten Tagen auflösen, doch es war nicht mehr so deprimierend, wenn man sich sagen konnte: Man hatte *dazugehört*. Man war ein wesentlicher Bestandteil gewesen, der wertvolle Beiträge geliefert und zum Erfolg der Mission beigetragen hatte. Man konnte in späteren Jahren davon erzählen und das anheimelnde Gefühl der Freundschaft nachempfinden, das einen durch die Mission begleitet hatte, und man wusste, dass es den anderen ebenso erging, wenn sie ihrerseits an den Orten, an die das Schicksal sie spülte, über ihr Abenteuer redeten. Und wenn Rinaldo nicht gewesen wäre, dieser kleine italienische Sangesvogel, wer weiß, ob wir's geschafft hätten. Rinaldo, ja, auf den war Verlass …

Rinaldo lächelte und reckte sich noch ein wenig höher. Er würde das Korsett bei nächster Gelegenheit ablegen. Er hatte keine Rückenschmerzen mehr.

Mit einer tiefen Verbeugung gestikulierte er in Richtung Dom. »Nach dir, Herr und Gebieter«, sagte er.

»Du kommst heute wieder zu mir?«, fragte eine schmeichelnde Stimme. Rinaldo blieb abrupt stehen. Ulrich stapfte noch ein paar Schritte weiter und kam dann zurück an seine Seite. Rinaldo starrte in das Gesicht unter dem Tuch.

»Katerina?«

Die Hübschlerin schlug das Tuch zurück und lächelte Rinaldo so voller falschem Schmelz an, dass einem die Zähne wehtaten.

»Was tust du denn hier?«

Katerina machte eine ungewisse Handbewegung über den Platz, auf dem die Menschen, die zusammen mit Rinaldo und Ulrich die Morgenmesse verlassen hatten, und diejenigen, die in den Dom wollten, um die Reliquien zu besuchen, durcheinander strudelten. »Auf Markt«, sagte sie. »Tiberius sagt, geh einkaufen.« Sie beugte sich zu Rinaldo nach vorn. »Monatskrankheit, du weißt. Gestern ging noch.« Sie lächelte. »Du warst Letzter, hast das Leiden aufgestochert, was?«

Ulrich sah von ihr zu Rinaldo und zurück. Rinaldo konnte ihm ansehen, dass er sich zu begreifen mühte, was Katerina meinte und wer sie war. Voller Entsetzen wurde ihm klar, dass Ulrich niemals begreifen *durfte* …

»Schön, schön«, sagte Rinaldo und wandte sich hastig ab. »Viel Glück dann beim Einkaufen.«

Katerina stellte sich ihm in den Weg. Sie lächelte immer noch ihr aufgesetztes Lächeln.

»Du kommst heute, du kannst trotzdem zu mir. Mach es wie in Rom, wie mit Knaben … kostet nur ein bisschen mehr, aber du hast Geld, nicht? So wie letzte beide Male, nur mehr?«

»Woher kennst du Rinaldo, mein Kind?«, fragte Ulrich.

»Ich hoffe, du treibst nicht auch diesen verdorbenen Handel.«

Katerina äugte an Ulrich in die Höhe. Rinaldo schüttelte den Kopf und umfasste Katerinas Ellbogen, um sie in eine andere Richtung zu drehen und ihr einen Schubs zu geben, damit sie in der Menge verschwand. Aber Katerina war geübt darin, Männergriffen geschickt auszuweichen; sie glitt Rinaldo aus den Händen und lächelte zu Ulrich empor.

»Tiberius hat eigene Eingang für Pfaffen«, sagte sie. »Versteckt durch andere Haus in Gasse gegenüber, man sieht nicht reingehen. Aber keine Knabe, Ehrwürden, nur Mädchen hat Tiberius.«

»Tiberius?«, machte Ulrich.

»Lebwohl, Katerina«, sagte Rinaldo und versuchte, Ulrich weiterzudrängen.

»Du kommst heute, ja?«, fragte Katerina. »Nach Tiberius, nach Geld zahlen. Ich warte. Mache wie Knabe mit mir, kostet nur bisschen mehr. Nimm deine Ehrwürden mit, ich finde Freundin, wo macht auch wie Knabe, dann er kann seine Stachel auch mal in Mädchen senken.«

»Rinaldo …«, sagte Ulrich.

»Komm schon, Bruder Ulrico«, stieß Rinaldo hervor und zerrte verzweifelt an Ulrichs Arm. »Ich glaube, die Kleine ist verrückt.«

»Wer ist Tiberius?«, fragte Ulrich. »Warum willst du ihm heute Geld zahlen?«

»Kein Ahnung, Bruder Ulrico. Ich weiß nicht, wer diese Frau ist, woher ich soll wissen, was sie redet?« Er machte eine wedelnde Handbewegung in Katerinas Richtung. »Geh in Frieden, *si? Beati pauperes spiritu.*«

»Rinaldo, halt *mich* nicht für einen Armen im Geiste. Du hast sie mit ihrem Namen angesprochen.«

»Ah … *no.* Ich nenne alle Frauen Katerina, wenn ich die Name nicht kenne.«

»Quatsch«, sagte Ulrich.

»Komm schon, wir müssen uns beeilen, wenn wir unsere Plan weiterführen wollen.« Rinaldo merkte, dass er schwitzte. »*Per favore,* Ulrico, komm, sonst ist zu spät.«

Katerina blinzelte Rinaldo zu. Der ballte die Fäuste und erdrosselte sie in Gedanken. Ulrich stand wie ein Baum inmitten der Menschenmenge, die sich um sie herum teilte wie Wasser, das um einen Felsen in der Strömung fließt. Die meisten meuterten, drängten aber voran; die Reliquien im Dom waren wichtiger als ein vorübergehender Streithändel mit einem Betbruder und seinen Gefährten. Katerina wiegte sich in den Hüften und ließ das Tuch noch ein Stückchen tiefer sinken. Das Oberteil ihres Kleides besaß ein veritables Dekolleté. Ulrichs Augenbrauen rutschten in die Höhe.

»Ach, Renardo«, gurrte Katerina. »Du kommst nach Tiberius zu mir? Wir machen Knabenliebe, selbe Preis wie gestern, nur bisschen mehr, ich habe Sehnsucht nach dir.«

»Diese Frau verdient ihr Brot auf dem Rücken liegend«, sagte Ulrich.

»Schon möglich. So was gibt's … und hier laufen sicher etliche davon herum.« Rinaldo hielt nach einer Lücke in der Menge Ausschau, durch die er sich mit Ulrich hätte davonstehlen und Katerina zurücklassen können … dabei wusste er schon, dass es zu spät war. Statt der Wärme, die er vor wenigen Augenblicken noch empfunden hatte, spürte er plötzlich Kälte, wie einen großen Klumpen aus Eis, der sich in seine Seele gesenkt hatte und ihn von innen heraus vereiste. Er hörte sich selber dabei zu, wie seine Gedankenspiele ins Kraut schossen: Rinaldo, ja, auf den war Verlass … und das war es auch. Man konnte sich darauf verlassen, dass ihm im falschen Augenblick die Kacke um die Ohren flog. O Gott, hörte er eine kleine Stimme in seinem Herzen jammern, warum gerade jetzt, warum musste sie gerade jetzt auftauchen und alles zerstören? Warum war es immer so, dass das Schicksal bei ihm jedes Mal sofort kassieren kam? Ich hatte es doch nicht als Verrat gemeint! Ich musste doch sehen, wo ich bleibe! Ich wollte doch nur ein guter Freund sein!

»Und du bist zu ihr gegangen«, sagte Ulrich.

Katerina hob die Hand und winkte zierlich mit ein paar Fingern. »Du kommst zu mir heute noch, Renardo?«, schnurrte sie. »Wenn du Tiberius bezahlt hast? Wenn Ehrwürden kommt mit, ich finde Freundin. Selbe Preis wie sonst, nur ein bisschen mehr …« Sie ließ sich mit aufreizendem Hüftschwung von der Menge mittragen.

»Da du nach eigenem Bekunden kein Geld hattest, als wir hierher kamen, musst du sie mit dem bezahlt haben, was du mir abgeschwatzt hast.«

»Ulrico, hör mir zu …«

»Hände salben, Leute schmieren! Nichts von alledem hast du getan. Du hast das Geld der Klostergemeinschaft ins nächste Winkelhaus getragen! Und heute wolltest du noch einmal hin? Tiberius bezahlen? Hast du deshalb versucht, mich zum Zurückbleiben in der Herberge zu überreden? Damit du ungestört deinen Tag mit diesem verruchten Weib verbringen kannst? Und wie wolltest du mir das Geld für den heutigen Besuch entlocken?«

»Bitte …«, sagte Rinaldo.

»*Ecco*, Bruder Ulrico«, stieß Ulrich hervor, »da muss ich noch einmal die Hand von die Domprobst salben, damit sie mir glaubt, dass wir die Schädel von die Albo schon haben!« Daran, wie der Mönch seine Stimme nachäffte und sogar in einer plumpen Nachahmung von Rinaldos Gestik mit den Händen in der Luft wedelte, erkannte Rinaldo, wie tief der Archivar getroffen war. »Und die Priester und die Diakon und die Subdiakon und die Ministranten und die Sänger von die Knabenchor und die Küster und die Kerl, die die Glocke läutet, brauchen auch noch etwas, alles in Ordnung, Bruder Ulrico, es geschieht nur zu die Besten von die Kloster und die Gemeinschaft …«

»Hör auf, Bruder Ulrico«, bat Rinaldo.

Ulrich brach ab und starrte Rinaldo an, die Hände immer noch in einer affektierten Geste erhoben. Langsam ließ er sie sinken. Rinaldo spürte, wie der Schmerz mit einem Stich in seinen Rücken zurückkehrte.

»Ich kann alles erklären«, sagte Rinaldo matt.

»Nein«, sagte Ulrich. »Das könnt Ihr nicht, Meister Rinaldo.«

Etwas zerbrach in Rinaldo, als er in Ulrichs Augen sah und seine Anrede hörte. Er sah, dass in Ulrich ebenfalls etwas zerbrochen war, vielleicht noch schlimmer als in ihm selbst. Rinaldo, ja, auf den war Verlass …

Rinaldo fuhr herum und stürzte sich kopfüber in die Menge, die erschrocken zurückwich. Er bahnte sich lautlos und mit solcher Rücksichtslosigkeit seinen Weg, dass sich eine Gasse vor ihm öffnete. Ein einziges Wort von Bruder Ulrico, ein einziger Ausruf nur, und er wäre umgekehrt. Doch Bruder Ulrico blieb stumm.

Rinaldo rannte davon und konnte nichts tun, als seine Tränen zurückzuhalten und das verzweifelte Gebrüll hinunterzuschlucken, das sich Bahn brechen wollte.

Die Kehle tat ihm so weh, als drückte jemand eine Klinge dagegen.

22.

Als sie Iver das Messer an die Kehle hielt, zuckte er zusammen und begann so heftig zu zittern, dass Barbara es bis auf ihre eigene Haut spürte. Sie spähte über seine Schulter auf die Hübschlerin hinunter, die vor ihm kniete und Barbaras Blick zurückgab, ohne in ihrer Tätigkeit innezuhalten.

»Das war's«, sagte Barbara zu ihr. »Feierabend.«

»Gott im Himmel«, stöhnte Iver. »Du bist es. Ich dachte schon …«

Die Hübschlerin ließ von Iver ab und richtete sich auf. »Mach's gut, Iver«, sagte sie und schritt davon, ohne sich noch einmal umzudrehen. »Hoffentlich schneidet sie dir nicht nur die Gurgel ab.«

»Du mich auch!«, stieß Iver röchelnd hervor. Dann versuchte er vorsichtig, den Kopf zu drehen, um Barbara anzublicken. »Wenn du das Messer einsteckst, wäre ich dir sehr verbunden, Kindchen.«

»Pack dich erst mal zusammen. Es reicht schon, wenn ich dein Gesicht sehen muss.«

Iver fummelte mit vielen Verrenkungen an seinen Beinkleidern herum, bis er alles verstaut hatte. Sein Gesicht durchlief dabei eine rasche Folge von Zuckungen und Grimassen, sobald die Klinge von Barbaras Messer sich zu fest an seine Kehle presste. Schließlich seufzte er und ließ die Arme herabhängen. »Jedes Mal dieser Schreck am frühen Morgen. Deinetwegen werde ich irgendwann mal nicht mehr können.«

»Du kannst jetzt schon nicht, du Ferkel. Wenn du ein ganzer Mann wärst, würdest du ihn den Weibern woanders hinstecken.«

»Wofür bezahle ich eigentlich einen Leibwächter, wenn du dich jedes Mal an mich heranschleichen kannst?«

»Ich habe ihm gesagt, du möchtest heute zwei Damen auf einmal glücklich machen. Er hat es geglaubt. Obwohl er mich eigentlich noch vom letzten Mal hätte kennen sollen.« Sie wies zum Eingang der Gasse, wo Ivers Leibwächter stand und in einer Mischung aus Wut und Verzweiflung den Kopf gegen die Mauer schlug. »Dein Gesinde lässt neuerdings sehr zu wünschen übrig.«

Barbara nahm die Klinge von Ivers Hals und drehte sie rasch herum. Er musste nicht sehen, dass sie ihm den Messerrücken gegen die Kehle gehalten hatte. Iver blieb noch einen Augenblick stehen; dann wandte er sich zu ihr um und breitete die Arme aus. »Ich hätte nicht gedacht, dich noch mal lebend wiederzusehen.«

»Dein Hinweis war faul«, sagte sie. »Beinahe hätte ich einen fetten Bettelmönch abgestochen.«

»Was?«

»Ich war im Dom«, erklärte sie mit zusammengebissenen Zähnen. »Er stand beim Schrein. Als er rausging, habe ich ihn bis in den Berlich verfolgt. Ich habe ihn …« Ihre Stimme brach, und sie musste sich räuspern. »Ich habe ihn zu Boden gerungen und …«

Iver zuckte mit den Schultern, als sie schwieg. »Und dann hast du festgestellt, dass du den Falschen erwischt hast.«

Das Entsetzen, das sie immer noch spürte, verwandelte sich plötzlich in hilflosen Zorn. Sie packte Iver am Wams und zog ihn zu sich heran, bis ihre Gesichter dicht voreinander waren. Iver japste und klappte dann den Mund zu, als er die Messerspitze wieder an der Kehle spürte.

»Iver, du Schwein!«, zischte sie. »Ich hätte ums Haar einen Unschuldigen umgebracht. Wolltest du das? Wenn ich nicht noch in sein Gesicht hätte sehen wollen, dann …«

»Hast du geglaubt, einen Menschen umzubringen ist einfach?«

»In der Hölle sollst du braten, du Stück Dreck. Vielleicht ist es ja einfacher, *dich* umzubringen!«

»Langsam, langsam«, sagte Iver mühsam. »Hast du den kleinen Mann gesehen? Schwarze Haare, sieht aus wie ein Muselmane und stolziert wie ein Gockel? Redet mit Händen und Füßen?«

»Ja …«

Iver hob eine Hand und legte eine Fingerspitze an die Messerklinge. Sie ließ es zu, dass er sie wegdrückte. Er sah ihr in die Augen.

»Das ist sein neuer Knecht. Ich weiß nicht, was aus den anderen beiden geworden ist, die du kennst, und ob er noch einen zweiten neben dem Muselmanen hat, aber mit dem zusammen ist er jedenfalls angekommen. Normalerweise hat er immer zwei Kerle, die seine Drecksarbeit machen. Wahrscheinlich ist dieser Muselmane einer von den Burschen, die zu diesem Alten vom Berg drüben gehören – von denen sagt man ja, dass einer von ihnen übler ist als ein ganzer Trupp Normannen auf der Fehde …«

»Blablabla, Iver«, knurrte Barbara, doch sie war unsicher geworden. »Was willst du mir eigentlich erzählen?«

»Dass ich dich nicht in die Irre geschickt habe, Kindchen! Kapierst du das nicht?«

»Aber wieso habe ich dann …«

»Was weiß ich? Vielleicht bist du zu spät gekommen? Vielleicht war er schon aus der Kirche, bevor du reinkamst? Vielleicht hast du nicht richtig hingeschaut? In der Kirche einen Kuttenträger zu finden ist ja nicht weiter schwierig, die wimmeln da herum wie die Läuse am Sack eines Dorfkaplans. Wahrscheinlich bist du einfach dem nächstbesten hinterher gelaufen.« Er sah sie an und lächelte plötzlich müde. »Du hast nicht das Zeug zu einer Mörderin, Kindchen, das hab ich dir schon mal gesagt.«

»Geh zum Teufel, Iver.«

»Geh selber, Barbara. Ich hab die Schnauze voll von dir.«

»Wer, hattest du gedacht, hält dir das Messer an die Gurgel?«

»Was meinst du damit?«

»Als ich die Hübschlerin wegschickte, sagtest du: ›Ich dachte schon …!‹ *Was* hast du gedacht?«

Iver zuckte mit den Schultern und sah zu Boden.

»Du dachtest, ich sei Bruder Antonius, nicht wahr?«

»Äh …«, machte Iver. Er winkte ab.

»Warum? Bist du ihm ins Gehege gekommen? Geschäftlich?« Sie spuckte das letzte Wort aus. »Hast du gedacht, er schneidet dir diesmal den Hals ab, nicht nur die Nase?«

»Der Kerl sucht nach einem verdammten Schädel«, brummte Iver. »Von einem Sankt Albo. Nie von ihm gehört, wenn ich ehrlich bin. Aber Antonius muss glauben, dass er was wert ist. Alle Reliquienhändler sprechen seit gestern von nichts anderem mehr.«

»Und wer hat ihn?«

»Keine Ahnung, Kindchen. Und wenn *ich* keine Ahnung habe, dann heißt das: keiner hat ihn.«

»Ein Schädel …«, sagte Barbara mehr zu sich selbst. Ihr kam ein Gedanke. Gestern noch hatte sie geglaubt, kein zweites Mal den Mut aufzubringen, auf die Suche nach dem Ungeheuer zu gehen. Jetzt ahnte sie plötzlich eine Möglichkeit, ihn mit seiner eigenen Gier in die Falle zu locken. Sie achtete kaum mehr auf Ivers Geschimpfe.

»*Keiner* ist andererseits zu viel gesagt«, brummte der. »Vor ein paar Tagen hat mir einer einen Schädel angeboten, allerdings ohne einen Namen dazu. Der Kerl sah aus wie ein

Narr. Wahrscheinlich weiß er gar nicht, was er da in den Händen hat.«

»Du glaubst, Bruder Antonius hat den Auftrag, nach diesem Schädel zu suchen?«

»Ob im Auftrag oder aus eigenem Antrieb, ist doch egal. Er will ihn, so viel ist sicher. Ich habe noch nie erlebt, dass er sich wegen irgendetwas so weit aus der Deckung wagt wie dieses Mal. Als du mir das Messer an die Gurgel gehalten hast, dachte ich, er hätte von dem Angebot erfahren, das ich erhielt, und dass er glaubte, ich hätte es entweder angenommen oder könnte ihn zu dem Anbieter führen.«

»Wie zu Gregor«, sagte Barbara.

Iver nickte, ohne dass sich auf seinem Gesicht ein schlechtes Gewissen gespiegelt hätte. »Wie zu Gregor.«

»Ich wette, du hast inzwischen herausgefunden, wo das Ungeheuer haust.«

Iver atmete tief ein und verdrehte die Augen. Barbara hob das Messer. Iver stöhnte.

»Jetzt ist es aber genug, Kindchen. Ich hab nicht gelogen, als ich sagte, ich hätte die Schnauze voll von dir.«

»Du bist mir was schuldig.«

»Nein, Kindchen, nein. Ich bin dir gar nichts schuldig. Erst recht nicht in dieser Angelegenheit. Du bist nicht Judith, die hinter Holofernes her ist, um ihr Volk zu befreien. Als ich dir das letzte Mal geholfen habe, habe ich es für Gregor getan. Jetzt ist Schluss damit.«

»Wo finde ich das Schwein, Iver? Ich warte nicht noch mal im Dom auf ihn.«

»Verschwinde, Barbara.«

Sie musterte ihn und erkannte, dass er es ernst meinte. Sie wandte die Augen ab, um ihn nicht sehen zu lassen, wie groß ihre Not war. »Ein letztes Mal, Iver. Sag mir nur, wo ich ihn finde.«

»Verlegst du dich jetzt aufs Bitten?«

»Nein.«

Einige Augenblicke war Schweigen zwischen ihnen. Schließlich sah Barbara auf. Ivers Gesicht war verkniffen. Sie erkannte, dass sie ihn diesmal nicht beeindrucken konnte. Sie hätte es noch einmal mit Drohungen versuchen können, doch ihr fehlte die Überzeugung, dass es wirkte, und sie sah in seinen Augen, dass er ihre Schwäche durchschaute. Ihre Verzweiflung war so groß, dass ihr Innerstes sich taub anfühlte. Sie machte eine nutzlose, kleine Bewegung mit dem Messer und steckte es dann weg. Als sie beim letzten Mal vor Iver geprahlt hatte, sie würde das Ungeheuer auch auf die harte Tour finden, war sie von ihren eigenen Worten überzeugt gewesen. Heute ahnte sie, dass sie es vielleicht doch nicht durchhalten würde – und dass es wahrscheinlich auch zu lange dauerte. Bis sie das Ungeheuer ausfindig gemacht hatte, würde es längst den Schädel an sich gebracht haben und wieder untergetaucht sein. Sie hatte ihre Chance gehabt, und sie hatte versagt. Sie konnte Iver nicht einmal einen Vorwurf machen, dass er sie jetzt hängen ließ.

»Es tut mir Leid«, sagte sie rau und wandte sich ab.

»Willst du mich auf den Arm nehmen?«

Barbara setzte sich in Bewegung. Ihre Beine waren schwer. Sie schüttelte den Kopf, während sie zum Ausgang der Gasse schlurfte. Ihre Seele war leer, und ihr Kopf fühlte sich ebenso leer an. Nur der jetzt nutzlose Plan, wie sie Bruder Antonius in die Falle locken konnte, hallte darin wie der klägliche Gesang eines einzelnen, verwirrten Chorknaben in einem verlassenen Dom. »Wir sind quitt, Iver«, sagte sie leise und zog das Tuch um ihre Schultern.

Der Leibwächter am Ende der Gasse funkelte sie voller Hass an. Sie hörte, wie Iver sich räusperte und dann brüllte: »Gero, du Hornochse, sofort her zu mir!« Der Leibwächter zuckte zusammen und fuhr herum.

»Die Stimme deines Herrn«, murmelte Barbara. »Du solltest ihr folgen, du bist schon genug im Verschiss.«

»Verrecke, du Miststück«, zischte der Mann. Barbara nickte.

»Du bist nicht der Erste mit diesen guten Wünschen«, sagte sie und ließ ihn stehen.

Am anderen Ende des Kirchplatzes holte der Leibwächter sie ein. Er keuchte und hatte einen roten Kopf vom schnellen Lauf und der Notwendigkeit, noch einmal mit ihr reden zu müssen.

»Iver lässt fragen, ob du das ernst gemeint hast.«

Sie musterte ihn so lange, dass er sich räusperte und Luft holte, um seine Frage zu wiederholen. Sie kam ihm zuvor.

»Sag ihm, wir *sind* quitt.«

Der Leibwächter hielt zwei Finger in die Höhe. »Iver kennt ein altes und ein neues Gerücht. Welches willst du hören?«

»Das Neue.«

»Der Heilige Knochen«, sagte der Mann, drehte sich um und stapfte über den Platz zurück.

23.

Der Heilige Knochen schien kleiner und leerer ohne Rinaldo. Ohne dass es ihm selbst bewusst geworden war, hatte Jörg den kleinen Sänger ins Herz geschlossen. Er erinnerte sich an ein Gespräch, das Rinaldo begonnen hatte, als sie mit dem Aussortieren der Reliquienanbieter beschäftigt gewesen waren – eine Unterhaltung über Lehnstreue und Lehnspflicht, und dass es für den Lehnsmann ebenso selbstverständlich war, sich im Dienst für seinen Herrn ohne Rücksicht auf sich selbst einzusetzen, wie auch, auf sich selbst zu achten, um seinen Wert als Gefährte und Helfer des Lehnsherrn zu erhalten. Rinaldo hatte erklärt, dass es schwierig sei, zwischen diesen beiden Anforderungen das Gleichgewicht zu halten. Jörg hatte ihm zugestimmt – erstaunt, dass der Sänger solche tiefgehenden Gedanken über Treue und Pflicht wälzte – und daran gedacht, dass er mit seiner Liebe zu Irmgard und seiner Flucht vom Hof des Grafen in das Abenteuer der Pilgerfahrt beide Gesetze verletzt hatte.

Ulrich saß auf der Truhe in ihrer Kammer und starrte ins Leere. Jörg musterte ihn aus dem Augenwinkel. Ulrich hatte sich nicht darüber verbreitet, was ihn dazu gebracht hatte, Rinaldo aus seinem Dienst zu entlassen. Er war allein vom Dom zurückgekommen (das heißt, ein feixender kleiner Junge hatte ihn herbegleitet) und hatte lediglich bemerkt, dass sie nicht länger zu dritt seien. Dann war er an Jörg vorbeigestampft und die Treppe in ihre Kammer hinaufgestiegen. Sein Gesicht war so finster gewesen, dass die wenigen Anbieter, die sich heute in der Schänke eingefunden hatten, mit eingezogenen Köpfen hinausgeschlichen waren; heute war offenbar kein guter Tag für Geschäfte. Doch Jörg, der näher an Ulrich gestanden war, hatte gesehen, dass die Augen des Mönchs rot und geschwollen waren. Ulrichs grimmiges Gesicht hatte lediglich bemäntelt, dass Rinaldo ihn tief ins Herz getroffen hatte.

Jörg war ihm nach einigem Zögern gefolgt. Ulrich hatte sein Eintreten kaum zur Kenntnis genommen. Jörg hatte sich auf seinem Lager ausgestreckt und darauf gewartet, dass Ulrich zu reden begann, aber nichts geschah. Jörg ahnte, dass es weniger daran lag, dass Ulrich kein Vertrauen zu ihm hatte, sondern dass er nicht wusste, wie man sein Herz einem anderen gegenüber erleichterte. Die formalisierten Riten und Gespräche im Kloster machten es ihm offenbar schwer, frei von allen Formeln zu sprechen. Oder vielleicht wuchs eine Klostergemeinschaft mit den Jahren so nahe zusammen, dass es nicht nötig war, den anderen von seinen Gefühle zu berichten; sie wussten es auch so. Mit langjährigen Kampfgefährten verhielt es sich ebenso … nur war hier das Problem, dass Ulrich und Jörg erst kurze Zeit Gefährten waren, und Jörg hatte keine Ahnung, wie er Ulrichs kleine Gesten deuten und in seiner düsteren Miene lesen sollte, was vorgefallen war. Andererseits war es ihm nicht gegeben, mit klugen Worten aus Ulrich herauszulocken, was der Mönch vielleicht gern gesagt hätte und wozu er nur einen kleinen Anschub brauchte …

Jörg musterte seine Hände und stellte erneut fest, dass er offenbar zu jeder Gelegenheit über die falschen Fertigkeiten verfügte. Rinaldo mit seinem Mundwerk dagegen war wie ein Mann erschienen, der für jede Situation gerüstet war; man hätte ihm sogar abgenommen, sich inmitten einer Horde Menschenfresser vom Bratspieß herunterzuschwatzen.

Was hatte Rinaldo Ulrich angetan? In der kurzen Zeit,

die sie benötigt hatten, um von der Schänke zum Dom zu gelangen?

Ulrich stand plötzlich auf und kniete sich vor der kleinen Fensteröffnung zum Beten nieder. Jörg beobachtete ihn eine Weile; dann erhob auch er sich.

»Ich sehe mal unten nach, ob die Schwachköpfe wieder zurück sind«, sagte er. Er hätte ebenso gut in einen leeren Raum hineinsprechen können. Er zog die Tür leise hinter sich zu und schlich die Treppe hinunter.

Die Reliquienhändler waren nicht zurückgekommen. Die Schankstube war leer bis auf den Wirt und eine junge Frau. Der Wirt streckte zögernd eine Hand aus, und die Frau legte etwas hinein, drehte sich abrupt um und verließ die Schankstube. Irgendetwas an ihrem Gang kam Jörg bekannt vor. Er beobachtete, wie sie die wenigen Stufen zur Gasse draußen hinaufstieg; dann erst bemerkte er, dass der Wirt ganz aufgeregt vor ihm stand.

»Ich glaube, Ehrwürden hat gefunden, was er sucht«, haspelte der Wirt.

»Was meinst du damit?«

Der Wirt hielt Jörg einen Stofffetzen vor die Nase. Jörg nahm ihn dem Mann ab und musterte ihn.

»Da steht was drauf geschrieben«, brummte er. »Was für ein Gekrakel!« Er hielt den Fetzen auf Armeslänge entfernt. »Wenn Ihr den Schädel sucht, ich habe ihn«, entzifferte er. »Ich werde ihn günstiger verkaufen als der Mann, der ihn gestohlen hat. Aber es muss sofort geschehen.«

Jörg sah auf und starrte den Wirt an. »Was soll denn das bedeuten?«

»Ich schätze, sie hat ihn bei ihrem Mann gesehen«, sagte der Wirt. »Hat sie wahrscheinlich einmal zu oft verprügelt. Und jetzt will sie ihn ihrem Alten unterm Hintern weg verhökern, bevor der Trottel merkt, was los ist.«

»Glaubst du diesen Mist?«, fragte Jörg.

Der Wirt zuckte mit den Schultern. »Das musst du Ehrwürden entscheiden lassen, oder?«

»Zum Läuten der Sextglocken bei den Fischerhütten hinter dem Kunibertsturm«, las Jörg. »Ich warte nicht lange.« Er kratzte sich am Kopf. »War das die Kleine, die eben bei dir war?«

Der Wirt nickte. »Hübsche Larve, so viel ich davon sehen konnte.«

Jörg betrachtete die geschlossene Eingangstür der Schankstube. »Wo ist das, der Kunibertsturm?«

»Flussabwärts, am anderen Ende der Stadt.«

»Warum bringt sie das Ding nicht hierher?«

»So wie die angezogen war, ist ihr Alter ein Fischer oder sonst ein Hungerleider. Wahrscheinlich ist er um die Sext herum auf dem Fluss, und sie kann nur dann an den Schädel ran.«

»Und ausgerechnet so einer soll den Schädel von Sankt Albo in seinem Besitz haben?«

Der Wirt verzog den Mund. »Kennst du die Geschichte vom Fischer, bei dem man ein kostbares Schwert fand? ›Ich hab einen Passagier übergesetzt‹, sagte der Fischer, ›aber mitten auf dem Fluss ist der Unglückliche über Bord gefallen und im Wasser verschwunden. Ich hab sein Schwert aufgehoben, für den Fall, dass er doch nicht ertrunken ist und nach der Waffe fragt‹.«

Jörg brummte und reichte dem Wirt den Stofffetzen zurück. »Bring ihn hoch«, sagte er. »Ich knöpf mir die Kleine vor und fühle ihr auf den Zahn. Ich glaube, mit der stimmt was nicht.«

Der Wirt zuckte mit den Schultern und stieg die Treppe hinauf. Den Fetzen trug er vor sich her, als wäre er ein goldenes Heiligtum. Jörg war mit drei Sätzen bei der Tür und riss sie auf.

Natürlich war die Frau verschwunden. Jörg drehte sich einmal um die eigene Achse, doch abgesehen von den üblichen Müßiggängern, die sich die Gasse mit den Arbeitenden teilten, war niemand zu erblicken. Während er mit dem Wirt geschwatzt hatte, war sie ihm entkommen. Jörg stampfte mit dem Fuß auf und fragte sich gleichzeitig, warum er sich ärgerte. Er stellte fest, dass er jetzt, nach Rinaldos Weggang, ein stärkeres Verantwortungsgefühl für Ulrich entwickelt hatte. Das Herangehen der Frau war außergewöhnlich und unterschied sich von dem aller anderen Anbieter. Das mochte bedeuten, dass sie die Erste war, deren Angebot man ernst nehmen konnte; es mochte aber auch bedeuten, dass sie irgendetwas im Schilde führte. Ein Treffen außerhalb der Stadtmauern zwischen verdreckten Fischerhütten, die tagsüber wahrscheinlich verlassen waren und wo alles Mögliche passieren konnte, ohne dass es einen Zeugen gab! Reliquienhandel war ein einträgliches Geschäft und der Verdienst umso größer, je weniger Konkurrenz es gab. Würde jemand es wagen, dem vermeintlichen Bruder Antonius eine Falle zu stellen, um ihn zu beseitigen? Oder sollte man die Frage anders formulieren: Würde jemand, wenn er Bruder Antonius ans Fell wollte, es anders angehen, als ihm eine Falle zu stellen?

Jörg wandte sich an einen unrasierten Kerl, der ein Stück weiter die Gasse hinunter vor einem niedrigen Wohnhaus hockte und mit bedächtiger Gründlichkeit Fische ausnahm.

»Sitzt du schon länger hier?«

Der Mann kniff ein Auge zu und spähte zu Jörg hoch. Er sagte kein Wort und machte auch sonst keine Bewegung, die verraten hätte, dass er Jörgs Worte verstand.

»Vor ein paar Augenblicken ist eine Frau aus der Schänke da oben gekommen. Hast du gesehen, wohin sie gegangen ist?«

Der Mann legte das kleine Messer weg, wischte sich vorn am Hemd die Hand ab – da war plötzlich eine Verzierung aus Fischdärmen und Schuppen, geradezu kleidsam – und streckte sie mit der Handfläche nach oben aus. Die Geste war klar. Jörg überlegte eine Sekunde lang; dann packte er die fischige Hand und zog daran, bis er den Arm ausgestreckt vor sich hielt und die Zehen des Fischeputzers ein paar Fingerbreit über dem Boden schwebten. Es war so schnell gegangen, dass der Fischeputzer nicht einmal Zeit gehabt hatte, vor Schreck sein Messer fallen zu lassen. Jetzt klimperte es zu Boden. Jörg lächelte dem Mann freundlich ins Gesicht.

»Richtung Sa… Sankt Maria Ly… Lyskirchen«, stammelte der Mann.

»Wo ist das?«

»Die Gasse runter nach Norden …«

Jörg lächelte freundlich und setzte den Mann wieder ab. Dessen Beine gaben nach, bis er wieder auf dem Boden saß, nicht viel anders als vorher, nur dass sein Hosenboden nun in den Fischgedärmen ruhte.

»Geht doch«, sagte Jörg und zwinkerte dem Mann zu. »War nur ein Spaß.«

Der Fischeputzer starrte zu ihm hinauf und sagte nichts. Sein Gesicht war bleicher als die Fischbäuche vor ihm. Jörg nickte ihm zu und trabte davon.

Bei Sankt Maria Lyskirchen war die Frau nicht zu finden; auch nicht bei Sankt Georg, nicht beim alten Georgstor und nicht beim Saphirenturm einen Steinwurf weit von Sankt Maria Lyskirchen entfernt, wohin Jörg anschließend zurückkehrte. Er sah sich beim Fähranleger unterhalb des Saphirenturms um und befragte sogar ein paar der Müßiggänger, die dort lungerten. Schließlich dämmerte Jörg, dass der Fischputzer einfach irgendetwas gesagt hatte, nur um ihn loszuwerden … und als die Glocken der Kirchtürme plötzlich die Sext schlugen, erkannte er, dass er möglicherweise einen großen Fehler gemacht hatte.

24.

Ulrich zog die Möglichkeit in Betracht, dass er einen Fehler beging, indem er ganz ohne Rückendeckung durch Jörg loszog; aber diese Ahnung drang nicht weit genug durch den resignierten Fatalismus, den er seit Rinaldos Demission verspürte. Irgendetwas in ihm sagte sogar: Was soll's? Hat alles ja eh keinen Wert. Er fühlte sich mutlos, müde und angeekelt von seiner Aufgabe, der Stadt und allen Menschen. Der Kerl, den der Wirt des Heiligen Knochen als Stallbursche beschäftigte und den Ulrich sich als Führer ausgesucht hatte, war im Vergleich deutlich fröhlicher: Er sprang und hüpfte im Wechselschritt neben Ulrich her, pfiff und plapperte ununterbrochen etwas, das zu Ulrichs einem Ohr hinein und zum anderen wieder hinausging, ohne sich auf der Strecke dazwischen irgendwo festzuhängen. Offenbar war die Arbeit als Stallbursche hart genug, dass jede Abwechslung eine gute Abwechslung war.

Die Gassen waren leerer als sonst, die Menschen entweder in den Kirchen ihrer Sprengel oder bei der Mittagsruhe. Die Sonne stand fast senkrecht über der Stadt und drängte die Schatten an die Hausmauern zurück. Beim alten Tor hinter dem Dom bogen sie hart zum Fluss hin ab und schritten eine Weile an der alten Stadtmauer entlang, die wie ein sich in die Länge ziehender Steinbruch aussah, einen hohen Torturm in einer Viertelmeile Entfernung vor Augen, den Ulrich so lange für ihr Ziel hielt, bis sie an einer kleinen Kirche plötzlich wieder nach links einbogen.

Die Bebauung war hier lückenhafter als weiter im Süden der Stadt – einige Brachflächen flirrten in der Mittagshitze, dahinter erhoben sich die grünen Köpfe von Obstbäumen; bebaute Felder dehnten sich, und kleine Staubfähnchen stiegen in die Höhe, wo ein fleißiger Gärtner Unkraut jätete. Nahm man die Türmchen hinzu, die über den Baumkronen zu sehen waren, erinnerte die Szene Ulrich an den Anblick, der sich einem bot, wenn man sich dem Kloster von Sankt Albo näherte. Eine heiße Welle des Heimwehs flutete in sein Herz und machte den Gedanken an seine Pflicht hier in der Stadt noch unerträglicher.

»Wie weit noch?«, fragte er.

Der Stallbursche deutete voraus. »Das da vorn is' Sankt Kunibert. Der Turm is' dann gleich dahinter, nach dem zweiten Mauerring.«

Schräg gegenüber von Sankt Kunibert kletterten sie durch eine Bresche in der Mauer, die verriet, dass vor der letzten Stadterweiterung der Weg hier zu Ende gewesen war, sich aber nun, seitdem die neue Stadtmauer zwei- oder dreihundert Schritte weiter nach außen verlagert worden war, einen eigenen Durchgang geschaffen hatte. Die Strecke zwischen dem zweiten Mauerring, der sich völlig intakt nach Osten und Westen fortsetzte – abgesehen von der Bresche hier, deren es noch weitere geben mochte –, und der neuen Mauer (die noch nicht mehr war als eine Palisade auf einem Wall, soweit Ulrich sehen konnte), war unbebaut. Parzellierte Flächen mit allerlei Grünzeug darauf zeugten davon, dass der Boden als Anbaufläche genutzt wurde, bis der Bischof oder die für diesen Stadtteil zuständigen Schöffen sich darüber schlüssig wurden, wem sie das neugewonnene Viertel zuwiesen. Der Kunibertsturm war nicht mehr als ein hoher hölzerner Wehrbau, windig wie ein Belagerungsturm und nur wenig massiver. Die Palisade war zu hoch, als dass man darüber hinwegschauen und den Fluss sehen konnte, doch

Ulrich spürte den kühlen Lufthauch des Wassers und roch die vielfältigen Düfte, die es aussandte und die von der dichteren Bebauung innerhalb des zweiten Mauerrings abgefangen worden waren.

»Da isser«, sagte der Junge überflüssigerweise.

»Werden die Wachen mich hinauslassen?«

»Raus kommt jeder«, erklärte der Junge und kniete nieder. Ulrich, der in seiner Börse nach einer zusätzlichen Münze für den Burschen gesucht hatte, hielt erstaunt inne. Richtig, der Stallbursche kannte ihn ja als Bruder Antonius, den Mann, vor dem alle sich fürchteten und von dem man besser nicht frech eine höhere Entlohnung forderte. Ulrich empfand Abscheu, dass er diese Scharade mitgemacht hatte. Rinaldos Idee … war dieser Einfall nicht schon ein Hinweis darauf gewesen, dass der Mann voll Lug und Trug steckte? Ulrich zeichnete den Segen besonders exakt auf die Stirn seines Führers und nötigte ihm dann die Münze auf, obwohl eine Stimme in seinem Innern sagte, dass dies nur eine weitere der unnötigen Ausgaben des Klostergeldes war, die er bis jetzt zu verantworten hatte.

»Wie wollt Ihr denn zurückkommen, Ehrwürden?«, fragte der Bursche.

»Ich finde schon jemanden. Du könntest Jörg Bescheid sagen, wo ich bin, wenn er mittlerweile wieder in die Herberge zurückgekehrt ist. Sag ihm, er soll zu mir herauskommen.«

»Gemacht, Ehrwürden.« Der Junge lief davon, dass der Staub von seinen Füßen aufwirbelte; dann schien er sich zu besinnen, dass in der Herberge nur Arbeit auf ihn wartete, und er verlangsamte seinen Schritt zu einem Schlendern, bei dem ihn ein in Kontemplation um den Kreuzgang wandelnder Mönch mit Leichtigkeit überholt hätte. Ulrich wandte sich ab und spähte zum Kunibertsturm hinüber. Das Holz wirkte schwarz in der Mittagssonne. Der Turm erhob sich als mahnender Finger vor Ulrichs Augen. Ein Mahner wofür? Für die Vorsicht?

Dafür, nicht so leichtfertig sein Vertrauen zu verschenken, dachte Ulrich. Grimmig setzte er sich in Bewegung.

Die Fischerhütten waren eine erbärmliche Ansammlung von Behausungen, zwischen denen es nach verwesendem Fisch stank, kunstlos zusammengefügt aus silbergrau ausgebleichten Brettern, Schwemmholz und Schilf, mit Lehm und Schlamm verschmiert, die in der Sommerhitze zu glasähnlicher Konsistenz verbacken waren. Die Schatteninseln unter den tief heruntergezogenen Rieddächern wirkten tiefblau und sahen aus wie Löcher im Boden. Hinter den Gebäuden konnte Ulrich den Rhein flimmern sehen, auf dem Dutzende von Booten zu schweben schienen, wie losgelöst von der Erde; sie sahen elegant aus im Flimmern des Flusses, wie ein Traum aus Licht – bis man die Behausungen derjenigen betrachtete, die sich auf den Booten und in dem betörenden Geflimmer aufhielten und erkannte, dass alles nur eine schäbige Illusion war. Da und dort schien sich das Flimmern vom Fluss bis aufs Land zu erstrecken; einzelne Stellen funkelten und glitzerten mit dem Sonnenglast auf dem Wasser um die Wette. Auch hier war das Geheimnis dahinter weniger berauschend als der Augenschein: Was da flimmerte, waren Tausende von Schuppen, wo Fische hastig ausgenommen und geschuppt worden waren; dazwischen lagen die trocknenden Kringel des Fischgedärms, schwarz wie Köttel. Zwischen den Hütten war es so still wie auf einem Totenacker; die Fischer, die ihren Teil der Arbeit nachts und im Morgengrauen getan hatten, schliefen, die anderen fingen, was immer sich im Tageslicht leichter fangen ließ als bei Nacht, oder sie machten mit ihren Booten Frachtfahrten, um ihren Lohn aufzubessern. Kein Hundegekläff störte die Stille. Selbst die Ratten, die in den

Fischabfällen ihr eigenes Paradies fanden, huschten lautlos zwischen den Schatteninseln hin und her. Die leichte Brise, die in die Schilfhalme am Ufer fuhr, sorgte für ein beständiges, leises Rascheln, und das Klopfen der Wassermühlen zwischen Deutz und Köln untermalte Ulrichs Herzschlag.

Er sah sich um und wischte sich den Schweiß aus den Brauen. Als er das halb zusammengesunkene steinerne Gebäude sah, das abseits der Fischerhütten im Schilf stand, wusste er, wo die Frau mit dem Schädel des heiligen Albo auf ihn warten würde.

Wahrscheinlich stammte der Bau noch von römischen Truppen, ein letzter Überrest eines Magazins oder einer Hafenbefestigung, das nur deshalb nicht als Steinbruch für die Fischerhütten gedient und dabei abgetragen worden war, weil die Hütten sich leichter aus anderem Material zimmern ließen als aus den wuchtigen römischen Steinquadern. Der Bau war zu nichts nütze, wie er da stand. Ulrich war sicher, dass er den meisten Bewohnern der Fischerhütten gar nicht mehr auffiel, und dass sich keine Menschenseele dort hinein verirrte. Das Bauwerk hätte ebenso gut inmitten der Hütten stehen und dennoch gemieden sein können; wie es nun einmal war, stand es ein gutes Stück abseits und hätte damit auch jenseits der Hügel mitten in den Wäldern sein können. Ulrich schluckte trocken, richtete Kukulle und Tunika, zog die Kapuze des Skapuliers über den Kopf und schlappte in seinen Sandalen auf das Bauwerk zu.

Im Innern herrschte ein verwirrendes Spiel aus grellem Licht und tiefen Schatten. Vögel stoben auf, als Ulrich ein paar Schritte weiter in den Bau trat, flatterten um das lückenhafte Dach und ließen sich wieder nieder. Ulrich blickte sich um; er befand sich in einer Art Vorraum, der so winzig war, dass schon drei Menschen sich hätten aneinander drängen müssen. Auf dem Boden war eine Pfütze, der Ulrich ausweichen konnte, indem er in etwas Glitschiges trat, das einen Fliegenschwarm aufstieben ließ. Vorsichtig stieg er über die Hindernisse hinweg und bückte sich unter einem schiefen Türsturz hindurch in einen zweiten Raum, der sich über die gesamte (nicht sonderlich eindrucksvolle) Breite des Gebäudes zog. Die Sonne warf unregelmäßige Lichtmuster auf den Boden; wo sie auftraf, spiegelte da und dort eine Wasserlache den blauen Himmel. Die Muster zogen sich nahezu regelmäßig an der Wand entlang, als würden sie die früheren Stellplätze von Pritschen bezeichnen, und diese Ähnlichkeit mit einem Dormitorium ließ Ulrich ahnen, dass das Gebäude zu römischen Zeiten die Unterkunft von Schiffsknechten oder Arbeitern gewesen war. Sie waren verschwunden, ohne jegliche Spuren zu hinterlassen. Vor Ulrichs Augen tanzten immer noch die bunten Flecken, die die Helligkeit draußen hinterlassen hatte. Er blieb stehen und versuchte, auf dem Boden Einzelheiten zu erkennen. Von der Sandale, mit der er in das glitschige Etwas getreten war, stieg Gestank auf und vermischte sich mit dem kühlen Grabesduft, den das Gebäude verströmte. Ulrich rieb mit der Sohle über den feuchten Boden und trat dann ein paar Schritte beiseite. Die dicken Steinmauern schirmten sämtliche Geräusche von draußen vollständig ab, sogar das Hämmern der Wassermühlen. In Ulrichs Ohren war dennoch ein rasches Klopfen und Pochen zu vernehmen: sein Herzschlag.

»Ist hier jemand?«, fragte er.

»Hier«, antwortete eine Frauenstimme.

In den Schatten erkannte er eine menschliche Gestalt. Er holte Atem und ging einen Schritt auf sie zu.

25.

Nur noch ein einziger Schritt … Bruder Antonius tappte auf sie zu, noch immer fast blind vom Sonnenlicht draußen und den verwirrenden Lichtkontrasten hier im Innern des Gebäudes. Barbara sah es mit Verwunderung. Erkannte der Kerl diesen Bau denn nicht als den Ort, an dem er Gregor hatte ermorden lassen? Egal, seine Überheblichkeit ließ wahrscheinlich nicht zu, dass er sich Gedanken machte, und seine Gier nach dem Schädel hatte ihn so schnell reagieren lassen, wie Barbara es sich nur wünschen konnte. Es ging beinahe zu leicht; sie hatte nicht zu hoffen gewagt, dass er so arglos in ihre Falle gehen würde …

Der Gedanke, dass sie jetzt gleich einen Menschen töten würde, ließ sie vor Kälte schaudern, während die Vorstellung, dass gleich darauf der eigene Tod folgen sollte, sie beinahe mit Erleichterung erfüllte. Der Kerl war allein in diesen Bau gekommen; seine beiden Totschläger sicherten wahrscheinlich draußen zwischen den Fischerhütten die Lage, bevor sie ihm nachfolgten. Jedenfalls hatte Barbara ihn ohne Begleitung zur Ruine kommen sehen. Was für ein glücklicher Umstand! Sie musste nur den Arm ausstrecken, ihm das Messer an die Kehle drücken, ihn darüber aufklären, welchem Verbrechen er seinen erbärmlichen Tod hier zwischen stinkenden Fischen und Rattenscheiße zu verdanken hatte, und ihm dann die Klinge über die Kehle ziehen … nur ein einziger Schritt, und es war endlich ausgestanden. Ihr war schwindlig, und sie hatte das Gefühl, sich jeden Moment übergeben zu müssen. Sie riss sich mit Gewalt zusammen.

»Lass uns zum Geschäft …«, sagte Bruder Antonius, und dann sagte er nichts mehr. Barbara spürte, wie sein Herzschlag sich durch die Klinge ihres Messers in ihre Handfläche fortpflanzte.

»Endlich«, flüsterte sie. In dem letzten kleinen Winkel ihres Denkens, der nicht von Dröhnen und Sirren erfüllt wurde, das aufgeklungen war, als sie das Messer gehoben und dem Ungeheuer an die Kehle gehalten hatte, erkannte sie, dass sie weinte.

»Was willst du?«, fragte Bruder Antonius gequetscht.

»Wo sind deine beiden Schufte abgeblieben? Ein schlecht vorbereiteter Auftritt, meinst du nicht?«

»Was willst du?«

Barbara ließ sich Zeit mit der Antwort. »Ich will dich sterben sehen«, sagte sie schließlich.

»Ich werde dir Sankt Albo abkaufen, wenn er echt ist«, sagte Bruder Antonius. »Es ist keine Gewalt vonnöten.«

»Ich habe keinen verdammten Sankt Albo!«, zischte sie. »Alles, was ich habe, ist dieses Messer und die Erinnerung daran, wie du Gregor umgebracht hast. Erinnerst du dich auch?«

»Ich habe niemanden …« Das Ungeheuer ächzte. Barbara zwang sich, ein bisschen weniger Druck auf die Klinge auszuüben. Er sollte ihr noch zuhören können. Sie sah den Widerschein eines Lichtschimmers in seinen Augen. Sie musste sich beeilen; die beiden Totschläger würden bald hereinkommen. Dennoch würde sie ihn genau so sterben lassen, wie sie es sich vorgenommen hatte und ihm ins Gesicht sehen, wenn sie ihm sagte, warum er ausgelöscht wurde … sie machte einen Schritt nach vorn, er wich zurück, und sie drängte ihn bis zu einer der Lichtinseln an der Mauer.

»Nimm die Kapuze ab«, sagte sie.

Bruder Antonius regte sich nicht. Barbara verstärkte den

Druck auf die Klinge, hielt sie so kurz, dass sie die Haut an seinem Hals berührte, und zuckte vor Ekel zurück. Die Klinge war warm und glitschig, ob von seinem Blut oder von ihrem Schweiß, war im Dunkel seiner Kapuze nicht zu erkennen. Langsam hob er die Hände, um seinen Kopf zu entblößen.

»Ich verstehe nicht …«, sagte er.

Ein flächiges Gesicht, teigfarben im Licht. Eine breite Stirn, buschige Brauen, tiefliegende Augen … wuchtige Kieferknochen … ein gutes Gesicht … eine täuschende Larve über einer Seele voller Schwärze. Der Mund war zusammengekniffen und zitterte leicht. Sie starrte auf das Grübchen in seinem Kinn. Irgendetwas rann klebrig durch ihre Finger, die um den Messergriff verkrampft waren.

»Du hast zwei Fehler gemacht«, sagte sie. »Der eine war, mich damals nicht umbringen zu lassen. Der zweite war, allein hier reinzukommen.«

»Der zweite Fehler lässt sich rückgängig machen«, klang plötzlich eine neue Stimme hinter Barbara auf. Sie spürte die Eiseskälte einer Schwertklinge am Hals. Die Berührung war wie ein Grabeshauch. Ihr Innerstes wurde taub. Sie hatte zu lange gewartet … warum hatte sie nicht einfach … sie hätte es ihm auch ins Gesicht sagen können, während das Blut aus seiner aufgeschnittenen Kehle pumpte … wenn sie ihn doch sofort ermordet hätte … wenn sie ihn doch sofort hätte ermorden *können* …

»Gut, dass ich gleich losgelaufen bin.« Der Mann hinter Barbara stieß die Luft aus. Er war kurzatmig, als wäre er eine lange Strecke gerannt. »Jungejunge, die Verrückten nehmen hier gar kein Ende.«

»Ich halte ihm ein Messer an die Kehle«, hörte Barbara sich sagen. »So schnell bist du nicht, dass du ihn retten kannst. Selbst wenn du mir den Kopf abschneidest, werde ich noch zustoßen.«

»Die Gefahr besteht«, sagte der Mann hinter ihr. Barbara drehte sich nicht um. Sie starrte dem Ungeheuer ins Gesicht. Es blinzelte. Sein Mund zitterte noch immer. Sie spürte einen Widerstand an ihrer Messerhand, der nicht von der Dicke seiner Haut stammte, sondern von innen kam.

Wenn sie ihn doch nur sofort ermordet hätte …!

»Das Messer ist das Problem«, sagte der Mann hinter ihr. Dann war der Druck der Schwertklinge plötzlich verschwunden; stattdessen schlug etwas mit Wucht innen gegen Barbaras rechte Ellenbeuge, und ihr Arm knickte unwillkürlich ein. Erneut blitzte die Schwertklinge vor ihren Augen durch die Luft. Ein zweiter harter Schlag wurde gegen ihr Handgelenk geführt, und das Messer wirbelte in die Schatten und plinkerte irgendwo ungesehen über den Boden, und dann lag die Schwertklinge auch schon wieder an ihrem Hals. »Hoppla«, sagte der Mann. »Das hab ich schon mal schneller gekonnt.«

Barbara fühlte sich wie in einem Traum, aus dem sie scheinbar aufgewacht war, nur um in einem noch schlimmeren Traum zu landen. Der Schwindel war weiterhin in ihrem Kopf, und die Stimme des Mannes hinter ihr drang wie durch ein dickes Tuch an ihre Ohren. Durch all die Gedanken, die in ihrem Kopf strudelten, drang einer immer wieder an die Oberfläche: Sie hatte das Ungeheuer nicht sofort ermordet, weil sie es nicht hatte tun können. Durch all ihr Entsetzen, ihre Angst und Enttäuschung keimte tiefe Resignation in ihr auf: Sie hätte Bruder Antonius niemals ermordet, und wenn sie hundert Jahre Zeit für die Tat gehabt hätte.

Dann hörte sie eine neue Stimme hinter sich, und wie ein Schlag ins Gesicht blitzte die Erkenntnis in ihr auf, dass dies die Stimme war, die sie im Traum gehört hatte. Die Stimme sagte: »Wer aber ohne Fehler ist, spricht Jesus Christus, unser Herr, der werfe den ersten Stein.«

Sie drehte sich um, trotz des leichten Drucks der Schwertklinge an ihrer Kehle. Noch im Umdrehen sah sie, wie sich die Augen des Mönchs vor ihr an der Wand weiteten, doch es erstaunte sie nicht. Es erstaunte sie auch nicht, dass der Mann, der sie mit der flachen Seite seiner Klinge so mühelos entwaffnet hatte, der Hüne mit dem kahl geschorenen Schädel und dem blonden Bart war, den sie vor dem Dom gesehen hatte. Am wenigsten erstaunte sie, dass er nun seinerseits ein Messer an der Kehle hatte (der Besitzer des Messers musste sich gehörig strecken, um so weit hinauf zu kommen) und dass etwas abseits von ihrer Gruppe zwei weitere Männer standen, einer davon mit einer gespannten Armbrust, der andere ein Mönch in undefinierbarer grauer Kutte und Tunika, das Gesicht beschattet von seiner Kapuze, sodass nur sein Mund und sein wuchtiges Kinn mit der tiefen Kerbe darin zu sehen war. Barbaras Denken und Fühlen waren fast völlig taub. Sie starrte auf die vermummte Gestalt in der Mönchskutte und begann zu zittern; eine rein körperliche Reaktion, die nicht bis in ihr Hirn drang. Das einzige Fetzchen, das sich leise regte – und auch dieses rief nicht die geringste Anteilnahme in ihr hervor –, war ein wie befreit in ihrem Hirn umherflatternder Gedanke: Nun werde ich sterben.

26.

Die Erkenntnis, dass er nicht von der Hand der jungen Frau sterben würde, drang nur langsam in Ulrichs Hirn … und wurde augenblicklich abgelöst von dem Gedanken, dass der Tod nun von der Hand des Neuankömmlings kommen würde. Der Mann mit der Armbrust zielte abwechselnd auf ihn, auf die junge Frau und auf Jörg. Jörgs Gesicht war anfangs zu Stein erstarrt, doch jetzt regte sich ein Mundwinkel wie zu einem schiefen Lächeln, und Ulrich ahnte, dass der Ritter dieses schiefe Grinsen in der Vergangenheit jedes Mal aufgesetzt hatte, bevor er sich den Helm tiefer in die Stirn drückte und dann wie eine Naturgewalt über seinen Gegner herfiel. Ulrich blinzelte und holte Atem. Seine Körperfunktionen waren so träge, als würde er durch Wasser waten. Wenn Jörg eine Dummheit machte, war er ein toter Mann, und Ulrich war dafür verantwortlich, dass er am Leben blieb. Sein Hirn war leer; er holte immer noch Atem und hatte keine Ahnung, was er sagen sollte. In den Wangen der Frau vor ihm war keinerlei Farbe mehr, und er fragte sich, ob sie im nächsten Augenblick wie eine Lumpenpuppe zu Boden fiel.

»Lass das Schwert fallen, Großer«, zischte der Kerl mit dem Messer schließlich zu Jörg hinauf.

»Wenn ich's fallen lasse, dann nur durch deinen Wanst hindurch.«

»Hinter mir steht ein Mann mit einer Armbrust, du Hohlkopf.«

»Na und? Der hat nur einen Schuss. Und wer weiß, ob er mich trifft.«

»Große Reden, Arschloch!«

»Dein Messer zittert«, sagte Jörg. »Stehst du auf den Zehenspitzen?«

»Hör auf, Jörg«, flüsterte Ulrich.

»Schluss damit«, befahl der Mann in der grauen Mönchskutte zur gleichen Zeit. Seine und Ulrichs Blicke kreuzten sich. »Weg mit dem Schwert, oder mein Knecht hier erschießt …«

»… die Süße!«, vollendete der Mann mit der Armbrust. »Hähähä!«

»… den Mann, der sich Bruder Antonius nennt!«, sagte der graue Mönch ungeduldig. Seine Blicke ließen Ulrichs Augen noch immer nicht los. Der Armbrustbesitzer räusperte sich und schwang seine Waffe herum, sodass sie über die junge Frau hinweg auf Ulrich zielte.

»Na gut«, sagte Jörg. Er hob die Klinge vom Hals der jungen Frau, und diese taumelte einen Schritt seitwärts und fing sich wieder. In ihren Augen lag jener leere Ausdruck, den Ulrich bei Mitbrüdern gesehen hatte, die lange mit dem Tod gerungen und endlich der Vorstellung nachgegeben hatten, in diesem Ringen zu unterliegen. Eine ebenso beklemmende wie widersinnige Regung von Mitgefühl mit der jungen Frau wallte in ihm auf. Sie hätte endlos Zeit gehabt, dich umzubringen, sagte er sich. Ihr Gewissen hat sie so lange zögern lassen, bis es zu spät war … er fragte sich, was sie von ihm gewollt hatte. Ihn als Konkurrenten um den Schädel von Sankt Albo auszuschalten oder als rechtmäßigen Besitzer, der darauf Anspruch erheben würde? Er sollte jemanden umgebracht haben? Und sie dabei verschont? Er war mittlerweile sicher, dass sie den Schädel gar nicht hatte – eine Einsicht, die zu erlangen ihm angesichts der Tatsachen nicht als allzu große geistige Leistung erschien.

»Gehören diese Männer zu dir?«, fragte er sie.

Sie schüttelte den Kopf. Jörg, der sein Schwert weit zur Seite geschwenkt hatte, ließ es los. Der Mann mit dem Messer wich ein paar Schritte zurück, sprang zu dem Schwert hinüber und hob es aus der Pfütze, in die es gefallen war. Für einen Augenblick sank die Spitze nach unten, bis er sich an die Schwere der Klinge gewöhnt hatte. Jörg drehte sich um und musterte die drei Männer. Die Spitze seines Schwerts richtete sich nun auf ihn und beschrieb kleine erratische Bewegungen, weil sein neuer Besitzer es nicht ruhig halten konnte. Jörg starrte auf ihn hinunter.

»Sieh an«, hörte Ulrich ihn sagen. »Ich wusste gar nicht, dass man Scheiße so hoch stapeln kann.«

Ulrich räusperte sich. Jörgs Bemerkung hatte eine neue Situation entstehen lassen, in der die Gewalt explodieren konnte. Der Mann in der grauen Kutte sah auf. Ulrich trat neben die junge Frau. Unwillkürlich hob er die Hand zu der Stelle, an der ihr Messer gewesen war. Sie hatte seine Haut nicht geritzt, dennoch waren seine Finger klebrig von Blut. Sie musste sich selbst in die Hand geschnitten haben. »Ich nehme an, du bist der wahre Bruder Antonius«, sagte er.

Der Neuankömmling neigte leicht den Kopf. »Und ich fühle mich durchaus nicht würdig vertreten durch dich, Bruder.«

»Mein Name ist Ulrich. Wenn es dich stört, dass ich deinen Namen …«

Der wahre Bruder Antonius winkte ab. »Ich habe mich amüsiert«, erklärte er.

»Was soll dann dieser Aufmarsch mit zwei bewaffneten Männern, Bruder?«

»Ganz einfach. Du hast etwas, was ich will.«

Jörg sah sich verblüfft zu Ulrich um und kicherte plötzlich.

»Du meinst doch nicht etwa …?«, begann Ulrich.

»Genau, Bruder«, sagte Antonius und hob den Kopf so weit, dass das Licht unter seine Kapuze fallen und den Rest seines Gesichts enthüllen konnte. Ulrich hörte, wie die junge Frau neben ihm tief einatmete. Es hieß, dass Luzifer der schönste aller Engel gewesen war; es schien zu stimmen, denn dieser Teufel dort musste der schönste aller Menschen sein, dem er je begegnet war. Er lächelte und zeigte dabei eine Reihe ebenmäßiger, weiß blitzender Zähne. »Gib mir den Schädel, und wir sind quitt.«

»Jungejunge«, brummte Jörg. »Was für ein Haufen Vollidioten.«

»Ich habe ihn nicht«, erklärte Ulrich.

»Natürlich nicht«, sagte Bruder Antonius mit der Freundlichkeit einer Schlange. Er wandte sich an seine Begleiter. »Bindet sie. Wir nehmen sie mit.«

»Die Süße zuerst«, sagte der Mann mit der Armbrust.

Bruder Antonius warf ihm einen Seitenblick zu. »Sie gehört nicht zu den beiden!«

»Äh …«, machte der Armbrustschütze.

Bruder Antonius verdrehte die Augen. »Sie hat ihn doch bedroht. Wahrscheinlich ist sie ein schlechtes Weib.« Er wandte sich lächelnd an Bruder Ulrich. »Wolltest du mit ihr in der Abgeschiedenheit dieses Ortes die Sünde des Fleisches begehen, Bruder Ulrich? Ich schäme mich für dich. Männer wie wir sollten wissen, dass Weiberfleisch schwach macht. Sei froh, dass ich gekommen bin. Sie wollte dich ausrauben, oder nicht?«

Ulrich musterte die junge Frau aus dem Augenwinkel. Seltsam … als er den Namen des fremden Mönchs genannt hatte, war er sich schon sicher gewesen, dass er mit seiner Vermutung richtig lag, und noch seltsamer: Die Erkenntnis, wer hier so plötzlich das Heft an sich gerissen hatte, erfüllte Ulrich mit Kühle. Alle Gefahren, denen er bisher begegnet war, stellten nur ein Vorspiel zu dieser Situation dar.

Er nahm den Blick der jungen Frau wahr und glaubte, ein Fünkchen Hoffnung darin zu sehen, Ulrichs Antwort konnte sie retten … inmitten ihrer Resignation schien sie plötzlich erkannt zu haben, dass sie *leben* wollte.

»Sie ist eine Sünderin«, sagte Ulrich langsam. »Und ich gestehe, dass ich nicht frei von Versuchung war.«

»Gut. Tötet sie oder lasst es, aber macht schnell – und bindet diese beiden Burschen zuerst.«

»Aber Herr«, wandte der Mann mit der Armbrust ein. »Wir sind nur Gewürm gegen Euch. Wir brauchen ab und zu ein bisschen Spaß, und die Weiber oben können wir uns nicht leisten …«

Der andere Mann bekam einen Hustenanfall, doch es war zu spät.

»Was hast du da eben gesagt?«, fragte Bruder Antonius mit unnatürlicher Ruhe.

»Äh …«

»Herr, der Wirt kennt nur uns beide, ehrlich«, stieß der zweite Totschläger hervor.

»Soll das heißen, ihr wart oben?«

»Na ja, wir mussten doch … das Geld musste doch gezahlt werden … er ahnt nichts von Euch …«

»Habt ihr euch vielleicht auch noch vor den Gästen sehen lassen?«

»Natürlich nicht, Herr, aber selbst wenn … tiefer als das Wasser kommt keiner … dafür sorgt der Wirt, und keiner ahnt, dass wir … eh, ich meine, dass Ihr … also, dass unter dem Wasser …«

»Halt den Mund«, sagte Bruder Antonius.

»Sehr wohl, Herr.«

Antonius starrte finster auf Barbara. Seine beiden Totschläger rangen die Hände und schwitzten und versuchten, genügend Mut zu sammeln, um wieder dort anzuknüpfen, wo sie angefangen hatten.

»Eh, Herr, also … die Süße ist wirklich nicht von schlechten Eltern. Wir könnten sie doch … wie gesagt …«

»Meinetwegen bindet sie ebenfalls und lasst sie hier liegen. Ihr könnt sie euch holen, wenn ich mit den beiden hier fertig bin.«

»Hähähä«, machte der Mann mit der Armbrust erleichtert und leckte sich die Lippen. Seine Blicke wanderten am Körper der jungen Frau auf und ab. Ulrich fragte sich, ob eine andere Antwort von seiner Seite dienlich gewesen wäre, sie sofort ziehen zu lassen, doch es war fraglich. Immerhin hatte sie nun eine Chance. Er versuchte in Jörgs Augen zu lesen und war überrascht von der Wut, die er darin sah. »Hähähä«, machte der Mann mit der Armbrust erneut. Die Rinne seiner Waffe war mittlerweile so weit ausgewandert, dass er keine der drei Personen in seiner Schussrichtung mehr getroffen hätte.

»Vielleicht passiert das heute noch«, sagte Bruder Antonius schneidend, und die Armbrust schwang erschrocken herum und richtete sich erneut auf sie.

Jörg wurde zuerst gefesselt. Ulrich atmete auf, als es vollbracht war, ohne dass Jörg versucht hatte, sich zu wehren. Ein Lederriemen spannte sich um seine Handgelenke, ein weiterer ließ seinen Beinen so viel Bewegungsfreiheit, dass er langsame Schritte machen konnte. Von weitem würde es nicht einmal auffallen, dass er gefesselt war. Dann wurden Ulrichs Hände vor seinem Leib gebunden. Hilflosigkeit und Wut erfüllten ihn gleichermaßen. Die beiden Knechte machten sich nun über die junge Frau her. Ulrich wandte sich ab, als ihm klar wurde, dass sie die Fesselung nutzten, um ihre Hände über ihren ganzen Körper wandern zu lassen. Das Keuchen der Kerle schnitt in seine Seele, als wäre es nicht erst wenige Augenblicke her, dass sie ihm ein Messer an die Kehle gehalten hatte. Jörg sah den beiden bei ihrem Treiben zu. Sein Gesicht war dunkelrot.

Bruder Antonius schlenderte auf ihn zu und starrte ihm in die Augen. »Vorletzte Gelegenheit«, sagte er. »Wo ist der Schädel?«

»Ich habe ihn nicht. Wenn du den Gerüchten glaubst, dass ich ihn hätte ... lass dir sagen, dass wir diese Gerüchte selbst gestreut haben, um ...«

»Ruhe«, sagte Antonius. »Los jetzt, ihr beiden. Nehmt diese zwei Vögel in die Mitte, und dann verschwinden wir hier. Wenn ihr die Metze noch nicht genügend gefesselt habt, dann erschlagt sie. Wir müssen los.«

»Schon erledigt, Herr. Keine Angst, die ist gut verschnürt.« Sie grinsten und zwinkerten sich gegenseitig zu.

»Die Süße sieht fast aus wie eine, die wir vor ein paar Monaten vernascht haben«, kicherte der eine.

»Abmarsch«, befahl Antonius.

»Ihr seid tote Männer«, sagte Jörg mit belegter Stimme zu den Knechten.

»Gibt es noch eine *letzte* Gelegenheit?«, hörte Ulrich sich fragen. Antonius lächelte. Er hob die Hände, zog Ulrich die Kapuze über den Kopf und richtete und glättete sie an beiden Seiten.

»Selbstverständlich. Wenn du mir deinen Todesatem ins Ohr hauchst«, flüsterte er. »Gehen wir.«

Ulrich fühlte sich plötzlich dazu getrieben, das letzte Wort zu sprechen. »Wie schön«, sagte er. »Aller guten Dinge sind drei.«

27.

»Nochmal für drei«, sagte Rinaldo.

Der Tavernenwirt musterte ihn ausdruckslos. »Du hast genug.«

Rinaldo sah von den drei Bechern auf, die vor ihm auf der Tischplatte standen. Er hatte Mühe, den Wirt halbwegs deutlich zu erkennen. Als er es endlich geschafft hatte, schwankte dessen Bild hin und her. Rinaldo grinste und senkte den Blick wieder. Mit einer weit ausholenden Armbewegung deutete er in Richtung der Becher. Sie standen in klebrigen Weinpfützen; Tröpfchenspuren zogen sich kreuz und quer zwischen ihnen hindurch und wurden in Richtung zu Rinaldos Tischseite immer dichter. Lediglich der Wasserkrug schien unangetastet. Rinaldo schaffte es, mit dem ausgestreckten Finger am Krug vorbeizukommen, ohne ihn umzustoßen.

»Eins für meinen Freund Giorgio, eins für meinen Herrn Ulrico und eins für mich«, sagte er und beschrieb einen vagen Kreis über den Bechern.

»Ich sagte, du hast genug.«

»Schenk ein, Herr Wirt.«

Der Wirt knurrte. Rinaldo stellte fest, dass er es ungeheuer belustigend fand. Er lachte und schlug mit der flachen Hand auf den Tisch, dass der Wasserkrug einen Satz machte. Rasch beugte der Wirt sich vor und brachte den Krug in Sicherheit. Rinaldo lehnte die Stirn auf die Tischkante. Seine gute Laune zerstob.

»Schenk ein«, sagte er unter der Tischplatte hervor. »Ich höre erst auf, wenn ich tot unter die Tisch falle.«

»Es reicht.«

»Was hast du?«, fragte Rinaldo den leeren Raum unter der Tischplatte. »Wenn ich mich bei dir hier zu Tode saufe, kannst du mich beerben … Gastrecht, *no?*« Der Gedanke, dass der bullige Wirt seine Kleider und sein Korsett erben würden, erfüllte ihn mit kurzfristiger Heiterkeit, und er kicherte unter dem Tisch. Doch der Gedanke an Bruder Ulrico reichte, um die Heiterkeit wieder auszulöschen.

»Bezahl erst mal, was du schon getrunken hast«, sagte der Wirt.

Rinaldo hob den Kopf und stierte den Wirt an. »Bezahlen?«, fragte er. *»Bezahlen?«*

Der Wirt trat einen Schritt zurück und verschwamm vollends aus Rinaldos Fokus. Rinaldo blinzelte so lange, bis er den Wirt wieder einigermaßen deutlich sah. Der Mann schaute sich im Raum um, als wollte er die anderen Zecher zur Zeugenschaft dessen aufrufen, was Rinaldo eben von sich gegeben hatte. Pech gehabt. Rinaldo war der einzige Gast. Er ließ einen lauten Schluckauf hören, der seinen schmächtigen Körper erbeben ließ.

»Was soll das heißen?«, fragte der Wirt und kniff die Augen zusammen.

»Bezahlen«, sagte Rinaldo, setzte sich gerade hin und griff im letzten Moment nach der Tischkante, sonst wäre er hintenüber von der Bank gekippt, »Rinaldo hat schon bezahlt.« Er kicherte freudlos.

»Hast du nicht!«

»Certo«, widersprach Rinaldo, und das Kichern stieg erneut in ihm auf. »Rinaldo zahlt immer. Rinaldo zahlt immer drauf!«

»Hör mal, du kleine italienische Warze …«, sagte der Wirt, stellte den Wasserkrug ab und stützte sich drohend auf den Tisch über Rinaldo. Der lehnte sich gefährlich nach hinten, um hochsehen zu können. Ein grollendes Rülpsen entfuhr ihm. Er zwinkerte und wedelte mit einer Hand vor dem Gesicht, was ihn beinahe seines Haltes beraubt hätte. »Puh«, machte er, »einer von uns beide stinkt wie eine alte Weinfass.«

Die Eingangstür zur Taverne öffnete sich, und schnelle Schritte klapperten die Stufen von der Gasse herab. Der Wirt fuhr zurück und richtete sich auf. Rinaldo brauchte eine Weile, sich umzudrehen und über die Schulter zu spähen, um zu sehen, wer da hereingekommen war. Ein Junge sprang die letzte Stufe herunter und eilte auf die Männer zu. Das Gesicht des Wirts entspannte sich und verlor den eilfertigen Ausdruck, den es plötzlich angenommen hatte.

»Hier, Onkel«, rief der Junge. Er nickte Rinaldo flüchtig zu. Zwischen seinen Fingern hielt er ein Geldstück in die Höhe. »Kannst du das für mich aufbewahren, Onkel?«

Der Wirt seufzte und lächelte zugleich. Er nahm das Geldstück in Empfang und drehte es hin und her. »Was für ein Vermögen«, sagte er. »Wenn du so weitermachst, dauert es nur noch hundert Jahre, bis du dir deinen Wunsch erfüllen kannst.«

»Ich hab doch schon 'n Haufen beisammen …«

»Ja, lauter Kleinzeugs.« Der Wirt streckte die Hand aus und rubbelte dem Jungen (er war fast so groß wie er) gutmütig durchs Haar. Der Junge zuckte die Achseln und sagte über die Schulter zu Rinaldo: »Eines Tages kauf ich mir 'ne eigene Herberge!«

Rinaldo hörte den Stolz des Jungen auf seine eigene Zielstrebigkeit heraus. Er traf ihn wie ein Stich. »Hoffentlich es dauert kein hundert Jahre mehr«, lallte er, doch niemand hörte auf ihn.

»Wer hat es dir gegeben? Dein Herr, der Geizkragen?«, fragte der Wirt.

Der Junge schüttelte den Kopf und grinste. Er deutete

auf seine Stirn. »Sieh mal, das hat er mir auch noch gegeben.«

Der Wirt spähte auf die Stelle, auf die der Junge zeigte. »'ne Kopfnuss?«

»Ich wünsch dir Glück«, sagte Rinaldo. *»Buona fortuna.«*

»Sieht man nichts?« Der Junge schien enttäuscht. »Ich dachte, von so 'nem Mann müsste man's sehen.«

»Was denn?«

»Den Segen. Er hat mir den Segen auf die Stirn gezeichnet und noch 'n Trinkgeld gegeben.«

»Hast du 'nem Pfaffen das Pferd gesattelt, oder was?«

»Vielleicht kannst du deine Onkel sagen, dass er mir die Becher voll schenkt«, sagte Rinaldo, doch der Junge beachtete ihn gar nicht.

»Nein, Onkel, es war nich' in der Herberge. Ich hab ihn geführt. Und es war nich' *irgendein* Pfaffe …«

Rinaldo, der die Hand ausgestreckt hatte, um den Jungen am Ärmel zu zupfen, hielt plötzlich inne. Durch das sanfte Brausen, das der Wein in seinem Kopf hervorgerufen hatte und durch das alle Geräusche gedämpft und alles Verstehen mit Verspätung drangen, hatte er ein Wort wahrgenommen: *geführt.* Er blinzelte angestrengt, die Hand halb in der Luft.

»Sag bloß …«, machte der Wirt und riss die Augen auf.

»Ja, Onkel, ja!«

»Ich werd verrückt. Und? Wie sah er aus?«

»Wie meinst du das?«

Rinaldo streckte die Hand zur Gänze aus und zupfte den Jungen. »Von wem redest du?«, fragte er.

»Niemand hat je sein Gesicht gesehen, und …«

»Unsinn, Onkel. Er saß in der Herberge wie du und ich …«

Rinaldo zupfte weiter. Der Junge drehte sich um. Als er Rinaldo ansah, erbleichte er.

»Re… redest du von …«, stotterte Rinaldo.

Der Junge riss sich los und trat einen weiten Schritt zurück. »Heiliger Severin!«, stieß er hervor. »Der Maure! Der Assassine! Sein Knecht!«

Der Wirt drehte den Kopf hin und her. Seine Blicke huschten zu Rinaldo und zurück zu dem Jungen. »Das ist kein Maure«, sagte er. »Das ist ein verdammter Italiener, der seinen Wein nicht bezahlen kann und dem ich jedes Glied einzeln ausreißen werde …«

»Wohin hast du ihn geführt?«, fragte Rinaldo.

»Das is' sein Knecht …«, stieß der Junge hervor. »Das is' kein Italiener, Onkel …«

Rinaldo stand auf. Der Junge wich zurück. Rinaldo musste sich wieder setzen, weil seine Beine sich weigerten, ihn zu tragen. »Hat er eine Angebot erhalten?«, fragte er und bemühte sich, ein zweites Mal hochzukommen. »Hat er die Schädel endlich gefunden?«

»Das soll … soll …?«, stammelte der Wirt mit dünner Stimme und zeigte auf Rinaldo.

»Er hat zwei Knechte, 'nen Riesen und 'nen maurischen Assassinen«, rief der Junge. »Ich hab's dir doch erzählt.«

»Ja, aber …«

»Ich hab Bruder Antonius zum Kunibertsturm geführt!«, sagte der Junge. »Ich hab mich schon gewundert, wo seine Knechte sind. Dabei sitzt einer hier bei dir …« Der Junge hatte sich so weit gefangen, dass er sich vor Rinaldo verbeugte. »Das ist die Taverne meines Onkels, Herr. Ich hoffe, der Wein schmeckt Euch …« Er lächelte ängstlich und respektvoll zugleich. Rinaldo umklammerte die Tischplatte mit beiden Händen und hoffte, dass er sich diesmal auf den Beinen halten konnte. Das Brausen in seinem Kopf hatte etwas Greifbares angenommen, als hätte er einen gewaltigen Wasserstrudel zwischen den Ohren, der sich drehte und hin- und herschwappte. Er rülpste noch einmal und spürte, dass ihm etwas in der Kehle hochstieg.

»Hast du ihn allein dorthin gebracht?«, brachte er hervor.

»Ja, Herr. Er hatte es sehr eilig.«

Der Wirt blickte auf Rinaldo, dann zu den Bechern auf dem Tisch, die durch Rinaldos Bemühungen umgefallen waren, dann von diesen zu seinem Neffen und dann über den Wasserkrug zurück zu Rinaldo. »Ich wusste nicht …«, begann er.

»Allein? *Merda!* Wo zum Teufel war Jörg?«

»Der Riese? Weiß ich nich', Herr.«

»Unter diesen Umständen …«, sagte der Wirt.

»Was wollte er denn dort?«

»Hat er nich' gesagt, Herr.«

»Irgendeine gerissene Aas von Händler hat ihn rausgelockt«, schimpfte Rinaldo. *»Certamente!«* Er verhedderte sich zwischen Tisch und Bank, schaffte es aber, freizukommen und sogar den Wasserkrug abzufangen, der in Richtung Tischkante taumelte. Rinaldo hob ihn hoch und gestikulierte damit. »Wo ist das, die Kunibertsturm?«, fragte er.

Der Junge streckte den Arm aus. Rinaldo schaute mit stumpfsinniger Miene in die gewiesene Richtung.

»Am Nordende der Stadt«, erklärte der Wirt beflissen. »Beim neuen Mauerring. Direkt am Fluss.«

»Du hättest ihn niemals allein dorthin gehen lassen sollen«, rief Rinaldo.

»Aber Herr, ich hätt mich nie getraut, ihm zu widersprechen!«

»Dich meine ich nicht!« Rinaldo starrte in den Wasserkrug. Der Strudel in seinem Kopf drehte sich träge. Der kühle, moosige Duft aus dem Krug stieg ihm in die Nüstern und ließ seine Augen schwimmen. *»Porco dio!* Bist du wahnsinnig, Giorgio! Ihn allein gehen lassen!«

Rinaldo knallte den Krug so hart auf den Tisch, dass ein großer Schwall herausschwappte. Der Wirt zuckte zusammen.

»Kann ich Euch noch zu einem Schluck Wein einladen?«, fragte er und machte beschwichtigende Armbewegungen.

»No, Rinaldo!«, stieß Rinaldo hervor. »Nicht Giorgios Schuld. Ganz allein deine. Ganz allein. *Madonna santa!*«

Er warf sich herum und taumelte gegen eine der hölzernen Tragsäulen, die die Decke stützten. »Wo ist Tür?«, murmelte er.

Der Wirt und sein Neffe deuteten gleichzeitig in dieselbe Richtung. Rinaldo folgte ihren Blicken, straffte sich, ließ die Säule los und versuchte, sich zur Tür hin zu drehen. Seine Beine gerieten übereinander. Er machte einen komischen Tanzschritt und stieß gegen den Tisch, an dem er gesessen hatte.

»Madonna santa«, lallte er nochmals. »Auf dich ist wirklich Verlass, Rinaldo.«

Er schnappte sich den Wasserkrug und leerte ihn über seinen Kopf aus, noch bevor der Wirt oder sein Neffe eine Bewegung machen konnten. Das Wasser war eiskalt. Rinaldo schüttelte sich wie ein Hund und erschauerte, als die Nässe durch seine Kleidung auf die Haut drang. Der Strudel in seinem Kopf schien vor Schreck angehalten zu haben. Rinaldo tat einen Schritt zurück und stellte fest, dass er stehen konnte.

»Ich muss Giorgio holen«, murmelte er. »Wir ihn helfen müssen, sonst hauen sie ihn über Ohr.«

Er sah auf und entdeckte den Wirt, der mit ausgestreckten Armen dastand, als wollte er Rinaldo noch im Nachhinein daran hindern, sich das Wasser über den Kopf zu gießen. Rinaldo drückte ihm den leeren Krug in die Hände.

»Hier, für die Wein«, sagte er und stelzte zur Tür. Seine Knie wollten nachgeben, aber er zwang sie, sich zu bewegen. »Ich muss meine Herr retten.«

28.

»Hier heraus wird niemand euch retten«, erklärte Bruder Antonius. »Ihr könnt schreien, so viel ihr wollt, keiner wird euch hören.« Er deutete zur Decke. »Da ist alles massiv.«

»Wo sind wir?«, fragte Ulrich.

»Oooh«, machte Bruder Antonius. »Ich bitte um Verständnis, dass ich diese Frage nicht beantworten kann.«

»Irgendwo in der alten Stadt«, sagte Jörg. »Er hat uns so viele Irrwege geführt, dass ich mir nicht mehr sicher bin, aber ich glaube, wir sind noch innerhalb des ersten Mauerrings.« Jörg wirkte düster und so still, wie Ulrich ihn noch nie erlebt hatte. Er glaubte keinen Moment daran, dass der Ritter Angst hatte (die hatte Ulrich für sie beide zusammen); es musste also etwas anderes sein, das nichts mit ihrer Überrumpelung und Gefangennahme zu tun hatte. Der Jörg von Ahaus, den Ulrich kannte, hätte ihre Lage als interessante Herausforderung betrachtet.

»Nahe dran, nahe dran«, sagte Bruder Antonius.

»Hör zu, Bruder«, begann Ulrich. Seine Stimme klang dünn und hohl in diesem finsteren Kellergewölbe. »Was den Schädel betrifft, so schwöre ich auf das Kreuz und …«

»Pssst!« Bruder Antonius legte einen Finger auf die Lippen. Sein Mund verzog sich zu einem Lächeln. »Weißt du nicht mehr, was ich gesagt habe, mein Bruder im Glauben? Es gibt nur noch eine letzte Gelegenheit für dich, mir zu sagen, was du weißt. Verschwende sie jetzt nicht mit einer Lüge.«

»Es ist keine Lüge. Ich habe ihn verzweifelt gesucht, aber

dass ich ihn schon haben soll, war eine Finte von …« Er verstummte, als Jörg plötzlich schnauzte: »Hau schon ab, du Rattenarsch, und nimm deine beiden Figuren mit. Wir haben dir nichts zu sagen.«

Antonius legte den Kopf schief und betrachtete Jörg, wie man ein Insekt betrachtet, das plötzlich irgendwelche Hörner aufstellt und angriffslustig zischt und das man in der hohlen Hand zerdrücken könnte, wenn man wollte. »*Du* hast mir gewiss nichts zu sagen, du Behemoth«, sagte er freundlich. »Überrede lieber deinen Freund, dass er die Wahrheit sagt, sonst muss ich ihm morgen an deinem Hals demonstrieren, dass ich es ernst meine.« Er fuhr mit dem Finger langsam über das Vorderteil seiner Kapuze, wo man die Kehle vermuten konnte.

»Hähähä«, machte der Mann mit der Armbrust.

Jörg warf Ulrich einen Blick zu, aber der schwieg. Er hatte verstanden, was Jörg mit seinem unerwarteten Ausbruch bezweckt hatte. Bis jetzt hatte noch niemand Rinaldo erwähnt, und Jörg wollte, dass Antonius auch nichts von ihm erfuhr. Solange Rinaldo frei war, konnte er Schritte zu ihrer Rettung unternehmen. Ulrich senkte den Kopf. Jörg … wie enttäuscht würde er sein, wenn er ihm reinen Wein über Rinaldo einschenkte, und dass keinerlei Hoffnung in diesen Betrüger gesetzt werden konnte! Bestimmt vergnügte sich der Kerl schon wieder mit einer Hure.

»Viel Spaß. Bis morgen«, sagte Antonius und zog sich zu dem niedrigen Einlass zurück, der die Tür zu diesem Gewölbe darstellte und massiver verrammelt war als die Klosterpforte in Fehdezeiten. Es war für Ulrich nur zu ersichtlich, dass sie nicht die Ersten waren, die Bruder Antonius hierher verschleppt hatte – vermutlich aber die Ersten, die tatsächlich nicht das besaßen, was er haben wollte. Unwillkürlich suchte er den Boden nach Blutspuren oder anderen Anzeichen von Folter ab, sah aber nur, dass er vor Nässe schwamm. »Ich liebe die Vorstellung, euch beide hier drin zu wissen, wie ihr die Frage erörtert: Sollen wir ihm unseren Schatz geben, oder gehen wir morgen in den Tod? Und wenn wir ihm unseren Schatz aushändigen – wird er uns nicht trotzdem umbringen? Wer mag wohl Recht haben? Der Optimist oder der Pessimist?« Antonius lachte und winkte seine Knechte mit den Fackeln hinaus. Sofort sprang Dunkelheit aus den versteckten Winkeln des Gewölbes heran.

»Lass uns eine Fackel hier«, verlangte Jörg.

»Hähähä«, machte der Knecht mit der Armbrust. »Schieb dir 'ne Fackel in den Arsch, Großer.«

»Steck ihnen eine in die Halterung«, befahl Antonius. »Ich stelle mir gerade vor, wie sie neben ihren sonstigen Erörterungen die Fackel anstarren und darauf warten müssen, dass sie ausbrennt. Angst vor der Dunkelheit, mein Riese? Kriechen die Schatten auf deiner Seele in der Finsternis an dich heran?«

»Hähähä ...«

Ulrich sah ihnen zu, wie sie die Fackel in eine Klammer zwängten; die Tür schloss sich.

»Wann dürfen wir uns die Süße holen, Herr?«, hörte Ulrich einen der beiden Knechte im Hinausgehen fragen.

»Meinetwegen gleich. Aber wenn ihr euren Spaß gehabt habt, seht zu, dass sie spurlos ...«

Die Tür schlug dumpf zu und schnitt alle weiteren Gespräche ab. Sie hörten die Riegel von draußen scharren. Ulrich schluckte trocken. Er warf Jörg einen Seitenblick zu. Jörg hatte die Augen geschlossen und schien zu Stein erstarrt. Ulrich spähte zur Fackel hinüber und versuchte zu ermessen, wie lange sie noch brennen würde. Er wurde gewahr, dass irgendwo im undurchdringlich dunklen Innern des Gewölbes Wassertropfen in eine Pfütze platschten. Die Fackel gab ein knatterndes Geräusch von sich. Ihr Harzgestank gewann allmählich Oberhand über den Geruch des moosigen, kalten Kellers. Ulrich schluckte nochmals und versuchte, Worte zu finden, ohne zu wissen, was er sagen sollte. Als Jörg sich plötzlich straffte, fuhr er zusammen. Der Ritter stelzte mit seinen gefesselten Beinen zur Tür.

»Die kriegst du nicht auf«, sagte Ulrich.

Jörg versuchte zur Fackel hochzugreifen, stellte aber fest, dass der Riemen, der die Fessel zwischen seinen Knöcheln mit seinen Händen verband, zu kurz war.

»Hilf mir mal«, knurrte er.

Ulrich seufzte und patschte durchs Wasser zu Jörg. Bruder Antonius hatte ihm nur die Hände vor dem Leib zusammenbinden lassen. Er konnte sie ohne Anstrengung heben und zur Fackel hochfassen. Ein stechender Schmerz schoss ihm durch die Hände, als er sie hob – das von der Fessel gestaute Blut pochte wütend im geschwollenen Fleisch. Dann hielt er Jörg die Fackel entgegen.

»Brenn die Riemen durch«, sagte Jörg.

Ulrich hielt die Flamme an die lederne Fessel, die Jörgs Hände mit den Beinen verband. Die Riemen begannen zu schmoren und sich in der Hitze zu kräuseln. Übler Gestank stieg auf. Jörg zerrte, ohne den Riemen zerreißen zu können.

»Sie haben das Leder angefeuchtet, die Säcke«, brummte Jörg. »Mach weiter.«

Ulrich hustete und drehte das Gesicht zur Seite, als Hitze und Gestank zu stark wurden. Plötzlich schnappten Jörgs Arme nach oben, als das Lederband mit einem Ächzen riss. Jörg setzte sich auf den nassen Boden, hob die gefesselten Füße und deutete mit den Händen darauf. »Jetzt die.«

Ulrich sah Jörgs Gesicht durch das Wabern und den rußigen Rauch der Fackel. Statt des üblichen Grinsens war seine Miene finster.

»Jörg«, sagte er, »es tut mir Leid …«

»Mach weiter. Mein Hintern wird nass.«

Ulrich musterte Jörgs grimmiges Gesicht; dann beugte er sich seufzend über die zweite Fessel und brannte auch sie durch.

»Deine Hände kann ich nicht befreien«, sagte er. »Sonst verbrenne ich sie dir.«

Jörg sagte nichts.

»Jungejunge«, sagte Ulrich. »Was für ein schweigsamer Bursche.«

Er blickte auf und sah Jörg ins Gesicht. Der lächelte plötzlich schwach.

»Jungejunge«, brummte Jörg. »Was für ein schwatzhafter Mönch.« Er wandte den Kopf und schaute zur Tür. »Wir kommen hier raus«, erklärte er.

»Tut mir Leid, Jörg, dass ich dich in das alles hineingezogen habe. Ich konnte ja nicht ahnen, dass es so weit kommt.«

»Keine Sorge. Ich weiß noch nicht wie, aber wir kommen hier raus.« Jörg nickte ihm zu, ohne zu lächeln.

»Da bräuchte es schon ein Wunder.«

Jörg spannte die Beinmuskeln an, und die Fessel zerriss. Jörg sprang auf, nahm Ulrich die Fackel ab und sah sich in ihrem Gefängnis um.

»Dann muss eben ein Wunder geschehen«, sagte er.

»Das ist der merkwürdigste Vorratskeller, den ich je gesehen habe«, sagte Jörg nach einer Weile, in der sie dem Fackellicht um verschiedene Ecken herum gefolgt und sich schließlich wieder an ihren Ausgangspunkt zurückbegeben hatten. Ulrich, der das Gefühl hatte, die Anlage wecke eine Erinnerung in ihm, die er nicht greifen konnte, legte den Kopf in den Nacken und betrachtete den Teil des Tonnengewölbes, der vom Fackellicht erhellt wurde. Lange, bleiche Moosbärte baumelten an den Stellen herab, an denen Wasser von der Decke tropfte. Die Decke war niedriger als er in der Dunkelheit zuerst angenommen hatte. Als Jörg die Fackel hochgehoben hatte, war sie oben angestoßen und hatte einen schreckerregenden Moment lang gezischt und geflackert, als würde sie erlöschen.

»Das ist kein Vorratskeller und war nie einer«, sagte Ulrich.

»Aber die Kerle haben uns durch eine Tür in ein Haus geführt und dann die Treppe runter«, widersprach Jörg. »Wenn das ein richtiges Verlies wäre, läge es meinetwegen unterhalb der Schöffenstube oder im Turm des Scharfrichters – auf jeden Fall in einem offiziellen Gebäude und nicht im Untergeschoss einer unbewohnten Bruchbude hinter Sankt Maria Lyskirchen.«

»Du weißt, in welchem Stadtteil wir uns befinden?«

»Ich bin hier heute schon rumgelaufen und hab ein paar Häuser wiedererkannt. Aber was hilft's?«

»Um wie viele Ecken sind wir gebogen?«

»Bis der Weg verschüttet war?« Jörg dachte nach. »Vier, als wir von der Tür aus links gingen, und zwei nach rechts. Danach war jeweils die Decke runtergebrochen und der Weg zu Ende.«

»Einen Vorratskeller legt man nicht wie ein halbes Labyrinth an«, bemerkte Ulrich.

»Aber diese großen leeren Nischen alle paar Schritte …«

»Hat man wahrscheinlich nicht zum Einlagern verwendet.« Ulrich kratzte sich unbeholfen mit den gefesselten Händen am Kopf. »Ein paar Augenblicke dachte ich, es seien Katakomben, wie die ersten Christen sie in Rom gebaut haben, als sie von den Heiden verfolgt wurden … ich habe etwas darüber gelesen, aber das hier stimmt nicht mit den Beschreibungen überein. Dennoch bin ich sicher, dass ich auch über eine Anlage wie die hier etwas gelesen habe.«

Jörg musterte ihn argwöhnisch.

»Du findest im Heiligen Knochen nicht mal in die Latrine, erinnerst dich aber genau daran, was du vor Jahren mal gelesen hast?«

»Ja, so ist das leider …«

Jörg schüttelte den Kopf. »Ich wette, dass deine Brüder dich darum beneiden.«

Ulrich, der die Sache noch nie von diesem Blickwinkel aus betrachtet hatte, blinzelte überrascht.

»Es hilft, wenn man weiß, *wo* man ist«, bemerkte Jörg. »Also streng dich an und erinnere dich an deine Bücher, vielleicht holt uns das hier raus.«

»Ich wüsste nicht wie.«

»Ich sehe mich noch mal um. Bleib du hier und denk nach.«

Ulrich hörte Jörg rumoren und ab und zu fluchen, als er über irgendetwas stolperte. Mittlerweile taten ihm die Füße so weh, dass er einen feuchten Hintern diesem Dauerschmerz vorzog und sich auf den nassen Boden setzte. Er versuchte einen Fuß zu heben und so weit nach oben zu bringen, dass er die eiskalten Zehen zwischen den gefesselten Händen wärmen konnte, doch er war nicht in der Lage, weit genug nach unten zu langen, und um den Fuß noch höher zu bekommen, hätte sein Bauch kleiner sein müssen. Der letzte schwache Lichtschimmer der Fackel verschwand, als Jörg um eine weitere Ecke bog. Ulrich saß in der völligen Dunkelheit und fühlte, wie sie sich an ihn herandrängte. In der Lichtlosigkeit wurde ihm bewusst, dass er Jörgs Bemühungen für vergeblich hielt. Er war überzeugt, dass sie hier ihr Ende finden würden. Er hörte die Geräusche, mit denen Jörg versuchte, den eingestürzten Gang weiter vorn freizuräumen. Nach einem größeren Krach und einem noch größeren Fluch war es eine Weile still, dann hörte er Jörgs Schritte langsam wieder näher kommen. Wie sollte er ihm beibringen, dass alle Anstrengung vergebens war?

Jörg stapfte um die Ecke herum. Er war nass und über und über mit Lehm verschmiert. Bei der nächsten Nische hielt er an, beugte sich hinein und leuchtete sie aus. Der Feuerschein in dem kleinen, unregelmäßigen Stück Gewölbe rief plötzlich jenes Bild hervor, an das Ulrich sich die ganze Zeit zu erinnern versucht hatte.

»Eine Therme«, sagte er halblaut.

Jörg steckte den Kopf aus der Öffnung und sah zu Ulrich herüber.

»Was hast du gesagt?«

»Wir sind im Heizsystem einer alten römischen Therme. Diese Nischen sind die Feuerstellen zur Wassererhitzung.«

Jörg trat einen Schritt zurück und hielt die Fackel in die Höhe. Es war nur noch wenig da, was brennen konnte, bevor sie verlöschen würde. Trotz seines Fatalismus stieg Besorgnis in Ulrich auf, als er daran dachte, dass sie dann in völliger Dunkelheit sitzen würden.

»Komm mal hier rüber und erklär es mir«, sagte Jörg. »Solange wir noch Licht haben.«

Ulrich rappelte sich auf, weniger aus Hoffnung als aus Rücksichtnahme auf Jörg, der immer noch nach einem Ausweg zu suchen schien. Er schlenderte ohne große Eile zu ihm hinüber.

»Das hilft uns auch nicht weiter, und wenn es der ehemalige Palast des römischen Statthalters wäre. Falls es eine Anlage ist wie die, über die ich gelesen habe, heizen diese Feuernischen große bronzene Kessel, die man mit dem Wasser eines darüber liegenden Beckens füllen kann. Das Feuer erwärmt das Wasser und …«

»Hier ist kein Kessel«, sagte Jörg.

Ulrich stellte sich vor die Nische und spähte hinein. Wo er die grünspanverfärbte Wand eines Kessels erwartet hätte, dehnte sich lediglich ein Hohlraum, beinahe so groß wie die Zelle von Prior Remigius, in die Dunkelheit hinein. Jörgs langer Arm streckte sich an Ulrich vorbei, und die Dunkelheit wurde von der unsicher blakenden Fackel nach hinten verdrängt.

»Sie haben den Kessel rausgerissen, als sie abgezogen sind«, murmelte Ulrich. »Metall ist kostbar.«

»Was ist das da oben?« Jörg deutete auf eine hölzerne Klappe, die mit einem massiven Balken wie einem Riegel gesichert war. Vom einen Ende des Balkens führte eine locker gespannte Kette in ein Mauerloch an ihrer Seite der Nische. Jörg leuchtete die Wand über der Nischenöffnung ab, aber dort war kein Loch zu sehen. Ulrich spähte wieder hinein.

»Gib mir die Fackel.«

Jörg reichte sie ihm. Ulrich stellte ein Knie auf den Rand der Nischenöffnung und kroch halb hinein, damit er besser sehen konnte. Das Loch in der Mauer war mit einem hölzernen Rahmen eingefasst; der untere Teil, über den die Kette in das Loch hineinführte, mit brüchig gewordenem Leder beschlagen. Ulrich leuchtete mit der Fackel auf den Nischenboden unterhalb der hölzernen Klappe. Wasser tropfte stetig in eine Lache, die irgendwo in den Ritzen des Gemäuers zu versickern schien, denn sie wurde nicht tiefer. Ulrich tauchte vorsichtig eine Hand hinein. Das Wasser war eiskalt, nahezu klar und frisch. Er spähte mit zusammengekniffenen Augen zur Klappe nach oben und stellte fest, dass die Tropfen in einer unregelmäßigen Perlenreihe rund um die Klappe herum herabregneten. Das aufgequollene Holz dichtete die Öffnung ab, jedoch nicht vollkommen.

»Pass auf die Fackel auf«, rief Jörg, und Ulrich riss sie beiseite, dass die Flamme aufwaberte. Er reichte sie Jörg hinaus und kletterte hinterher.

»Und? Hast du was entdeckt?«

Ulrich antwortete nicht. Er nahm die Fackel wieder entgegen und leuchtete an der Wand entlang, in der die Nische war, bis er zu der Ecke kam, die sich zum Eingang dieses Gewölbes öffnete. Dann leuchtete er nach oben.

Tatsächlich, da war es.

»Siehst du den Ring, der hier aus der Wand ragt?«

Jörg spähte mit zusammengekniffenen Augen hinauf und nickte.

Ulrich sah sich suchend um. »Eine Stange«, sagte er. »Liegt hier irgendwo eine Stange?«

»Nein, aber …« Jörg tappte um die Ecke und kam gleich darauf mit einem langen, von Alter und Rost buckligen eisernen Haken wieder. »Den habe ich weiter hinten entdeckt. Wir können ihn als Waffe benutzen, wenn wir hier nicht rausgefunden haben, bevor die Kerle wiederkommen.«

»Der Haken passt. Hier, sieh her …« Ulrich hängte den Haken in den Ring und tat so, als würde er ziehen. Der Ring rüttelte ein wenig in dem Mauerloch. Ulrich ließ den Haken los. Er schwang leise hin und her. »Wenn man an diesem Ring hier gezogen hat, betätigte man ein System aus Ketten und Zügen, das in der Wand läuft. Damit zog man die Balken vor den Holzklappen in den Nischendecken beiseite, die Klappen öffneten sich, und Wasser konnte in die Heizkessel laufen. Wenn sie voll waren, drückte das Wasser die Holzklappe von allein wieder zu, der Kessel war verschlossen und konnte erhitzt werden.«

Jörg griff nach dem Haken und zog daran, ehe Ulrich es verhindern konnte. Durch die Wand ertönte ein vielstimmiges Quietschen und Rasseln, und der Ring fuhr ein Stück aus der Öffnung heraus. Ulrich fiel ihm in den Arm.

»Rühr das bloß nicht an«, rief er. »Wenn du die Klappen öffnest, fließt das Wasser aus dem Becken darüber ab und ersäuft uns.«

»Was glaubst du, wie viel Wasser da noch ist?«, spottete Jörg. »Nach all den Jahren?«

»Da bin ich mir gar nicht so sicher. Die römischen Baumeister haben für die Ewigkeit gebaut. Meistens hatten diese Thermen sogar noch einen Zulauf von einem natürlichen Wasservorrat.«

»Jungejunge«, sagte Jörg auf einmal und packte den hin- und herschwingenden Haken, um ihn ruhig zu halten. Er sah zu dem Ring hinauf, der gleichsam höhnisch aus der Wand ragte. »Wir sind hier wahrscheinlich nur einen Steinwurf weit von der Mauer weg, die Köln zum Rhein hin abgrenzt. Wenn das mit dem Zulauf stimmt …«

»… dann besteht die Gefahr, dass wir hier den ganzen Fluss hereinlassen, wenn wir die Klappen öffnen.«

»Jungejunge! Wofür ist diese Entdeckung dann gut?«

»Bezüglich unseres Entkommens hier – für gar nichts.«

Jörg starrte Ulrich an. Ulrich zuckte mit den Schultern. In diesem Moment flackerte die Fackel noch ein letztes Mal und erlosch dann mit einem kläglichen Spucken.

»Ich wollte die Frau retten«, bekannte Jörg nach einer langen Zeit des Schweigens, in der sie nur nebeneinander gesessen und in die Dunkelheit gestarrt hatten. Ulrich fand es auf eigenartige Weise faszinierend; in der Regel konnte eine Nacht gar nicht so dunkel sein, dass die Augen sich nicht irgendwann daran gewöhnten und dennoch vage Umrisse um einen herum wahrnahmen. Hier jedoch war die Dunkelheit so vollkommen, dass das Auge nach einiger Zeit von selbst Bilder zu erfinden schien. Mehrere Male schon hatte Ulrich plötzliche Bewegungen gesehen, von denen er wusste, dass sie nicht stattgefunden haben konnten; dennoch hatte er nach jeder ausgespäht. Das tröpfelnde Wasser war die einzige Möglichkeit, die Zeit zu messen; doch es fiel so unregelmäßig, dass Ulrich schon bald aus dem Tritt gekommen war und es aufgegeben hatte. In der Dunkelheit dehnten sich Augenblicke zu Stunden.

»Warum?«, fragte Ulrich.

»Sie schien so … keine Ahnung. Ich hatte sie schon vorher mal beim Dom gesehen, aber nicht groß auf sie geachtet. Sie fiel mir auf wegen ihres Aussehens und wegen … wie soll ich sagen … einer Art Traurigkeit, die sie umgab.«

Jörg schwieg. Ulrich wusste, dass er der Traurigkeit in sich selbst nachspürte.

»Sie schien weniger gefährlich als vielmehr am Ende ihrer Kräfte.«

»Sie hat mir ein Messer an die Kehle gehalten.«

»Wenn sie gewollt hätte, hätte sie dich ohne weiteres umbringen können. Ich bin viel zu spät gekommen.«

»Ich weiß.«

Jörg wurde wieder still. Es schien, als ob er etwas zwischen den Händen zerdrückte. Ulrich wurde klar, dass er unablässig die Fäuste ballte.

»Wenn er sie wenigstens gleich umgebracht hätte. Aber so … seinen beiden Knechten zum Fraß vorgeworfen … und ich sitze hier und kann nichts tun.«

»Es ist nicht deine Schuld.«

Jörg sagte nichts. Ulrich wusste auch so, dass seine Worte keinerlei Trost enthalten hatten.

Schweigen. Schattenhafte Bewegungen, die das Auge einem vorgaukelte. Und das unablässige Tropfen des Wassers … plick … plick … plickplick …

»Wir hätten die Fackel sofort löschen sollen. Dann hätten wir sie alle Stunde oder so wieder anzünden können, vielleicht hätte sie durch die Nacht gereicht …«

»Hast du Feuerstein und Zunder dabei?«
»Nein. Du?«
»Wo denn? In der Mönchskutte?«
»Also nicht.«
»Tut mir Leid.«
»Dann hätte es auch nichts genützt, die Fackel zu löschen.«
»Nein.«

Stille. Die Geister der römischen Sklaven, die die Öfen hier einst betrieben hatten, schwebten lautlos vorbei. Ganz entfernte Stimmen, Frauenlachen, Männerlachen ... auch das Ohr schien sich auf Betrug einzulassen, wenn es nichts anderes zu hören bekam als das Geräusch von Wassertropfen, die in Pfützen fielen ... die Welt war irgendwo dort draußen, aber sie war so weit entfernt wie der Mond ...

»Wenigstens ist Rinaldo entkommen.«
»Ja. Ich bete für seine Seele.«
»Du willst nicht drüber reden, oder?«
»Nein.«
»So schlimm kann es doch gar nicht sein.«
»Nichts ist mehr schlimm in dieser Lage.«
»Also dann ...«
»Ich will nicht darüber reden!«
»Jungejunge ...«

Plick ... von schräg vorn ... plickplick ... von hinten ... und von links war dieses unregelmäßige Tropfen, das zwischendurch stets einmal Atem zu holen schien ... plick ... Stille, dann: plickplickplick, als wüsste das Wasser, dass es ein paar Takte ausgelassen hatte und sie nun nachzuholen wünschte.

»Ich hätte sie dir zeigen können!«, sagte Ulrich und fuchtelte in die Finsternis hinein. »Codices, manche mit goldglänzenden Rücken und Schnallen, in die kleine Edelsteine eingelassen sind. Schriftrollen, die knistern, wenn man sie öffnet. Und das Geklacker der Siegel, wenn sie aneinanderstoßen … manchmal ist es wie eine Melodie. Und erst die irischen Bibeln! Jede Kapitale ein Kunstwerk, jede Umrandung ein Schmuckstück, jede Illumination schöner als die wirkliche Welt. Laien dürfen normalerweise nicht ins Archiv, aber ich hätte dich schon reingeschleust. Hätten wir Sankt Albo zurückgebracht, hätte Vater Remigius uns keinen Wunsch abgeschlagen! Diese Schönheit, diese Gelehrsamkeit, dieses Wissen, dieses Teilen, das die Männer praktizierten, die dieses Wissen besaßen, indem sie es niederschrieben und uns überließen …«

Ulrich sah die Regalreihen deutlich vor sich, in denen die Schätze seines Archivs standen – diesmal kein Spuk der Augen, sondern etwas, das seine Seele ihn erblicken ließ. Er lächelte in die Finsternis.

»Das habe ich mir mein Leben lang gewünscht – mich inmitten dieses Wissens und dieser Schönheit aufzuhalten und beides zu bewahren. Nicht, um etwas hinzuzufügen, o nein! Auch nicht, um etwas zu verbessern, der Herr bewahre! Ich wollte es nur beschützen und archivieren, damit es auch anderen zugänglich sei, und um mich damit umgeben zu können. Mein Leben als Archivar war glücklich, mein Freund. Solange ich dort war, fehlte es mir an nichts …«

Selbst das Warten auf den Tod konnte langweilig werden. Ulrich experimentierte damit, die Augen zu schließen und wieder zu öffnen, um festzustellen, ob es einen Unterschied gab. Es gab keinen. Mit der Hand vor den Augen herumzuwedeln, hatte er längst aufgegeben. Geisterhaft, und als drifteten sie durch einen Ozean aus Zeit und Raum, drangen die Stimmen und das Gelächter, die er schon vorher gehört hatte, an seine Ohren. Er verzichtete darauf, Jörg zu fragen, ob er die Geräusche ebenfalls vernahm. In einer derartigen Situation war einem das Himmelreich vielleicht so nahe, dass man die Stimmen der Engel hörte … oder das Gelächter der Teufel … wer konnte schon von sich behaupten, dass er so frei von Sünde war?

Augen zu.

Augen auf.

Langsam wurde die Nässe am Hintern unangenehm.

Ulrich seufzte.

Augen zu.

Augen auf …

»Ich war nicht vor Akkon«, sagte Jörg.

»Und am Saleph, wo der Kaiser drei Wochen nach der Schlacht von Ikonion ertrank?«

»War ich auch nicht.«

»Hmmm«, machte Ulrich. »Ich glaube, ich habe irgendwas nicht richtig verstanden.«

Er spürte, wie Jörg sich in der Schwärze neben ihm bewegte. Eine erstaunlich lange Zeit schwieg der Ritter … so lange, dass Ulrichs Gedanken abdrifteten. In der Dunkelheit und der absoluten Tatenlosigkeit war es beinahe unmöglich, in Strukturen oder in einer gezielten Richtung zu denken.

»Das ist keine Beichte«, sagte Jörg.

»Gut.«

»Ich möchte trotzdem, dass es unter uns bleibt.«

»Unter uns – und Gott, der alles weiß.«

»Durchfall.«

Ulrich schwieg und wartete auf eine weitere Erklärung, die nicht kam. »Aha«, machte er schließlich. Er hörte, wie Jörg sich heftig am Kopf kratzte.

»In Gallipoli«, sagte Jörg zuletzt. Dann schwieg er wieder.

»Gallipoli.«

»Ach was«, brach es plötzlich aus Jörg hervor, »was soll das Gerede. Daran gibt's nichts zu beschönigen. Wegen des verdammten byzantinischen Kaisers und seinem ängstlichen Hin und Her musste das Heer von Kaiser Rotbart über die Dardanellen setzen statt über den Bosporus. Wir hatten den ganzen Winter in Adrianopel verbracht und rückten im März nach Gallipoli, wo der Byzantiner Lastschiffe bereitgestellt hatte, damit wir dort über die Meerenge schifften, und ja nicht bei Konstantinopel. Natürlich dauerte es ein paar Tage, bis alles verschifft war, und da ich unter denen gewesen war, die sich auf den ersten Schiffsladungen befanden, trieb ich mich in dem Seeräuberkaff herum, das Gallipoli gegenüberliegt. Dort wurde ich vergiftet.«

»Vergiftet?«

»In einer Herberge«, brummte Jörg. »Ich war mit ein paar Gefährten zusammen. Wir kamen an einer Schänke vorbei und wollten was trinken. Vom Trinken kam der Hunger, und wir hatten Geld genug, dass wir den Wirt dazu bringen konnten, auf den Markt zu gehen und was zu Essen zu kaufen, was er dann für uns zubereitete. Er brachte Fisch mit, und irgendein geröstetes Fleisch mit Zwiebeln. Die anderen aßen den Fisch, aber ich hatte so meine Zweifel, ob der frisch war, also hielt ich mich an das Fleisch. Das Zeug war so scharf, dass mir erst das Maul brannte, dann die Innereien, und als ich wenig später hinter einem Felsen hockte, da brannte es erst recht, und ich sag dir nicht, wo. Die anderen hatten keinerlei Schwierigkeiten mit dem Fisch … angeblich soll er sogar recht gut gewesen sein. Ich dagegen … Jungejunge.«

»War das Fleisch verdorben?«

»Keine Ahnung. Es war so viel von dem teuflischen Gewürz daran, dass man es nicht mal gemerkt hätte, wenn man stattdessen Pferdeäpfel gegessen hätte.«

»Oder die Zwiebeln«, sagte Ulrich. »In großer Hitze soll man keine Zwiebeln essen.«

»Dann müssten die Pilgerfahrer allesamt leichtes Spiel gehabt haben, denn die Burschen dort unten fressen den lieben langen Tag Zwiebeln.« Jörg seufzte. »Jedenfalls saß ich nach kurzer Zeit schon wieder, und die Abstände wurden immer kürzer und das Gelächter meiner Gefährten immer lauter, bis sie mich hocken ließen, wo ich hockte, und sagten, ich würde den Weg zurück zu unseren Unterkünften ja allein finden, und ich solle doch so gut sein und meine Haufen so setzen, dass man mit ihrer Hilfe den Weg zur Schänke wiederfinden könne.«

»Haha«, machte Ulrich mitleidig.

»Genau. Haha. Die nächsten Tage lag ich entweder wie tot auf meinem Lager oder rannte hinter den nächsten Felsen. Ich konnte nicht mal Wasser und Wein bei mir behalten. Als das Heer aufbrach, baten meine Gefährten mich, ich solle meine Haufen so setzen, dass das Heer sich auf dem Rückmarsch leichter zurechtfände, sobald ich nachkäme.«

»Wie hast du den Anschluss ans Heer wiedergefunden?«

Jörg schwieg. Ulrich wartete. Dann dämmerte ihm, was das Schweigen bedeutete. »Du hast gar nicht …?«

»Mönche nahmen sich meiner an und pflegten mich gesund. Inzwischen hatte ich mein Pferd und einen guten Teil meiner Ausrüstung drangeben müssen, damit die Schweinehunde, bei denen ich zuerst krank gelegen war, sich um mich kümmerten. Bis ich einen alten Klepper aufgetrieben hatte, den ich die längste Zeit hinter mir her zerren musste, weil er mich nicht tragen konnte, kam schon die Kunde, dass der Kaiser ums Leben gekommen und das Heer bei der Syrischen Pforte beinahe aufgerieben worden war, und ich ging zurück und wartete darauf, dass die Engländer und Franzosen kämen, denen ich mich anschließen wollte.«

»Aber soviel ich weiß, landeten die Flotten von König Richard und König Philipp August in Akkon.«

»Das wusste ich dann auch – als es zu spät war.«

Ulrich verhielt sich still, doch Jörgs Geschichte war offenbar zu Ende. Er dachte darüber nach, was er ihm als Trost mitgeben konnte.

»Deine Gefährten haben unrecht an dir gehandelt«, sagte er schließlich. »Es hätte sich gehört, dass sie dich gesund pflegten und dann mit dir gemeinsam aufbrachen.«

»Meine Gefährten«, erklärte Jörg, »sind allesamt auf dem Marsch nach Antiochia umgekommen.«

»Oh«, machte Ulrich.

»Ja, so ist es. Jungejunge, dass ich mich beinahe zu Tode geschissen habe, hat mir das Leben gerettet.«

Plick … plick … plickplickplick. Wären die Geräusche der Wassertropfen regelmäßiger gewesen, hätte man daran die Sekunden abzählen können, die sie auf dem Weg zum Morgen und zur Wiederkehr von Bruder Antonius schon hinter sich gebracht hatten.

Plick … plick …

Einen unregelmäßigen Rhythmus hatte dieser Totentanz.

Ulrich dachte an Jörgs Gefährten, die ihn auf so derb-lustige Art verspottet hatten, und an das kurze, kaum wahrnehmbare Schwanken in Jörgs Stimme, als er über ihren Tod gesprochen hatte.

»Die Klostergemeinschaft ist meine Familie; die Bücher im Archiv sind aber, als wären sie Teile von mir selbst«, hörte er sich plötzlich sagen. »Wenn wir Sankt Albo nicht zurückbringen, wird die Gemeinschaft zerfallen, und ich verliere meine Familie. Wenn die Gemeinschaft zerfällt, wird aber auch das Archiv untergehen; es wird auseinander gerissen, Teile werden hierhin, andere Teile dorthin verlagert werden, und nichts, was mich mein Leben lang glücklich gemacht hat, wird noch Bestand haben. Darum habe ich mich auf diese Suche eingelassen. Und mittlerweile weiß ich, dass ich Sankt Albo nie finden werde.«

Ulrich horchte seiner Stimme nach, die durch das Gewölbe hallte. War es anders, wenn man es endlich aussprach? Er fühlte sich dadurch weder erleichtert noch bedrückt. Jörg schien eingeschlafen; sein kaum hörbarer Atem war jedoch wie das Flüstern eines wohlmeinenden Beichtvaters, der einen ermutigte, weiterzusprechen.

»Sankt Albo ist das Symbol, das unsere Gemeinschaft zusammenhält. Aber jetzt erst verstehe ich wirklich, dass die Suche danach ebenso ein Symbol ist. Solange er nicht gefunden wird, wird es immer die Suche nach ihm geben, und der Gedanke daran wird die Gemeinschaft aufrechterhalten. Verstehst du, Jörg ... ich glaube, mir war von Anfang an klar, dass ich ohne den Schädel nie mehr zurückkehren dürfte, doch erst jetzt habe ich meinen Frieden damit gemacht. Selbst wenn wir ihn hätten, dürften wir Sankt Albo nie im Leben diesem Bruder Antonius ausliefern, weil es irgendwann herauskäme, dass er ihn hat, und dann wäre die Klostergemeinschaft am Ende. Nein, nein ... so wie es ist, ist es am besten. Ich glaube nicht, dass ich es lange überlebt hätte, wenn ich das Kloster für immer hätte verlassen müssen auf der Suche nach dem Schädel. Bruder Antonius wird am Morgen mein Leben beenden, und ich werde als verschollen auf meiner Mission gelten, und da niemand wissen wird, ob ich noch lebe oder gestorben bin, werden sie annehmen, ich sei immer noch hinter Sankt Albo her. Sie werden den echten Schädel gar nicht brauchen – und es ist endlich erreicht, weshalb Bruder Fredegar zu uns gekommen ist und was Prior Remigius so sehnlich für unsere Gemeinschaft wünschte: Der Glaube allein wird genügen. Dafür kann ich gelassen in den Tod gehen.«

Ulrich seufzte.

»Es tut mir nur Leid, dass ich dich mit hineingezogen habe, Jörg von Ahaus. Doch ebenso freue ich mich nun, dass Rinaldo getan hat, was er tat – so kommt er mit dem Leben davon, und ich wünsche ihm von Herzen, dass ein Engel ihn auf allen seinen weiteren Wegen begleitet. Wir beide aber werden sterben, du und ich, und das werde ich mir noch mit meinem letzten Atemzug vorwerfen.«

»Noch sind wir nicht tot«, sagte Jörg zu Ulrichs Erstaunen. »Vielleicht wirkt dein Sankt Albo ja ein Wunder – verdient hätten wir's, schon um seinetwillen.«

29.

Das Wunder geschah nach einer Zeitspanne des Wartens, während der Ulrich jegliches Zeitgefühl verloren hatte und erschöpft vom Nachdenken und In-die-Finsternis-starren eingeschlafen sein musste. Das Wunder hatte nur einen Haken: Es geschah lediglich im Traum.

In Ulrichs Traum scharrte der Riegel vor der Tür plötzlich, und die Tür öffnete sich langsam und ließ einen hellen Lichtschimmer herein. Ulrich richtete sich langsam auf. Er blinzelte in den Schimmer und sah gleichzeitig, wie Jörg sich aufrichtete, einen Schritt nach vorn trat und dadurch Ulrich deckte. Mit der Trägheit, die Bewegungen im Traum eigen ist, versuchte Ulrich beiseite zu gehen, damit er erkennen konnte, wer da hereinkam. Er war überzeugt, dass es ein Engel war, und er wollte den Anblick eines leibhaftigen Engels keinen Augenblick lang versäumen. Er sah, wie Jörg sich herumdrehte, die gefesselten Hände ausstreckte, ihn an der Kutte packte und ihn leicht wie ein Kind in die Mauernische hob, die einst ein Heizofen für die Therme gewesen war.

»Ich hoffe, ihr seid mindestens zu zehnt gekommen, damit wenigstens einer von euch hier lebend wieder rausgeht«, vernahm er Jörgs grollende Stimme und dachte bei sich: Sogar im Traum höre ich Jörg, wie er im wahren Leben redet. Zugleich fragte er sich, warum er nicht aufwachte, wenn er schon wusste, dass er in einem Traum gefangen war.

Der Lichtschein schien von einer gleißenden Quelle auszugehen, die sich um die Tür herumschob, langsam, als bewege ihr Träger sich unter Wasser. Ulrich spähte um die Seitenwand der Nische und hielt den Atem an, als er eine schlanke Gestalt erspähte, hinter der sich gewaltige Schwingen bauschten. Die Gestalt schwebte herein, wandte sich um und schloss die Tür; dann trat sie auf die Männer zu. Ulrich hielt geblendet die Hände vor die Augen und blinzelte durch die Finger. Er sah, wie Jörg die Fäuste hob, als hielte er einen Streitkolben in beiden Händen, und öffnete den Mund, um ihn davor zu warnen, gegen einen Engel Gottes vorzugehen.

Der Engel war schneller. Er sagte: »Ich hole euch hier raus.«

Ulrich fuhr aus seinem Traum hoch. Er bemerkte, dass er im Schlaf in die Nische hineingekrochen sein musste. Er versuchte sich aufzurichten, doch die Decke der Heizöffnung war zu niedrig; er stieß sich den Kopf und setzte sich schmerzhaft wieder hin. Jörg trat einen Schritt nach vorn und verschwand aus seinem Blickfeld. Warum konnte der Traum nicht Wirklichkeit sein? Hatten alle Gefangenen solche Träume? Es konnte nicht sein, dass Gott so grausam war, einem Hoffnungslosen einen Traum der Hoffnung einzugeben, der zerstob, wenn man in die Realität hinein erwachte. Ulrich versuchte seine Gedanken zu klären. Sie wanderten durch klebrigen Morast. Die Schatten in ihrem Gefängnis zuckten im Fackellicht.

Wo kam die Fackel her?

»Diese Italiener«, hörte er Jörg sagen. »Kommen immer im allerletzten Augenblick.«

»Diese edle Herren«, sagte Rinaldo. »Brauchen immer eine Italiener, der sie aus die Schlamassel befreit.«

Er hörte Jörg lachen. Ulrich starrte betäubt auf das Gewölbe über seinem Kopf. Er hob die Hände, wie um die

Spinnweben zu zerreißen, die sich um sein Gehirn gelegt haben mussten.

»Wo ist Ulrico?«, fragte Rinaldo.

Jörg tauchte wieder auf, schob den Arm zu Ulrich in die Nische hinein und hob ihn heraus. »Hier. Ich glaube, er fragt sich, ob er wach ist oder noch träumt.« Jörg stellte ihn auf die Füße und drehte ihn herum.

Ulrich sah die schmale Gestalt Rinaldos vor sich stehen. Das gleißende Licht war eine Fackel, die Rinaldo in die Höhe hielt. Die Schwingen waren nichts als Schatten und der Umriss eines Sacks, den Rinaldo auf dem Rücken trug. Rinaldo ließ den Sack fallen und kniete nieder.

»Verzeih, dass ich dich hintergangen habe, Herr«, sagte er, steckte die Fackel zwischen zwei Steinbrocken und faltete die Hände vor dem Gesicht. »Nimm mich wieder in deinen Dienst.«

Ulrich stand wie versteinert und starrte den knienden Sänger an. Er fühlte einen Rippenstoß von Jörg. War das nun immer noch der Traum oder die Wirklichkeit? Er warf einen hilflosen Blick zu Jörg hinüber, der über das ganze Gesicht grinste und ihm zunickte.

Es war schwer, sich vorwärts zu bewegen. Seine Beine waren wie mit Stroh ausgestopft. Er streckte die Hände aus, umfasste Rinaldos Finger, und mit dem plötzlichen Erkennen, das wie ein Blitz in ihn fuhr – dem Erkennen, dass das hier die Realität war und auch vorher schon gewesen war, dass Rinaldo gekommen war, der Unwahrscheinlichste von allen, um sie zu retten, und dass der Tod von Jörg von Ahaus nun doch nicht auf seine Seele kommen würde –, mit diesem Erkennen packte er Rinaldos Hände ganz fest und sagte aus vollem Herzen: *»Ego te recommendato, vassus.«*

»Gut«, sagte Jörg. »Keine weiteren Sentimentalitäten. Machen wir, dass wir hier rauskommen. Was hast du in dem Sack, Rinaldo?«

Rinaldo richtete sich auf und lächelte Ulrich an. Ulrich erkannte, dass die Augen des kleinen Sängers feucht glänzten. Rinaldo drehte sich zu Jörg um und wies mit großer Geste auf sein Mitbringsel.

»Kommt er dir nicht bekannt vor? Ich habe ihn die ganze Strecke von die Heilige Knochen mitgeschleppt.«

»Meine Ausrüstung«, sagte Jörg und hob den Sack hoch, als wäre er leer. »Leider keine Waffen drin, aber immerhin …«

Rinaldo zog ein Messer aus dem Gürtel und sägte ihnen die Handfesseln durch. Ulrich spürte den Schmerz, als das Blut durch das eingeschnürte Fleisch zu pochen begann, doch es war ein Schmerz, über den er sich freute. »Wie hast du hierher gefunden?«, fragte er.

»Das kann er uns später erzählen«, erklärte Jörg. Er packte Ulrich und zog ihn hinter sich her. »Hast du Wachen gesehen, Rinaldo?«

»*No,* hier braucht es keine Wachen.«

»Na, ich bin gespannt, wo wir uns befinden.«

Rinaldo nahm die Fackel an sich und sprang ihnen voran die unregelmäßigen Stufen zur Tür hinauf. »Ganz einfach«, sagte er. »Wir sind im Hypocaust von eine alte römische Therme, und darauf steht eine Haus, in dem gibt es das teuerste Bordell von ganz Köln – und die Herr des Hauses, Tiberius, hat sich für seine Eier entschieden und dafür, uns den Weg hier herunter zu zeigen.«

»Was heißt *uns*?«, fragte Jörg, der mit Ulrich im Schlepptau die Treppe hinaufhastete.

»Uns, das ist …«, sagte Rinaldo und zog die Tür auf.

Draußen herrschte ebenfalls die ungewiss zuckende Helligkeit von Fackellicht. Eine große, mit einer Kutte bekleidete Gestalt, die sich die Kapuze über den Kopf gezogen hatte, stand direkt hinter der Tür, flankiert von zwei Männern. Der Kuttenträger hob eine Faust und schlug

Rinaldo ins Gesicht. Rinaldo verlor die Fackel und taumelte zurück, fasste in seinen Gürtel, riss das Messer heraus und stürzte sich auf den unvermuteten Gegner. Eine kleine Ausweichbewegung … Rinaldos Stoß ging ins Leere … zwei Hände packten Rinaldos rechten Arm und verdrehten ihn einmal heftig gegen das Ellbogengelenk … Rinaldo schrie auf und ließ das Messer fallen … der Mann mit der Kutte wirbelte ihn mit Hilfe seines eigenen Schwungs einmal herum … Rinaldo prallte gegen die Türkante … der Kuttenträger bückte sich … Rinaldo stolperte nach vorn … und sein eigenes Messer fuhr ihm in den Leib.

»Hähähä.«

Ulrich hörte sich schreien: »NEEEIIN!«

Jörg war schon heran. Eine Armbrust schnappte nach oben und richtete sich direkt auf sein Gesicht. Jörg blieb abrupt stehen und ballte die Fäuste.

Rinaldo hing halb in den Armen von Bruder Antonius. Er spähte mit verzerrtem Gesicht zu ihm nach oben. Bruder Antonius stieß noch einmal nach, zog das Messer heraus und hielt Rinaldo auf Armeslänge von sich weg. Rinaldo sah an sich herunter. Auf der Vorderseite seines Hemdes erschien ein dunkler Fleck. Seine Hände sanken an den Seiten herab. Er versuchte sich zu Ulrich herumzudrehen, doch mitten in der Bewegung ließen seine Beine ihn im Stich. Er fiel auf die Knie, sank in sich zusammen und rollte die Treppenstufen hinunter. Unten blieb er reglos liegen.

Ulrich starrte ihn mit weit aufgerissenen Augen an. Dann fuhr er herum und fasste Bruder Antonius und seine Männer ins Auge. Jörg stand immer noch dicht vor ihnen, die Arme seitlich abgespreizt. Die Armbrust zielte direkt zwischen seine Augen.

Bruder Antonius gab das Messer an einen seiner beiden Knechte weiter, der es einsteckte. »Natürlich wusste ich, dass ihr zu dritt wart«, sagte er. »Ich brauchte nur zu warten.«

»Du hättest Rinaldo nicht …«

»Du wirst ihn bald wiedersehen, mein Bruder, keine Sorge. Nun, wollt ihr uns nicht hineinbitten?«

30.

Als weder Ulrich noch Jörg reagierten, verbeugte sich Bruder Antonius, als wäre er tatsächlich höflich hineingebeten worden. Dann machte er eine knappe, herrische Kopfbewegung. Der Armbrustschütze trieb Jörg vor sich her die Treppenstufen hinunter. Ulrich blieb stehen, aber seine Halsstarrigkeit war sinnlos. Bruder Antonius nahm ihn am Arm und führte ihn nach unten. Sein Griff war eisern. Ulrich wandte den Kopf. Jörg gab seine Blicke zurück, ohne etwas zu sagen. Unten angekommen, gab Antonius Rinaldo einen Fußtritt. Rinaldo rollte einmal herum und blieb auf der Seite liegen. Selbst im Fackellicht war zu sehen, dass sein Gesicht die wächserne Farbe des Todes angenommen hatte. Aus einem Mundwinkel war ein kleiner Blutfaden gesickert. Antonius zuckte mit den Schultern und führte Ulrich bis zu der Stelle vor der Wandnische, an der sie sich niedergelassen hatten, weil der Boden hier einigermaßen trocken war. Seine Knechte trieben Jörg hinterher, bis er sich neben Ulrich stellte. Ulrich sah, dass Jörgs Augen vor Zorn und etwas anderem brannten. Im Hintergrund flossen die Schatten über Rinaldos reglos daliegenden Körper, als ob die Finsternis sich seiner nun bemächtigte. Ulrich schluckte die Tränen hinunter.

»Der neue Morgen ist zwar noch nicht ganz angebrochen«, sagte Bruder Antonius, »aber ihr habt die Sache ja selbst beschleunigt.« Er wandte sich Jörg zu. »Knie nieder.«

Jörg bleckte die Zähne und reagierte nicht. Ulrich sah den Schlag nicht kommen, spürte nur den wuchtigen Hieb an der Wange. Sein Kopf wurde nach hinten gerissen.

Er fing sich an der Wand ab und hob unwillkürlich eine Hand. Seine linke Gesichtshälfte begann zu pochen und wurde dann taub. Ulrich pflanzte beide Füße auf den Boden und versuchte unbeeindruckt zu wirken. Angst klammerte sich plötzlich um seine Kehle. Bruder Antonius senkte die Faust.

»Knie nieder«, sagte er erneut zu Jörg.

Jörg wechselte einen kurzen Blick mit Ulrich, dann kniete er sich langsam hin. Der zweite Knecht trat hinter ihn, zog ein Messer heraus und presste es Jörg an den Hals. »Das ist das Messer von deinem kleinen Kumpel«, zischte er ihm ins Ohr. »Wenn du ihn in der Hölle triffst, kannst du ihm sagen, dass er an deinem Tod schuld ist.«

Ulrich starrte das Messer an, dessen Klinge an der Spitze feucht war und einen kleinen dunklen Schmierfleck auf Jörgs Haut hinterließ.

»Ich will dir erklären, was jetzt passiert«, sagte Bruder Antonius zu Ulrich. »Ich frage dich, wo der Schädel ist. Du antwortest wieder, dass du es nicht weißt, und du wirst Zeuge, wie der zweite deiner Freunde das Zeitliche segnet … allerdings nicht so schnell wie der Kleine. Hast du schon mal gesehen, wie einer mit durchschnittener Kehle gleichzeitig erstickt und verblutet? Ich glaube nicht, dass dieser Anblick dir gefallen wird.«

»Ich …«, begann Ulrich mit rauer Stimme. Bruder Antonius hob eine Hand.

»Bitte! Ich bin noch nicht fertig. Wenn der Riese auf dem Boden liegt und verröchelt, frage ich dich noch einmal. Erhalte ich die gleiche Antwort wie eben, lasse ich das Messer an dir erproben. Es wird dann nicht mehr still stehen, bis du dich zu deinen Freunden in die Hölle begeben hast, ganz gleich, was du zu diesem Zeitpunkt noch zu sagen versuchst. Und stell dir vor: Wir werden mit der Messerarbeit nicht bei deinem Hals beginnen.«

Bruder Antonius schob die Hände in die Ärmel seiner Kutte und lächelte aus den Schatten seiner Kapuze heraus Ulrich an.

»Du wolltest mir doch nur noch eine Gelegenheit geben«, sagte Ulrich.

Antonius zuckte mit den Schultern. »Ich kann es mir leisten, großzügig zu sein, oder nicht?«

»Was passiert, wenn ich dir den Schädel gebe?«

»Dann werden weder meine Männer noch ich Hand an euch legen. Mein heiliger Eid.«

Ulrich sah zu Jörg hinüber. Der Ritter gab seinen Blick ruhig zurück, ohne etwas zu sagen. Ulrich spähte zu Rinaldos Körper, der nur eine vage Form im Dunkeln war. Er senkte den Kopf. In seinem Innern wütete eine Stimme, doch er hörte nicht auf sie. Als er wieder aufsah, suchte er erneut Jörgs Blick. Der Anblick verschwamm ihm vor den Augen. Er fühlte zugleich erbärmliche Angst und so etwas wie ein befreites Jubilieren, dass er seine Aufgabe nicht nur erfüllen, sondern die Klostergemeinschaft damit zu etwas Besserem führen würde. Und noch ein Gefühl mischte sich hinein: Es tut mir Leid, Jörg, es tut mir Leid …

Er schüttelte den Kopf.

»*Ich* habe den Schädel«, sagte Jörg plötzlich.

Ulrichs Gedanken kamen zum Stehen, als hätte ihm jemand ein Brett vor die Stirn geschlagen. Das Blut wich aus seinen Beinen. Bruder Antonius fuhr herum. Ulrich merkte, dass seine Knie nachgaben. Er hielt sich an der Wand fest.

»Was?«, zischte Bruder Antonius.

»Ich habe den Schädel«, erklärte Jörg zwischen den Zähnen. »Aber ich werde dir nicht sagen können, wo er ist, denn das Arschloch hinter mir schneidet mir gleich die Gurgel durch, so sehr zittert es.«

»O Gott«, stammelte Ulrich, dessen Innerstes durcheinander wirbelte. »Das ist doch eine Lüge.«

»Nimm das Messer weg«, herrschte Antonius seinen Knecht an. Der zuckte zurück und trat beiseite. Antonius streckte eine Hand aus, packte die gesenkte Armbrust und zerrte sie nach oben, bis sie auf Jörg zielte. Der Armbrustschütze fuhr erschrocken zusammen und brüllte in den Raum: »Mach's Maul auf, Idiot!«

»Halt den Mund«, sagte Antonius leise. Er verdrehte die Augen und schüttelte den Kopf. Dann stemmte er die Hände in die Hüften und musterte den knienden Jörg. »Rede«, forderte er ihn auf. »Du hast nur wenig Zeit.«

Diesmal wusste Ulrich, dass es kein Traum war, doch er wünschte sich, es wäre einer gewesen. Was er Jörg erzählen hörte, war so grauenhaft, dass er spürte, wie ihm übel wurde. Wie konnte es sein, dass er zweimal so getäuscht worden war? Er starrte den Ritter an, der die Augen abgewandt hatte und seine Geschichte hervorsprudelte, als wäre er noch stolz darauf.

»Ich hab mich an ihn und den Kleinen rangemacht, als mir klar wurde, dass sie den Schädel suchten, den ich ein paar Tage zuvor aus dem Kloster geklaut hatte«, sagte Jörg. »Ich war abgebrannt und dachte, ich könnte das Teil in der Stadt an irgendeinen Trottel verhökern. Dann sagte ich mir jedoch, dass der Mönch mehr dafür zahlen würde als jeder andere, und so hängte ich mich an ihn dran. Ich dachte, ich warte, bis er so verzweifelt ist, dass er jeden Preis zahlt; dann denke ich mir irgendeine Geschichte aus, mit der ich den Schädel präsentieren kann – und das Geld hätte mir gehört.«

»Aber …«, stotterte Ulrich.

»Ich bin nicht überzeugt«, erklärte Antonius.

Jörg ließ den Kopf hängen. »Sieh in dem Sack nach, den

Rinaldo mitgebracht hat. Da sind meine Sachen drin. Und der Schädel.«

Ulrich war plötzlich klar, dass es eine Finte war. Jörg versuchte Bruder Antonius und seine Knechte hereinzulegen. Irgendetwas war in dem Sack, das es ihm und Jörg ermöglichen würde, die Feinde zu überwältigen und zu fliehen. Die Erleichterung schoss heiß in ihn hinein. Einen Moment lang hatte er tatsächlich geglaubt, Jörg hätte …

Der Knecht, der Jörg das Messer an die Kehle gehalten hatte, rannte zu dem Sack hinüber und rumorte darin herum. Er warf einen Helm, Schulterstücke und einen kleinen hölzernen Wappenschild heraus und hielt plötzlich inne. Dann zerrte einen Gegenstand hervor, der in Leder und Leinen eingenäht war, und hielt ihn in die Höhe. Ulrich starrte darauf, immer noch erleichtert. Was immer dort drin war, es war zu klein für einen Knochenschädel. Es musste Jörgs Trick sein, die Falle, die er sich ausgedacht hatte, um sie in letzter Sekunde zu retten …

»Bring es herüber«, sagte Antonius. Der Knecht händigte ihm seine Beute aus. Antonius wog sie in der Hand. »Gib mir das Messer.« Rinaldos Messer wechselte seinen Besitzer. Vorsichtig trennte Antonius ein paar Nähte auf. Ulrich zog den Kopf ein, aber nichts geschah. Antonius reichte das Eingenähte an Jörg weiter. »Mach es ganz auf«, sagte er.

Ulrich starrte erschrocken von ihm zu Jörg und zurück. Wie sollte der Trick jetzt funktionieren? Jörg packte die Nähte mit seinen großen Händen und zog ein gleichmütiges Gesicht. Dann riss er die Umhüllung mit einem Ruck auseinander. Etwas wurde förmlich herausgeschnellt. Antonius sprang mit einem Aufschrei nach vorn, versuchte es aufzufangen, griff ein paar Mal daneben, dass das Ding auf und ab hüpfte, und hatte es schließlich sicher. Er zog es an die Brust. Ulrich hatte etwas Weißes, Rundliches gesehen.

Jörg gab seinen Blick ausdruckslos zurück und wandte sich dann Antonius zu.

Antonius spähte vorsichtig in seine gekreuzten Arme hinein. Dann begann er zu lächeln. Das Lächeln wurde immer breiter, und schließlich fing er zu lachen an.

»Jaaa!«, schrie er. »Gott liebt die Tüchtigen! ICH HABE IHN!«

Er riss einen weißen Knochenschädel ohne Unterkiefer hervor und hielt ihn in die Höhe. Ulrich hatte das Gefühl, ihm würde der Boden unter den Füßen weggezogen. Er fiel auf die Knie und starrte Bruder Antonius an, der einen lächerlichen kleinen Freudentanz aufführte.

»Ich habe ihn. Ich habe ihn. ICH HABE IHN!«

31.

Ich habe ihn, dachte Rinaldo in den ersten Augenblicken nach dem Erwachen aus der Besinnungslosigkeit.

Ich habe ihn … nicht im Stich gelassen.

Ein Gefühl des Triumphs, das stärker war als alle Schmerzen, durchströmte ihn und wischte die letzten Reste der Betäubung davon.

Ich habe meinen Herrn, dem ich Treue geschworen habe, am Ende nicht im Stich gelassen.

Er spürte ein dumpfes Pochen, das von der Stelle ausging, an der Antonio ihm den Dolch in den Leib gerammt hatte. Er war erstaunt, dass der Schmerz nicht größer war. Die Stelle, an der Antonios Faust seine Unterlippe gegen seine Zähne gequetscht hatte, sodass sie aufgeplatzt war, und sein Kopf, mit dem er beim Sturz von der Treppe irgendwo angeschlagen war, taten mehr weh. Vorsichtig blinzelte er und sah sich um, ob er allein war. Man hatte ihn dort liegen lassen, wohin Antonios Fußtritt ihn befördert hatte, ohne sich noch einmal um ihn zu kümmern. Anfänger! Rinaldo lachte in sich hinein. Was hätte er darum gegeben, jetzt in Jörgs Gesicht zu sehen. Es tat niemals gut, einen Gegner zu unterschätzen, und schon gar nicht war zu raten, einen Gegner für tot zu halten, wenn er in Wahrheit nur angekratzt war. Am schlimmsten war es, Rinaldo di Milano zu unterschätzen, nur weil er klein und ein Sänger war.

Vero!

Er hörte Antonio vor Freude lachen und lauschte seinen

Ausführungen, wie er mit diesem Stück Beute das beste Geschäft seines Lebens machen würde. Wie er sich vorstellte, es dem Papst persönlich vor die Füße zu legen und zu erklären, dass eine ganze Stadt fieberhaft danach gesucht habe; wie der Papst ihn aufheben und fragen würde, ob es einen irdischen Wunsch gebe, den man ihm erfüllen könne neben dem Lohn, der ihm im Himmelreich gewiss war … Rinaldo bewegte verstohlen einen Arm und tastete seinen Bauch ab. Das Hemd war blutig, doch der Fleck war nicht allzu groß. Er spannte die Bauchmuskeln an. Ein Stich ging durch seinen Leib, aber nicht so arg, als dass man es nicht hätte aushalten können. Er fingerte durch den Riss im Stoff des Hemdes und fühlte das Leder des Korsetts darunter und das scharf gezeichnete Loch in dessen Panzer, wo die Klinge hindurchgedrungen und ihre Spitze ihn geritzt hatte. Na ja, geritzt … wenn Antonio nicht nochmals nachgestoßen hätte, wäre es ganz ohne Blut abgegangen; so aber war die Klinge bestimmt einen Fingerbreit in seinen Körper gedrungen. Egal, so hatte es echter ausgesehen, und die Wunde war nicht so schlimm, dass ein Kerl wie Rinaldo daran gestorben wäre. Er streichelte den Lederpanzer des Korsetts und dankte ihm, dem Hersteller und dem Pferd, von dem er damals heruntergefallen war … ein Sturz, der ihm heute das Leben gerettet hatte.

Es wurde Zeit, etwas aus dem unverhofften Vorteil zu machen, den sein wundersames und unverhofftes Überleben ihnen bescherte. Giorgio würde wissen, was zu tun war, und Giorgio würde reagieren, sobald ihm klar wäre, dass Rinaldo lebte und einsatzbereit war. Er musste es ihm nur zu erkennen geben. Rinaldo sammelte seinen ganzen Mut. Das Leben schien ihm im Augenblick kostbarer denn je, und es aufs Spiel zu setzen, um seinen Gefährten eine Fluchtmöglichkeit zu verschaffen, war eine größere Heldentat, als sich oben an der Treppe auf Bruder Antonio zu stürzen. Er schluckte, dann drehte er sich langsam und geräuschlos auf die andere Seite.

Giorgio und Ulrico knieten auf dem Boden vor einer der Wandnischen, in denen früher die Tanks für das zu erhitzende Wasser gewesen waren. Bruder Antonio stand vor ihnen und schwafelte über die Großartigkeit seiner Beute und vor allem über seine Vorstellungen, wie sehr seine Gegner nun gedemütigt wären und es fühlen müssten. Einer der beiden Totschläger des Bruders stand hinter Giorgio und hielt ein Messer an seine Kehle, achtete aber nicht auf den Ritter, sondern auf seinen Herrn. Der andere, der mit der Armbrust, stand einen Schritt hinter Antonio und zielte mit seiner Waffe in Richtung Ulrico, ohne bemerkt zu haben, dass sein Herr mittlerweile dazwischengetreten war und ein Schuss ihn direkt zwischen die Schulterblätter getroffen hätte. Einen Augenblick lang wünschte Rinaldo sich mit aller Macht, der Daumen des Kerls würde plötzlich zucken, sodass der Bolzen von der Armbrust schnellte. Die drei Schurken drehten ihm den Rücken zu. Giorgio hatte den Kopf gesenkt und sah zu Boden, und Ulrico wirkte, als hätte man ihm etwas vor die Stirn geschlagen; er starrte ins Leere.

Giorgio, sieh her zu mir, dachte Rinaldo, doch der Ritter machte keine Bewegung. Rinaldo blinzelte. Damit hatte er nicht gerechnet. Was half es, dass er hier wach, nur mäßig angekratzt und einsatzbereit herumlag, wenn er sich den Gefährten nicht bemerkbar machen konnte?

Giorgio, sieh mich an, dachte er und starrte auf das kahl geschorene Haupt des Ritters, das im Fackellicht glänzte. Sieh schon her, *maledetto,* du dicker, dummer Riese! Sieh mich an und reiß dem Kerl hinter dir den Kopf ab! Die anderen beiden übernehme ich …

Giorgio!

Porco dio.

Rinaldo sank in sich zusammen.

Was nun?

Antonio würde bald am Ende seiner höhnischen Ausführungen sein, und dann war es zu spät für irgendeine Aktion. Ihr unerwarteter Vorteil war nutzlos, solange es Rinaldo nicht gelang, sich mit Giorgio abzustimmen, und sei es durch ein Blinzeln. Giorgio musste den Mann hinter sich unschädlich machen und dann Ulrico packen und aus der Gefahr schaffen. Rinaldo traute sich zu, die paar Sätze bis zum Armbrustschützen zu schaffen und den Kerl zu Fall zu bringen, bevor er herumfahren und auf ihn schießen konnte. Mehr war nicht nötig. Giorgio, der flink wie ein Luchs war, würde dann schon heran sein und dem Burschen den Hals umdrehen, und dann würden sie sich Bruder Antonio vornehmen … aber Giorgio würde nichts unternehmen, bevor er nicht erkannte, dass Rinaldo …

Rinaldos Blicke zuckten überrascht von Giorgio zu Ulrico, als ihm klar wurde, dass der Mönch ihn anstarrte. Einen erschrockenen Augenblick lang lag Rinaldo ganz still. Wenn Ulrico zu offensichtlich reagierte, wäre alles zunichte … aber was für eine Chance hatte er denn?

Er hob die Hand ein klein wenig, winkte und zauberte ein Grinsen auf sein Gesicht.

Ulrico schien wie versteinert.

Plötzlich streckte er beide Hände nach vorn aus.

Madonna santa, der dumme Kerl!

Vor Entsetzen begann Rinaldo zu beten.

32.

»O Herr, in unserer Bedrängnis beten wir zu dir«, rief Ulrich so plötzlich, dass Bruder Antonius abrupt verstummte und die Augen aufriss. Jörg sah überrascht auf. »O heiliger Albo, in unserer Angst rufen wir zu dir! Hilf uns gegen unsere Feinde und tu ein Wunder!«

»Hähähä«, machte der Mann mit der Armbrust.

»Heiliger Albo«, rief Ulrich und hob beide Hände mit ausgestreckten Zeigefingern, als wolle er auf etwas deuten, »als die Heiden dich verfolgten, kam ein Engel Gottes und ließ einen Sturzquell aus Wasser zwischen dir und deinen Verfolgern aus der Erde schießen, der dich rettete. Heiliger Albo, ruf den Engel zu Hilfe und bitte ihn, uns beizustehen, denn wir sind in größter Not, und unsere Feinde sind auch deine Feinde.«

Jörg starrte Ulrich an. Ein Ausdruck des Mitleids huschte über sein Gesicht. Er schüttelte den Kopf.

»Heiliger der Sturzbäche und Wasserströme«, betete Ulrich lauthals und ballte die Fäuste an den ausgestreckten Armen, »tue ein Wunder und öffne die Steine, die das Wasser halten. Reiß die Riegel heraus, die es in den Felsen verschließen. Lass das Wasser frei, das seit Jahrhunderten in den Kammern unter der Erde ruht, und lass es unsere Feinde mit sich reißen und fortschwemmen und ertränken, während die Gerechten obenauf schwimmen und sich auf den Fluten in Sicherheit bringen. Heiliger Albo, tu das Wunder nochmals ...« Ulrich riss die Fäuste auseinander.

»Du glaubst auch noch wirklich daran, du armer Irrer«,

sagte Antonius und beugte sich nach vorn, um Ulrich ins Gesicht sehen zu können.

»… und öffne die Klappen zu den Heizungstanks und lass das Wasser herein!«

Antonius richtete sich auf und starrte Ulrich betroffen an. »Heizungstanks …?«, echote er.

»Eh, cazzo!«, krähte Rinaldo. Er stand an der Wand, aus der oben der Ring ragte, mit dessen Hilfe man die Flutklappen der Tanks öffnen konnte. Antonius fuhr herum. Rinaldo hielt den Haken, der vom Ring baumelte, fest in beiden Händen. Er lachte wie ein Teufel, dem es gerade gelungen war, eine heilige Jungfrau zu verführen. Jörg rollte sich plötzlich herum und unter dem Arm des Mannes hinter ihm heraus. Arm und Messer hingen immer noch verblüfft in der Luft, als Jörgs Faust schon nach oben schoss. Rinaldo stemmte den Fuß gegen die Wand. »Kannst du schwimmen?«

33.

»Ich hätte ausprobieren sollen, ob dieser verdammte kleine Mailänder schwimmen kann – mit einem Stein an den Füßen«, knurrte Tiberius.

»Tja«, machte Barbara. »Hinterher ist man immer klüger. Ich spreche aus Erfahrung.«

Tiberius schielte zu ihr nach oben. »So eine wie dich könnte ich gebrauchen«, sagte er.

Barbara lächelte grimmig. »Wenn du glaubst, du kannst dir Frechheiten rausnehmen, nur weil ich das Messer an deinen Hals halte und nicht mehr an deine Eier, können wir das Arrangement sehr schnell wieder ändern.«

»Im Ernst«, erklärte Tiberius.

Der Bordellwirt lag zwischen Kissen in einer der Kammern, zu der Rinaldo ihn gebeten hatte, um mit ihm ein besonderes Geschäft zu besprechen: statt der zehn Pfennig, die Rinaldo nicht hatte auftreiben können, würde die Frau, die er mitgebracht hatte, so lange gratis für Tiberius arbeiten, bis der Gegenwert der zehn Pfennig erbracht war oder Tiberius erkannte, dass Rinaldo der einzige Sänger war, den er jemals anzustellen wünschte. Tiberius hatte sich misstrauisch gezeigt und herumgeknurrt, dass das Stück Fleisch, das Rinaldo ihm da anbrachte, dem Standard seines Hauses nur bedingt standhalte, und Barbara hatte einen demütigenden Kniff in die Backe und einen Klaps auf den Po hinnehmen müssen. Aber er hatte sie doch nach oben geführt, um Barbara einer Musterung zu unterziehen – und zu seinem Erstaunen plötzlich das Messer gespürt, das seinen linken Beinling über die gesamte Länge seines Oberschenkels aufschlitzte und sich dann gegen das Organ drückte, mit dem Tiberius die Musterung hauptsächlich durchzuführen gedacht hatte. Dann hatten tatsächlich Verhandlungen stattgefunden; der Einsatz: Tiberius' Männlichkeit gegen die Information, ob wirklich derjenige in den alten Heizungsanlagen hauste, von dem Rinaldo überzeugt war, dass er es tat. Tiberius hatte sich nach kurzem Zögern kooperativ gezeigt. Barbara schnaubte. Ob Iver oder Tiberius – in ihrer Angst um ihr bestes Stück waren die Kerle alle gleich.

»Hast du Kunden, die sich gern vom Bullen zum Ochsen machen lassen?«, fragte sie. »Was anderes käme dabei nämlich nicht heraus.«

Sie zerrte an Tiberius' Armen, um zu prüfen, ob die Fessel noch hielt, die sie aus einer Kordel gemacht hatten.

»Vorsicht mit dem Messer«, krächzte Tiberius.

Barbara verringerte den Druck gegen die Kehle des Bordellwirts ein wenig und setzte sich wieder zurecht. Tiberius Kopf lag in ihrem Schoß. Von weitem sahen sie wie ein zärtliches Paar aus. Tiberius atmete auf.

»Nicht als Nutte«, sagte Tiberius. »Das ist nichts für dich.«

Barbara lachte verächtlich. Ihr Herz klopfte hart, aber langsam.

»Rom«, sagte Tiberius und schnalzte mit der Zunge. »Ich habe hier zwei oder drei Engelchen, da würde sogar ein Kardinal viel Geld zahlen, um ihnen ans Pelzchen gehen zu können. Um in Rom so ein Haus zu eröffnen, brauchst du ein paar ausgewählte Leckerbissen, um das Interesse der Pfaffen zu wecken, und einen gut gefüllten Säckel, um deine alteingesessenen Konkurrenten auf deine Seite zu bringen. Wenn ich hier weggehe, könnte ich beides mitnehmen.«

»Was hat das mit mir zu tun? Außer natürlich, dass ich mit einem Schnitt deine Pläne zunichte machen werde, wenn du Rinaldo oder mich reinzulegen versuchst …«

»Ich würde das Haus hier natürlich nicht aufgeben.«

»Vergiss es«, sagte Barbara.

»Wir würden einen ehrlichen Partnerschaftskontrakt aufsetzen.«

»Das glaub ich dir aufs Wort.«

»In diesem Gewerbe *kannst* du die Weiber und *musst* du die Kunden anlügen«, sagte er. »Unter Partnern jedoch gilt Ehrlichkeit.«

»Ich habe keine Lust dazu«, erklärte Barbara und drückte das Messer wieder fester gegen Tiberius' Hals.

»Komm schon, Kleine. Du hast mehr Mumm als all die Kerle zusammen, die hier einen wegstecken. Ich kann die Menschen einschätzen.«

»Nimm Rinaldo.«

Tiberius lachte vorsichtig. »Der taugt nicht dafür. Sein Herz wird nie hart genug sein.«

»Und meines wäre hart genug?«

»Du hättest die Fähigkeit, es hart genug werden zu lassen.«

Eine Bewegung beim Vorhang ließ Barbara zusammenzucken. Eine helle Knabenstimme fragte: »Alles klar bei dir da drin, Patron?«

»O ja«, keuchte Barbara, »o ja, du Hengst, o ja, fester, mein Großer, lass nicht locker …« Sie presste Tiberius das Messer noch fester gegen die Kehle.

»'tschuldigung«, flüsterte der Knabe und schlich davon. Barbara entspannte sich. Sie sah in Tiberius' Augen, die im rötlichen Halbdunkel der Kammer glitzerten.

»Ehrlichkeit«, sagte er. »Ich hätte dich jetzt leicht auffliegen lassen können.«

»Ehrlichkeit gegen Ehrlichkeit«, sagte Barbara. »Sieh mir

in die Augen und frag dich, ob mein Herz jetzt schon hart genug ist, dass ich dir sofort die Gurgel durchgeschnitten hätte.«

Tiberius lächelte fein. »Wenn's nicht mein Hals wäre, würde ich's riskieren und sagen: Nein, es ist nicht hart genug. Aber da es doch um meinen Hals geht, will ich mich ausnahmsweise nicht auf mein Gefühl verlassen.«

»Dein Glück«, brummte Barbara und versuchte, ihn die Unsicherheit nicht merken zu lassen, die seine Worte plötzlich hervorgerufen hatten. Ihr Herz klopfte immer noch heftig, und sie fragte sich zunehmend besorgt, wo Rinaldo so lange blieb. Es dauerte bestimmt eine Weile, bis es ihm gelungen war, seine Gefährten zu befreien (die durch ihre Schuld in ihre missliche Lage gekommen waren!), doch dass es so lange dauerte … wie lange hockte sie nun schon mit dem seltsamen Bordellwirt hier in der Kammer, die nach Räuchereien und Gewürzen roch? Ihre Beine waren von ihrer Sitzhaltung und dem Gewicht von Tiberius' Kopf eingeschlafen. Tiberius zog die Nase auf und schloss gemütlich die Augen, als wäre ihm selten wohler gewesen.

»Ich weiß einen Partner für dich«, sagte Barbara.

Tiberius ließ die Augen geschlossen. »Ich bin wählerisch, Kleine.«

»Wie viele von deinen Mädchen sind krank?«

»Was?«

»Na, wie vielen haben die Kerle was angehängt, das sie jetzt weiterverbreiten?«

»Keines von meinen Mädchen ist krank!«, sagte Tiberius mit einem Unterton der Empörung. Barbara verstärkte den Druck der Messerklinge. »Zwei …«, sagte Tiberius.

»Was machst du mit ihnen?«

»Bei einer merkt man's noch nicht. Die andere liegt mir auf dem Säckel, bis ich sie kuriert habe.«

»Ich kenne jemand, der kuriert die geilen Krankheiten mit viel Erfolg.«

»Das behaupten sie alle.«

»Ja, aber mein Schwager tut es tatsächlich.«

Tiberius' Augen gingen langsam auf, und er sah Barbara ins Gesicht. »Hm. Warum solltest du mir so etwas erzählen, wenn es nicht stimmt … Ich liege unterm Messer, nicht du.«

»Gut erkannt«, lobte Barbara.

»Dein Schwager also …«, sagte Tiberius.

Barbara öffnete den Mund, um zu antworten, aber das Zittern, das plötzlich durch den Boden lief, ließ sie stocken. Es wurde rasch stärker, und ein Dröhnen klang auf, lauter und lauter, bis es sich anhörte, als würden alle Teufel in der Hölle drunten große Felsen umherrollen. Barbara nahm instinktiv das Messer von Tiberius' Kehle. Tiberius versuchte aufzuspringen, fiel aber mit seinen gefesselten Händen wieder in die Kissen zurück. Eine angstvolle Stimme klang vor der Kammer auf: »Patron?«

»Merda!«, fluchte Tiberius. Er rollte sich auf den Bauch und schielte mit zusammengebissenen Zähnen zu Barbara hoch. Entsetzte Schreie aus dem Erdgeschoss klangen auf. Das Zittern nahm zu, und das Haus erbebte unter einem wuchtigen Stoß. Die hölzerne Stange, die einen der seitlichen Vorhänge hielt, sprang aus der Halterung und fiel klappernd herunter; zwei, drei andere Stangen lösten sich ebenfalls aus der Halterung. Ein dicker Mann wurde plötzlich in einer entfernteren Kammer sichtbar; er kniete vor einer der Hübschlerinnen auf dem Boden und streckte seinen weißen Hintern in die Luft. Die Hübschlerin stand über ihm, eine Peitsche in der reglosen Hand. Die Peitschenschnüre baumelten und zitterten unter dem Beben des Hauses. Auf dem Hintern des Mannes prangten rote Striemen. Beide starrten mit runden Augen in bleichen Gesichtern zu Bar-

bara und Tiberius herüber, ohne etwas zu sagen. Dann fiel eine weitere Vorhangstange herunter und hüllte sie in den Stoff ein. Das Haus stöhnte.

»Schneid mich los!«, keuchte Tiberius.

Barbara schnitt die Kordel durch. Tiberius sprang auf. Ein spitzes, panisches Kreischen drang nach oben; dann schien das Haus ein langgezogenes Stöhnen auszustoßen. Aus dem Untergeschoss erklangen das laute Rauschen von Wasser und die angstvollen Schreie von Männern und Frauen, die das Wasserbecken genutzt hatten und nun daraus zu entkommen versuchten. Tiberius wischte den Vorhang beiseite, der als einziger noch in geradezu lächerlicher Weise an seiner Stange hing und ihre Kammer vom Gang trennte. Die Stange flog aus den Haken und wirbelte davon. Barbara kam auf die Beine, taumelte von der abrupten Bewegung und der Fühllosigkeit ihrer Muskeln, stolperte und prallte gegen Tiberius. Ein Knabe kauerte im Gang auf dem Boden, beide Hände über dem Kopf zusammengeschlagen, und schluchzte. Das Haus zitterte nun dermaßen heftig, dass Barbaras Zähne aufeinander schlugen. Irgendwo polterte etwas Großes, Schweres zu Boden. Eine Wolke aus Spänen und Schmutz staubte aus dem Gebälk über ihnen herab. Wer in diesem Haus eine Zunge besaß, schien vor Schreck und Angst zu schreien. Ein kleiner, dürrer Kerl mit Priestertonsur kam um eine Ecke getaumelt, nackt wie der Herr ihn geschaffen hatte, sah man von den weißen Handschuhen eines Prälaten und dem goldenen Kruzifix um den Hals des Mannes ab. Was die Natur ihm an Körpergröße und Gewicht versagt hatte, hatte sie an seinem Zeugungsorgan wettgemacht, das ihm mit seiner grotesken Größe und in seinem Zustand voranzuwedeln schien. »Das jüngste Gericht, das jüngste Gericht …«, stammelte der Prälat mit blauen Lippen und irren, weit aufgerissenen Augen. Er fiel über den kauernden Jungen, kam wieder auf die Beine und stolperte in blinder Panik weiter, ohne irgendetwas um sich herum wahrzunehmen.

»Was ist hier los?«, schrie Barbara über den Lärm.

Tiberius fuhr herum und packte sie an den Oberarmen. Sein Gesicht war so dunkel und wild wie das eines Bären. »Der Teufel steh uns bei!«, brüllte er. »Das Wasser!«

34.

Das Wasser kam.

Ulrich spürte einen heftigen, eiskalten Windhauch, der die feinen Härchen auf seiner Tonsur aufstehen und die Fackel flackern ließ. Rinaldo schnellte von der Wand davon wie ein Grashüpfer und fiel auf den Rücken, den Haken immer noch in der Faust; am Haken waren der Ring und daran ein langes Gestänge, das dem Rost und dem Alter, vor allem aber Rinaldos plötzlichem Ruck nachgegeben und aus der Wand gekommen war. Rinaldo rollte sich beiseite, als die schwere Konstruktion auf den Boden schlug.

Antonius fuhr herum und starrte Ulrich an. »Was hast du getan …?«, begann er. Falls er noch etwas sagte, ging es in dem triumphalen Tosen unter, mit dem das Wasser in das Gewölbe schoss.

Einen Herzschlag lang war es nur ein Brausen; dann kreischte und splitterte die Holzkonstruktion, die zum Befüllen der Tanks gedient hatte und über Jahrhunderte hinweg, als keine Bewegung sie störte, das Becken dicht und das Wasser oben gehalten hatte. Jetzt aber, vom Öffnen der Klappen erschüttert und vom Herabstürzen des Wassers getroffen, brach sie auseinander und öffnete gähnende Schlünde, wo zuvor nur Befüllungsöffnungen gewesen waren. Das Wasser brüllte auf wie ein Tier und schoss mit voller Wucht herab.

Etwas in Ulrich ließ ihn einen Schritt zurücktreten, die linke Hand ausstrecken, Jörg am Wams packen (Jörg hielt den Mann, der ihm das Messer an den Hals gedrückt hatte, kopfunter in einer Hand und hämmerte mit den freien Faust auf ihn ein) und mit sich zerren. Ihm blieb nur die Zeit für einen einzigen Schritt. Später pflegte er zu sagen, dass er diesen Schritt nicht selbst getan, sondern dass ein Engel des Herrn ihn gestoßen hatte … er schleifte Jörg mit sich, der seine Beute zu Boden fallen ließ, und …

… es war das Jüngste Gericht!

Armageddon. Doch statt Feuer kam das entgegengesetzte Element.

Der Boden bockte und warf sie gegeneinander.

Den Bruchteil eines Augenblicks sah Ulrich das Wasser aus der Nische schießen, eine wirbelnde Säule von der Dicke der Maueröffnung, mannshoch und ebenso breit … weiße Schaumhände, die nach vorn krallten … durcheinander wirbelnde Gischtleiber, die sich aus der Öffnung schnellten. Die Balken der Holzkonstruktion, die das Wasser vor sich hertrieb, schienen von den Sehnen eines monströsen Bogens abgeschossen und flogen der Wasserwand voran, und Ulrich sah Bruder Antonius so dastehen wie vorher, den Arm mit dem Totenschädel immer noch erhoben, und im nächsten Moment hatte das Wasser ihn verschluckt. Ein mächtiger Balken traf den Armbrustschützen mit einem Geräusch, das Ulrich über das Wüten des entfesselten Elements zu hören meinte; dann war auch er verschwunden und mit ihm die Fackel und das Licht.

Die Wasserwand tobte in die Finsternis, traf auf die gegenüberliegende Wand. Der Boden tat einen zweiten Sprung; die Wasserwand zersplitterte, und dann waren Ulrich und Jörg eingehüllt in eine Sturmflut, die sie von den Füßen riss und wie Spielzeug umherwarf. Ulrich spürte den groben Stoff von Jörgs Haubert zwischen den Fingern und verkrallte sich darin. Wasser schoss in seinen Mund und nahm ihm die Luft; sein Kopf stieß gegen Jörgs Schädel und sein

Körper prallte gegen eine Ecke des Gangverlaufs; das Wasser strudelte sie mit sich, wirbelte sie herum, ohne dass sie den Boden berührten. Ulrichs Finger lösten sich aus ihrem Griff, aber irgendwie brachte er die zweite Hand nach vorn und verkrallte sie in Jörgs Gürtel … er wäre lieber gestorben, als den Ritter loszulassen … und das Wasser traf mit der Gewalt von tausend Katapultgeschossen auf den eingestürzten Teil des Ganges, prallte zurück, spritzte auf, türmte sich bis zur Decke des Gewölbes hoch und schlug nach hinten um.

Die nachfolgenden Wassermassen begannen zu brodeln wie in einem Waschkessel. Ulrich, halb besinnungslos, fand sich mit einem Mal auf der Oberfläche eines schäumenden Gebräus wieder, in dem er sofort wieder unterging. Er trat wild mit den Beinen, spürte, wie seine Kutte zerriss und hatte plötzlich mehr Beinfreiheit; Jörgs Gewicht zerrte an ihm, doch das Wirbeln des Wassers half ihm, sprudelte den Ritter empor. Jörgs Augen waren vor Entsetzen aufgerissen. Er holte Luft und schlug in wilder Panik mit den Armen um sich. Eine toll gewordene Strömung zerrte Ulrich wieder unter Wasser, strudelte ihn unter Jörg hindurch und drehte sie einmal um sich selbst in einem Tanz, als wären sie Holzstöckchen, und hob sie dann wieder an die Oberfläche. Ulrich hustete und kotzte einen Wasserstrahl und konnte wieder Luft holen, und mit dem Atemzug erwachte etwas in ihm.

Mit den Beinen, mit den Beinen, wie ein Frosch!

… eine Fähigkeit, die er erlernt und dann sein ganzes Leben nicht mehr gebraucht hatte …

Tritt dem Wasser in den Leib, dann wird es gefügig und trägt dich!

… und die alles war, das ihn noch an den Mann erinnerte, der sich die Zeit genommen hatte, ihn diese Fähigkeit zu lehren.

Heiße Sommernachmittage an einem kühlen Weiher.

Der Geruch von Moos und aufspritzendem Wasser. Libellen, die an seinem Gesicht vorbeitanzten.

Die geduldige Stimme seines Vaters.

Die Arme ziehen dich nur voran; aber die Beine halten dich oben!

Jörg mit seinem unbändigen Herumgeplansche drückte Ulrich unter Wasser. Doch bei Ulrich stellte sich keine Panik ein. Sie berührten den Fußboden, der jetzt der Untergrund eines verrückt gewordenen Flusses war; Ulrich stieß sich ab, trat kraftvoll mit den Füßen, kam wieder an die Oberfläche, holte ein zweites Mal Luft.

Eh, cazzo, kannst du schwimmen?

Die Beine halten dich oben …

Wieder gingen sie unter, wobei Jörg wild herumkrallte und Ulrich am Hals packte. Der Boden … eine Gegenströmung war aufgekommen, die unter Wasser in Richtung zur Treppe strömte, an der Oberfläche aber zum eingestürzten Teil des Gangs hin schäumte. Ulrichs Füße wurde weggezogen, doch er blieb ruhig, strampelte, bis er den Boden wieder fühlte, stieß sich ab, durchbrach die Wasseroberfläche … der dritte Atemzug … Jörg bekam Ulrichs Ohren zu fassen und zerrte daran.

Die Beine halten dich oben.

Ulrich löste die verklammerte Rechte von Jörgs Gürtel und schlug ihm die Faust auf die Stirn. Jörg verdrehte die Augen. Das Wasser begann wieder über ihnen zusammenzuschlagen … verzeih mir, Jörg von Ahaus … Ulrich hieb nochmals zu, und dieser Schlag hätte einen Ochsen gefällt … Jörg ließ die Arme sinken, sein Kopf sank zur Seite, und Ulrich zog ihn an sich, schlang einen Arm um seinen Hals und lehnte sich zurück, zog Jörgs Körper auf den seinen, spürte, wie das Oberflächenwasser sie wieder in die andere Richtung schwemmte, schöpfte Atem …

Dann war das Wasser bis zur Decke gestiegen, und es war kein Raum zum Luftholen mehr da, und Ulrich erkannte, dass sie doch ertrinken würden.

35.

»Sie ertrinken!«

Barbara stieß Tiberius beiseite und stemmte sich unter den Riegel, der die schwere hölzerne Tür festhielt. Die Tür war beinahe fugenlos in den aus schweren Granitsteinen gemauerten Rahmen eingepasst, aber das Wasser schoss aus allen Spalten wie durch ein Sieb und spritzte mehrere Schritt weit in den Gang hinein, in den Barbara Tiberius gefolgt war. Tiberius stand wie gelähmt bei diesem Anblick.

»Hilf mir!«

Barbara riss an dem Riegel und spürte, wie ein Fingernagel absplitterte. Tiberius schien plötzlich zu erwachen.

»Nein!«, rief er und packte sie, um sie wegzuziehen.

Doch da gab der Riegel schon nach und schnappte nach oben. Sie spürte, wie Tiberius sich mit ihr in den Armen nach hinten warf. Die Tür schlug auf wie von einer Feder geschnellt und zerbrach an der Wand; sie hätte Barbara zerquetscht wie eine Laus, hätte Tiberius nicht versucht, sie wegzuzerren.

… und das Wasser brüllte heraus, etwas Schweres flog ihr förmlich in die Arme und schwemmte sie mit sich fort.

36.

Ulrich spürte, wie der letzte Rest klaren Bewusstseins davongeschwemmt wurde. Er klammerte sich daran, obwohl die Qual der Atemlosigkeit und der Drang, Luft zu holen, größer waren, als er sich je vorgestellt hätte und die Besinnungslosigkeit eine Gnade gewesen wäre. Jörg begann zu zucken und halb bewusstlos gegen seinen Griff anzukämpfen, und Ulrich wusste, dass er im nächsten Augenblick die Hand nicht länger auf Mund und Nase des Ritters würde pressen können, und dann würde Jörg von Ahaus einen instinktiven Atemzug tun, Wasser einatmen ... und ertrinken.

Lass ihn, sagte eine müde Stimme in seinem Hinterkopf. Du wirst ihn auf dem Weg in die Hölle bestimmt einholen.

Er trat mit den Beinen, aber es war mehr eine Trotzreaktion als der Versuch, zu schwimmen.

Lebwohl, Jörg. Du hast mich betrogen, weil du die ganze Zeit den Schädel hattest, aber wahrscheinlich musste es so sein – und du hast im letzten Moment versucht, dich davon zu lösen und uns zu retten.

Lebwohl, Rinaldo. Du hast mich betrogen, indem du das Geld der Gemeinschaft den schlechten Weibern hingeworfen hast, aber wahrscheinlich konntest du nicht anders, und hast dein Leben eingesetzt, um uns aus dem Kerker zu holen.

Lebwohl ...

Wenn es etwas zu bedauern gab, dann, dass er den beiden Männern nicht mehr sagen konnte, dass er ihnen verziehen hatte, und dass es dem Gemeinschaftsgefühl des Klosters in nichts nachgestanden hatte, mit ihnen zusammen gewesen zu sein.

Und er hätte sich gern auf den Tod vorbereitet wie ein guter Christ …

Ulrich stieß mit dem Kopf an die Decke des Gewölbes und spürte einen Luftzug auf dem Gesicht, trat Wasser und fühlte einen Sog, trieb in die Dunkelheit, die auch die Dunkelheit des Todes war, stieß an einen Mauervorsprung, tauchte kurz unter und kam wieder hoch …

Jörg hustete und warf den Kopf herum.

Erst jetzt holte Ulrichs Denken seine Körperfunktionen ein. Er stellte fest, dass er atmete, und er hörte Jörg stöhnen. Ulrich nahm die Hand vom Gesicht, und der Ritter holte keuchend Atem und würgte.

Der trübe Lichtschein einer Fackel schimmerte auf der Wasseroberfläche. Ulrich erkannte, dass zwischen ihr und dem Gewölbe mindestens eine Armlänge Freiraum war, den es vor wenigen Augenblicken noch nicht gegeben hatte.

Der Wasserspiegel war gefallen.

Er weigerte sich, daran zu glauben. Sah es so aus, wenn man vom Leben in den Tod hinüberglitt? Wurde einem die Rettung aus der ausweglosen Situation vorgegaukelt, während man in Wahrheit darin umkam?

»Ich saufe ab«, hörte er Jörg gurgeln.

»Keine Angst, ich hab dich«, hörte er sich erwidern.

»Mehr Fackeln!«, vernahm er dann den Ruf einer Frauenstimme. »Wir brauchen Stangen! Und Seile! Vielleicht ist es noch nicht zu spät!«

Ganz langsam und zögernd stieg der Gedanke in ihm auf, dass sie gerettet waren.

37.

Barbara hatte gedacht, das Öffnen der Tür würde die Männer dort unten gerettet haben, doch als sie den Körper in der Mönchskutte wie ein Lumpenbündel unweit der Türöffnung liegen sah, stiegen die Tränen in ihr hoch. Sie hörte, wie Tiberius ungeduldig ihre Anforderung nach mehr Fackeln weitergab. Der Knabe, der in Tiberius' Haus offenbar die Funktion des guten Geistes erfüllte und der entsetzt auf der letzten trockenen Stufe der Treppe vom Erdgeschoss hier herunter stehen geblieben war, bewegte sich nicht. Tiberius watete auf ihn zu und spritzte ihm eine Hand voll Wasser ins Gesicht. Der Knabe keuchte auf und starrte seinen Herrn an.

»Hast du nicht gehört?«, knurrte Tiberius.

»Das Wasser … Patron, wo kommt das Wasser her?«

»Von oben«, sagte Tiberius ungeduldig. »Lauf und hol Fackeln, ein paar von den langen Vorhangstangen und Seile.«

»Wo soll ich denn Seile …?«

»Nimm die, mit denen der päpstliche Legat sich immer fesseln lässt. Wenn der Kerl noch dranhängt, dann sag ihm, dass er heute keine Taufzeremonie vornehmen kann, es sei denn, er kommt hier runter und tunkt seine Süße in diese Brühe. Und jetzt lauf!«

Der Junge warf sich herum und stolperte die Treppe hinauf.

»He!«, rief Tiberius ihm hinterher. »Und dann zähl die Weiber durch, ob noch alle da sind. Nicht, dass am Ende eine hier runtergespült und ertränkt wurde.«

Barbara konnte ihre Augen nicht von dem Lumpenbündel wenden, das bei der Tür lag und vom hin- und herschwappenden Wasser umspült wurde. Sie streckte die Hand aus und nahm Tiberius die Fackel ab.

»He!«, rief dieser, worauf der Junge noch einmal die Treppe herunterkam und ihn mit weit aufgerissenen Augen anblickte. »Und sieh nach, ob der Mailänder schon zu sich gekommen ist, wir können ihn hier brauchen.«

Das Wasser war mit Urgewalt durch die geöffnete Tür geschossen, hatte Barbara und Tiberius zuerst überschüttet und ihre Fackel gelöscht und ihnen dann die Füße weggerissen, hatte sie übereinander purzeln lassen wie Puppen und sie schließlich, bis auf die Haut durchnässt, zum Fuß der Treppe geschwemmt, wo es aufgespritzt war wie der Rhein gegen die Hafenanlagen, wenn ein stürmisches Unwetter tobte. Das Wasser war hin- und hergeschwappt und hatte Wellen geworfen, die zuerst Tiberius, der sich aufgerichtet hatte, von den Füßen geholt hatten, und dann Barbara, als sie zu früh glaubte, die Aufregung habe sich gelegt. Schließlich waren die Wassermassen halbwegs zur Ruhe gekommen und hatten sich auf einen Pegel gesenkt, der ihnen bis knapp zu den Knien reichte, als sie endlich festen Stand gefunden hatten. Im Licht der Fackel, die der fluchende und Wasser spuckende Tiberius dem entsetzten Knaben aus der Hand gerissen hatte, als dieser wenige Augenblicke später erschienen war, zeigte der trübe See im Gang eine kabbelige Dünung, die an den Wänden entlang aufspritzte. Was sich hinter der aufgesprengten Tür befand, lag in völliger Dunkelheit, doch Barbara hörte das Schwappen und Glucken und Spritzen einer gewaltigen Wassermasse, die sich an ihr neues Gefängnis zu gewöhnen versuchte.

Barbara stapfte zu dem Kuttenbündel hinüber und leuchtete mit der Fackel. Nur der Umfang des Bündels und eine gewisse Schwere angesichts des unruhigen Wassers verrieten, dass ein menschlicher Körper darin steckte – der grobe, weite Kuttenstoff war schwarz im Halblicht und hatte sich so sehr um seinen Träger gewickelt, dass man keine Gliedmaßen und schon gar kein Gesicht erkennen konnte. Etwas schaukelte in der Nähe auf den Wellen; Barbara bewegte die Fackel dorthin: Es war eine Sandale, die mit der abgelatschten Sohle nach oben auf der Wasseroberfläche trieb. Aus irgendeinem Grund war ihr Anblick beklemmender als der des Leichnams, und Barbara biss die Zähne zusammen und drängte die Tränen mit Gewalt zurück.

Sie bückte sich, um den nassen Kuttenstoff zurückzuschlagen, als sie Rinaldos Stimme vernahm und den kurzen Austausch in italienischer Sprache zwischen ihm und Tiberius hörte. Rinaldos Stimme klang belegt und kratzend; er hatte bei Tiberius' erfolgreichem Versuch, ihn ins Leben zurückzurufen, jede Menge Wasser erbrochen. Barbara berührte die nasse Kutte und zuckte zurück; plötzlich hatte sie keinen Mut mehr, den Stoff beiseite zu schlagen und in das leblose Gesicht des Mannes zu sehen, den sie draußen bei den Fischerhütten mit dem Messer bedroht hatte … und der ebenso unschuldig wie Gregor und ebenso ein Opfer von Bruder Antonius gewesen war.

Jemand watete durch das aufspritzende Wasser zu ihr. Barbara richtete sich auf. Die Berührung der nassen Kleider auf ihrer Haut ließ sie plötzlich frieren, und sie erschauerte.

»Ich bin zu spät gekommen«, sagte sie zu Rinaldo.

»Tiberius sagt, du hast mich aus die Wasser gezogen.«

»Du bist mir in die Arme gespült worden. Ich habe nichts dazu getan.«

Rinaldo zuckte mit den Schultern. »Trotzdem. *Grazie mille.*« Er verbeugte sich, aber das Lächeln schien fürs Erste aus seiner Miene getilgt zu sein. Er starrte auf das Lumpenbündel hinunter.

»Wo ist Giorgio?«

Barbara zuckte mit den Schultern, ein weiterer Schmerz, ein weiteres Leben auf ihrer Seele.

»Hilf mir«, sagte sie zu Rinaldo. »Wir wollen ihn ins Trockene bringen und ihm wenigstens seine Würde zurückgeben.« Sie reichte Rinaldo die Fackel und bückte sich erneut, um den Toten nach vorn zur Treppe zu schaffen. Rinaldo trat einen Schritt zurück und hielt die Fackel durch die Türöffnung in das Gewölbe dahinter, das sich in einen See verwandelt hatte. Die helle Stimme des Knaben kam von der Treppe her; sie hörten das Poltern, mit dem eine lange Stange gegen die Wände stieß und vernahmen das Aufspritzen des Wassers, als Tiberius zu ihnen herüberkam. »Hilfst du mir jetzt oder nicht?«

Rinaldo hielt die Fackel nach vorn ausgestreckt und spähte mit zusammengekniffenen Augen in die Dunkelheit. Von der Treppe kamen weitere Stimmen: die Hübschlerinnen, die ihren ersten Schreck überwunden hatten, nachdem sie festgestellt hatten, dass sie noch am Leben waren und das Haus noch stand, und die nun von der Neugier hier heruntergeleitet wurden. Ein paar Männerstimmen erklangen dazwischen und fragten, ob sie etwas helfen könnten; offenbar waren nicht alle Kunden Tiberius' von der Beschaffenheit des geschockten Prälaten mit dem Hengstschwanz. Weitere Füße spritzten das Wasser auf, als sie herankamen; ihre Geräusche mischten sich in das Platschen und Glucksen und Schwappen, das aus dem Gewölbe drang und das sich beinahe anhörte wie das heftige Schnaufen eines Menschen. Barbara wünschte sich, sie hätte mit dem Toten allein sein können. Aus ihrer gebückten Haltung spähte sie zu Rinaldo.

Rinaldo drehte sich zu Tiberius um.

»Gib mir das Seil«, sagte er ruhig.

Tiberius reichte ihm ein zusammengerolltes Seil, das mehr eine Schmuckkordel aus schimmerndem Seidenstoff war.

»Nimm lieber die Stange, wenn du einen rausholen willst«, sagte er, »ich glaube nicht, dass ein Toter nach dem Seil greifen kann.«

»Nein, sicher nicht«, entgegnete Rinaldo und reichte Tiberius die Fackel, packte ein Ende des Seils und warf das andere mit Schwung in die Dunkelheit hinein. »Aber ein Überlebender. Halt dich gut fest, Bruder Ulrico, wir ziehen euch raus!«

Barbara trat einen Schritt zurück, als die beiden Männer in Sicherheit gebracht waren. Ihre erste Erleichterung wich der Erkenntnis, dass Bruder Ulrich keinen Grund hatte, nachsichtig mit ihr zu sein. Sie musterte ihn, wie er keuchend und triefend auf die Knie kam und sich dann aufrichtete, gestützt auf Tiberius' und Rinaldos Arme. Die Kutte klebte an seiner massigen Gestalt, und das Fackellicht, das über sein Gesicht zuckte, ließ ihn finster und wütend erscheinen. Giorgio – Jörg – kauerte zu Ulrichs Füßen, hustete und würgte und schüttelte den Kopf. Schließlich schaute er auf und blinzelte sich das Wasser aus den Augen.

Bruder Ulrich drehte sich unbeholfen zu Rinaldo um und betrachtete ihn von oben bis unten. Rinaldo zuckte mit den Schultern und grinste. Bruder Ulrichs Arme schnellten plötzlich nach vorn, zogen Rinaldo heran, und dann umarmte dieser Bär von einem Mönch den kleinen Sänger, dass das Wasser aufspritzte. Rinaldo riss überrascht die Augen auf; dann klopfte er Bruder Ulrich auf den Rücken und auf die Arme und zwinkerte, als hätte er ebenfalls Wasser in den Augen. Tiberius warf die Arme in die Luft, schüttelte den Kopf und machte sich daran, das Seil wieder aufzurollen.

»Was ist hier eigentlich passiert?«, knurrte er.

»Wir haben …«, sagte Bruder Ulrich hustend.

»… keine Ahnung«, erklärte Rinaldo. »Plötzlich kam die Wasser herunter. Deine Hypocaust funktioniert wirklich nicht, Tiberius. Mehr als das, er ist lebensgefährlich. Sei froh, wenn meine Herr keine Schadenersatz dafür verlangt, dass wir beinahe ersäuft wären wie Ratten.«

»Das Ding hat Jahrhunderte gehalten.«

»Vielleicht haben ja deine Logiergäste damit herumgespielt, *no?*«

»Quatsch«, brummte Tiberius, wandte aber den Blick ab und starrte mit ratloser Miene in das überflutete Gewölbe hinein.

Barbara hörte das plötzliche Geräusch, mit dem ein großer Körper aus dem Wasser aufsprang. Ihre Blicke irrten von Ulrich und Rinaldo fort, aber da war Jörg schon heran und beugte sich über sie. Entsetzt wich sie einen Schritt zurück, stolperte über die eigenen Füße und fiel aufspritzend ins Wasser. Jörgs Hände griffen nach ihr.

»Ich habe kein Messer«, keuchte sie.

Jörg umfasste ihre Oberarme und stellte sie auf die Beine, als wäre sie leicht wie ein Kind. »Es … tut mir Leid«, stammelte er.

»Es … hat nicht wehgetan, und ich … ich war schon vorher nass …« Barbara stellte fest, dass sie in ihrer Überraschung ebenso stammelte wie er.

»Nein, ich meine, dass sie dich dort gefesselt zurückließen und … haben sie dir was getan?«

»Wer?«

Jörg machte eine Kopfbewegung über die Schulter hinweg. »Antonius' Totschläger.«

Sie starrte ihn verwirrt an. Mit seinem zerzausten, wassertriefenden Bart und dem kahl geschorenen Schädel sah er mehr als abenteuerlich aus, und zugleich wie ein Junge, dem soeben klar wird, dass er mit viel Glück ungeschoren aus einer großen Dummheit herausgekommen ist.

»Nein«, sagte sie, »ihr wart noch nicht lange fort, da kam Rinaldo und machte mich los.«

Jörg nickte. »Gut«, sagte er. »Gut.« Er drehte sich zu Ulrich und Rinaldo um und nickte dem kleinen Sänger zu. »Gut.«

»Wenn es um eine Jungfrau in die Not geht, wende dich an eine Italiener«, erklärte Rinaldo.

Jörg lachte. »Ausnahmsweise gebe ich dir Recht.« Er wandte sich wieder an Barbara. Sein Lachen erstarb und machte einem verlegenen Gesicht Platz.

»Du hättest mir mit dem Schwert den Arm abhacken können«, sagte sie.

»Du hättest Ulrich lange vorher die Kehle durchschneiden können.«

»Ich wusste schon, bevor du kamst, dass er nicht die richtige Jagdbeute war.«

»Und auf wen hattest du es abgesehen?« Jörg nickte mit dem Kopf zu dem stillen Lumpenbündel bei der Tür.

Barbara nickte. Das Wissen, dass es sich bei dem Toten um Bruder Antonius handeln musste, schwamm ganz von selbst an die Oberfläche ihres Bewusstseins. Die Jagd war vorüber. Die Rache war nicht ihre gewesen, doch das Ungeheuer war tot. Sie musste nicht mehr über ihn nachdenken. Sie musste nicht mehr über Gregor nachdenken, oder wenn doch, dann nur in einer liebevollen Erinnerung an einen ungeschickten Mann jenseits seiner besten Jahre, der seine junge Frau immer auf den Händen zu tragen versucht hatte. Das Ungeheuer war beseitigt, und sein Tod lag nicht einmal auf ihrer Seele. Plötzlich begann sie zu weinen, lautlos und kläglich, schlug die Hände vors Gesicht, sank in die Knie, krümmte sich vornüber und ließ den Tränen freien Lauf.

»Rom«, hörte sie Tiberius sagen, als er an ihr vorüberstapfte. »Denk darüber nach.« Sie antwortete ihm nicht. Das Weinen war qualvoll und befreiend zugleich. Sie vernahm das Platschen, als Tiberius zur Treppe watete. »Kommt schon, Leute, hier gibt's nichts mehr zu sehen«, rief er. »Junge, lauf zur Schöffenstube, damit sie wissen, was hier passiert ist … und damit die anwesenden Herren Schöffen nicht gezwungen sind, Zeugnis über ihr Hiersein abzulegen.« Verlegenes Gelächter. Tiberius' Stimme kam in Schwung. »Ihr, meine Herren, denkt daran, dass auch das Haus über unseren Köpfen hätte zusammenstürzen können und wir dann alle tot wären. Eine gute Gelegenheit, unser Überleben zu feiern, nicht wahr?«

Barbara hörte ein paar Männer zustimmen und vernahm das überraschte Kichern einer Hübschlerin, das sich in ein aufreizendes Stöhnen verwandelte.

»Stich ein Fass an, Tiberius«, rief jemand.

»Aber nein«, rief Tiberius. »Ich bin doch derjenige, der den meisten Schaden hat. Aber ausnahmsweise werde ich zulassen, dass jemand ein Fass von draußen hereinbringt, wenn er's selber bezahlt!«

»Jörg.«

Der Ritter drehte sich zu Bruder Ulrich um. Barbara hob den Blick, fühlte sich leer und ausgeweint. Sie sah Rinaldo gestikulieren und auf sie, dann auf sich selbst deuten, während er offensichtlich erklärte, wie es zugegangen war, dass er und sie Verbündete geworden waren. Jörg zögerte; dann stapfte er zu Ulrich und Rinaldo hinüber. Barbara blieb auf den Knien. Sie war zu erschöpft, auch nur auf die Beine zu kommen. Ulrich blickte Jörg groß an. Jörg drehte wieder um, hob sie ohne Federlesen hoch und trug sie zu den beiden anderen Männern, wo er sie abstellte. Zu ihrer eigenen Verwunderung knickten ihre Knie nicht ein. Rinaldo tätschelte ihren Arm. Sie sah zu Ulrich hoch.

»Es war ein Irrtum«, flüsterte sie.

Ulrich schüttelte den Kopf. »Es war Sankt Albo«, sagte er. »Wenn er dich nicht auf unseren Weg gesandt hätte, wären wir alle tot.« Er streckte die Hand aus. Sie zuckte zurück, doch er malte nur ein Kreuz auf ihre Stirn. »Gesegnet seist du, und Friede deiner Seele, die ihn verdient hat.«

Barbaras Blicke irrten unwillkürlich zu dem Toten an der Tür ab. Bruder Ulrich nickte bedächtig; dann watete er durch das Wasser, bückte sich und drehte den Toten herum. Er lag da, eingewickelt in seine Kutte wie in sein eigenes finsteres Leichentuch. Ulrich zögerte einen langen Augenblick; dann schlug er einen Teil der Kutte zurück.

Ein Totenschädel grinste ihn an.

38.

Ulrich starrte in die leeren Augenhöhlen des Totenschädels. Er spürte, wie ihm der Atem ausging. Dann fuhr ein langer Arm an ihm vorbei und zerrte an dem Schädel, bis zwei verkrampfte tote Hände ihn losließen und Ulrich erkannte, dass Bruder Antonius seine Beute auch im Tod festgehalten hatte und er nicht in sein Gesicht, sondern in das Gesicht von Sankt Albo gesehen hatte. Jörg richtete sich auf und blickte auf den Schädel hinunter, den er in der Hand hielt wie ein anderer Mann einen Apfel. Seine Blicke kreuzten sich mit denen Ulrichs. Dann drückte er ihm den Schädel in die Hände. Er trat zurück, gab dem toten Mann zu seinen Füßen einen kleinen Schubs mit der Stiefelspitze und schnaubte. »Jungejunge«, sagte er und grinste Ulrich an. »Ich glaube, der gehört jetzt dir.«

Ulrich betrachtete den Schädel, den er mit spitzen Fingern hielt, wobei er das Gefühl hatte, jeden Moment würden seine Knie nachgeben. Er hatte überlebt, und seine Gefährten ebenfalls. Er hatte den Schädel wiederbeschafft. Er hatte seine Mission erfüllt, er hatte …

Er starrte in die toten Augenhöhlen, in die er schon so oft geblickt und versucht hatte, etwas Heiliges, Heimeliges, Beruhigendes und Helfendes zu finden. Er hatte das Gefühl, in kein anderes Augenpaar auf der Welt so lange und so häufig geschaut zu haben.

»Das ist nicht Sankt Albos Schädel«, sagte er.

Jörg sah ihn an. Der Ritter hob die Brauen. Ulrich hielt ihm den Totenkopf vors Gesicht.

»Das ist nicht Sankt Albos Schädel.«

Jörg stemmte die Fäuste in die Hüften. »Natürlich nicht«, sagte er. »Was dachtest du denn?«

»Aber ...«

»Hast du geglaubt, ich hätte den Schädel *tatsächlich* aus eurem Kloster geklaut?«

»Aber du sagtest ...«

Ulrich hatte Jörg noch nie so fassungslos gesehen wie jetzt. Der Ritter breitete die Arme aus und sah abwechselnd zu Rinaldo, zu Barbara und zu Ulrich. »Ich habe schon Leuten wegen geringerer Beleidigungen den Kopf abgerissen.« Jörg ließ die Hände sinken. »War nur Spaß«, fügte er an. Diesmal aber klang es nicht überzeugend.

»Verzeih mir«, sagte Ulrich.

Jörg brummte und ließ den Kopf hängen. »Jungejunge«, sagte er leise.

Ulrich klemmte den Schädel unter den Arm und fuhr sich über die Tonsur. Plötzlich loderte Zorn in ihm auf.

»Was glaubst du eigentlich, wie es mir ergangen ist?«, stieß er hervor. »Ich habe die Klostergemeinschaft verlassen, um einem Totenschädel hinterherzujagen, nur weil die meisten meiner Brüder zu kleingläubig sind, ohne ein Symbol auszukommen! Ich habe zuerst Rinaldo und dann dich aufgelesen, und ich habe euch vertraut, ohne dass ich euch gekannt hätte, und ich dachte, ich hätte eine neue Gemeinschaft gefunden, und dann erfahre ich zuerst, dass Rinaldo mein Geld für Hübschlerinnen ausgibt und mir weiszumachen versucht, er habe damit Hände geschmiert, um den Schädel zu beschaffen ...« Ulrich gestikulierte in Richtung des italienischen Sängers, der das Gesicht verzog und sich abwandte; er wusste, dass seine Stimme immer lauter wurde, »... und dann muss ich miterleben, dass mein anderer Gefährte in höchster Not einen Totenschädel aus seinem Sack hervorzaubert und mit höhnischer Stimme erklärt, er sei der Dieb unserer Reliquie und habe mit seinem Versteckspiel nur versucht, den Preis in die Höhe zu treiben … den Preis, den der Mann zahlen sollte, den er zwei Tage vorher um die *commendatio* gebeten hatte …« Ulrich brach ab. Sein Geschrei hallte durch das Gewölbe. Die anderen sahen ihn mit großen Augen an.

»Wie zum Teufel hätte ich es denn nicht glauben sollen?«, brüllte er. »Sieh mich nicht so empört an, Jörg von Ahaus, wenn es an mir sein sollte, empört zu sein! Bring mich nicht in Versuchung, sonst schleppe ich dich wieder in das Gewölbe hinein und lasse dich an der tiefsten Stelle alleine herumschwimmen!« Er schob Jörg den Schädel so grob in die Arme, dass dieser nach Luft schnappte und ihn unwillkürlich in die Arme schloss. »War nur Spaß!«, rief Ulrich und stampfte mit dem Fuß auf, dass das Wasser hochspritzte.

Jörgs Unterkiefer klappte herunter. »Jungejunge«, sagte er.

»WAS IST DAS ÜBERHAUPT FÜR EIN SCHÄDEL, WENN ES NICHT DER DES HEILIGEN ALBO IST?«, donnerte Ulrich.

Jörg balancierte den Schädel auf der Handfläche. Er biss sich auf die Lippen und schaute Ulrich von unten herauf an.

»Er gehörte Saladin dem Großen«, sagte er schließlich.

Rinaldo schwieg.

Barbara schwieg.

Jörg zuckte mit den Schultern.

Ulrich sah sich unwillkürlich zu dem Toten um, der noch immer mit verhülltem Gesicht im Wasser lag – nebensächlich im Tod und jetzt, ohne seine vermeintliche Beute, den Schädel des Sankt Albo, noch nebensächlicher. Tatsächlich war kaum zu glauben, dass dieses Kleiderbündel noch vor kurzem die Macht über Leben und Tod Ulrichs und seiner Gefährten gehabt hatte.

Ulrich wandte sich wieder ab und musterte Jörg und den Schädel. »Saladin der Große«, sagte er schließlich.

»Nun, natürlich weiß ich, dass es nicht der Schädel von Saladin ist. Der Kerl lebt ja noch, oder? Jedenfalls war er garantiert noch am Leben, als ich den Schädel fand.«

»Fand?«, echote Ulrich.

Jörg machte einen Schritt auf Ulrich zu, dass das Wasser hochschwappte. Er warf einen Seitenblick auf Barbara. »Können wir das mal ein bisschen beiseite besprechen?«

Ulrich sah, dass ein amüsiertes Lächeln um Barbaras Mundwinkel zuckte. Sie drehte sich um und machte ein paar Schritte zur Treppe hin, um außer Hörweite zu kommen. Ulrich stellte fest, dass er die Angelegenheit unvermutet komisch fand. Hatte er vorhin wirklich gebrüllt wie ein Ochse? Weil Jörg ihn *nicht* betrogen hatte? Offenbar war ihm die Nacht im Gewölbe aufs Gemüt geschlagen ... er fühlte ein Grinsen in sich aufsteigen über die Verlegenheit des Riesen, das nichts mit Häme, aber alles mit liebevoller Zuneigung zu diesem Mann zu tun hatte, der wirkte wie jemand, der einen Drachen zum Nachtisch verspeiste ... aber nicht, ohne die besten Stücke vorher mit seinen Freunden geteilt zu haben. Er wechselte einen Blick mit Rinaldo und erntete eine Grimasse, die deutlich erkennen ließ, dass der Sänger bereits gegen das Lachen ankämpfte.

»Bleib hier, mein Kind«, sagte Ulrich zu Barbara. »Niemand hier hat ein Geheimnis vor dem Menschen, der uns vor dem Ertrinken gerettet hat.«

Barbara blieb stehen und drehte sich um, wischte rasch mit dem Handrücken über eine Wange und sah Ulrich dann unschlüssig an. Er winkte sie heran. Dann wandte er sich an Jörg, der mit hängenden Schultern dastand und Barbara wie ein kleiner Junge ansah, den man zuzugeben zwingt, dass *er* den Sattel des Königs mit Seife eingerieben hat. Ulrich nahm ihm den Schädel aus der Hand und hielt ihn hoch.

»*Fand?*«, wiederholte er.

»Er lag da zwischen den Steinen, als ich schon wieder auf dem Rückweg in das Räubernest an der Küste war«, sagte Jörg resigniert. »Ganz allein. Ich hätte ihn gar nicht gesehen, wäre mein Klepper nicht darüber gestolpert.«

»Das ist der Überrest eines Menschen …«

»Wahrscheinlich sogar der von eine Muselmane«, ergänzte Rinaldo.

»Warum um alles in der Welt hast du ihn mitgenommen?«

»Weil … Jungejunge … weil …«

Ulrich wusste plötzlich, warum Jörg es getan hatte: Weil er zu Hause niemandem hatte erklären wollen, dass er nicht mit in den Krieg gegen die Heiden gezogen war, weil er sich den Magen an zu scharf gewürztem Fleisch verdorben hatte. Wenn er den Schädel mitbrachte, würde jeder glauben, er habe einem Krieger Saladins gehört, den Jörg im Kampf überwältigt hatte – und natürlich würde niemand je die Taktlosigkeit besitzen, den Heimkehrer danach zu fragen, und so brauchte Jörg nicht einmal zu lügen. Der Einzige, der taktlos genug war, seinen Freund in die Verlegenheit zu bringen, die Wahrheit gestehen zu müssen, war er, Ulrich.

Seine gute Laune erhielt einen Dämpfer, als ihm klar wurde, dass es Jörg schwerer fiel, darüber zu sprechen, als die unfreiwillige Komik der Situation glauben machte. Ulrich räusperte sich beschämt.

»Na ja, weil …«, sagte Jörg.

»… weil Gott der Herr sich einschaltete und ihm befahl, den Schädel mitzunehmen, um euch hier unten das Leben zu retten und das Ungeheuer da drüben in die Irre zu führen.«

Ulrich und Jörg sahen zu Barbara hinüber. Sie gab ihren Blick ruhig zurück. Rinaldo begann plötzlich zu lachen.

»Und weil«, rief er, »Gott die Herr wusste, dass unsere Bruder Ulrico eines Tages eine Ersatzschädel nötig haben würde.«

39.

»Ich gehe nicht mit dem Schädel eines Muselmanen als Ersatz ins Kloster zurück und schiebe ihn der Gemeinschaft unter«, sagte Ulrich. »Hört endlich auf, mich dazu überreden zu wollen.«

Er setzte sich auf dem Rücken des Maultiers zurecht, das seine Bewegungen mit einem Kopfschütteln und einem lauten Schnauben quittierte. Jörg, der die Zügel in seinen Pranken hielt, sah zu Boden. Rinaldo kraulte das Tier mit düsterer Miene zwischen den Ohren.

»Denk doch noch mal drüber nach«, begann er.

»Nein, Rinaldo. Nein und nochmals nein.«

»Aber du hast doch selbst gesagt, ohne die Schädel kannst du nicht zurück in Kloster.«

»Ich kann nicht zurückgehen und dort bleiben und einfach sagen, dass ich Sankt Albo nicht gefunden habe. Das würde die Gemeinschaft zerstören. Ich kann aber zurückgehen und mich von allen verabschieden und weiter auf die Suche gehen. Das wird sie zusammenhalten.«

»Das Symbol, ja«, sagte Jörg ungeduldig. »Das hast du uns rauf- und runtergebetet. Wo willst du denn zu suchen anfangen?«

»Egal. Ich werde ihn ohnehin nicht finden.«

Rinaldo schüttelte den Kopf. Jörg sah über Ulrich hinweg zum Eingang des Heiligen Knochen. Ulrich drehte sich nicht um. Er wusste, dass Barbara dort stand, seit Ulrich sich mit einem Kuss auf die Stirn von ihr verabschiedet hatte. Die beiden Männer hatten sie vorgeschickt, um Ulrich zum Einlenken zu bewegen. Sie hatte ihn angelächelt; er ahnte, dass sie seine Beweggründe noch am besten nachvollziehen konnte. Er spürte einen schmerzhaften Kloß im Hals, der sich nicht hinunterschlucken ließ, und hoffte, dass sie ihn endlich ziehen ließen, bevor seine Gefühle ihn übermannten.

»Sie würden es doch gar nicht merken …«

»*Ich* würde es wissen.«

Jörgs Augen verengten sich plötzlich. Er nickte; dann ließ er die Zügel los. Das Maultier warf überrascht den Kopf hoch und machte ein paar Schritte zurück. Jörg tippte mit den ersten drei Fingern seiner Rechten an Brust, Kinn und Stirn und verbeugte sich tief. Als er sich wieder aufrichtete, war sein Gesicht ernst. »Ich habe die Heiden das machen sehen, wenn ihnen ein Mann begegnete, den sie als wirklichen Herrn verehrten«, sagte er. »Lebwohl, Bruder Ulrich.« Er trat beiseite.

»Nein«, sagte Rinaldo.

»Lebwohl, Jörg von Ahaus. Es ist eine heidnische Geste, aber sie hat Stil«, flüsterte Ulrich und machte Jörgs Gruß nach. Dann wandte er sich an Rinaldo und wiederholte die Geste. Er schluckte. Rinaldos Gestalt verschwamm ihm vor den Augen.

»Alleine findest du doch nicht mal zurück«, versuchte Rinaldo es von neuem.

»Ich frage jemanden auf der Straße.«

»Ich könnte dich begleiten.«

»Dein Weg trennt sich hier von meinem, Rinaldo di Milano«, sagte Ulrich. »Mag er dich zurückführen in deine Heimat oder in weitere Abenteuer. Mag er hier enden, wo du Tiberius zu einem reichen Mann machen und dafür sorgen wirst, dass die Sünde der Fleischeslust noch ein wenig sündiger wird. Aber dein Weg wird nicht der meine sein.«

»Wenn du unbedingt weitersuchen willst, kannst du das

doch auch hier tun. Ich heize die ganze Sache noch mal an und …«

Ulrich schüttelte den Kopf. »Wenn ich hier bleibe, gelangt die Kunde über kurz oder lang ins Kloster, und dann war alles umsonst. Und was deine Hilfe betrifft: Du hast andere Aufgaben zu erfüllen als die eine, die sich mir gestellt hat.«

»Nein, ich …«

Jörg stellte sich neben Rinaldo und legte ihm die Hand auf die Schulter. Es sah aus, als würden ein Vater und sein kleiner Sohn nebeneinander stehen.

»Lass ihn ziehen, Rinaldo«, sagte Jörg.

Rinaldo ließ den Kopf hängen. *»Maledetto«*, flüsterte er.

Ulrich sah sich zu Barbara um. Sie hob eine Hand und winkte ihm zu. Ulrich neigte den Kopf; dann trieb er das Maultier an. Der Anblick der Häuser um ihn her versank in einem Flirren, das ihn blind machte und das ihm als würgender Schmerz die Kehle zuschnürte. Er konnte nichts tun als einen geraden Rücken zu machen, langsam davonzureiten und nicht zurückzublicken.

Tränen liefen ihm über die Wangen.

Er würde die Klostergemeinschaft erhalten, aber er selbst würde sie verlieren, wie er die Gemeinschaft Rinaldos und Jörgs verlor.

Eli, Eli, Lama sabachtani …

Die Sonne schien ihm auf die Tonsur, und er zog die Kapuze über und weinte in ihrem Schutz – ein sechsjähriger Junge, der wusste, dass er seine Familie nie wiedersehen würde.

40.

»Ich dachte, ich würde dich nie wiedersehen, Bruder Ulrich«, stotterte Bruder Emmeran fassungslos. Der Sakristan umarmte ihn, als wolle er ihn zerdrücken. »Und jetzt kommst du zurück und … ich hätte es nie für möglich gehalten …«

Ulrich sah sich um. Wer im Kloster auf den Beinen stehen konnte, stand beim Tor, wo sie ihn empfangen hatten wie die Einwohner einer Stadt ihren zurückkehrenden Herrscher. Er blickte in grinsende Gesichter mit roten Wangen und leuchtenden Augen. Bruder Konrad hatte die Arme zum Himmel erhoben und formte lautlose Worte mit den Lippen. Bruder Peter stand ein wenig abseits und schien sich zu fragen, ob er wieder himmlische Chöre hörte oder ob er sich immer noch ärgern sollte, dass nicht er auf die Mission geschickt worden war. Alle anderen hatten glühende Gesichter, die Ulrich entgegenlachten.

»Wo ist Bruder Fredegar?«, hörte er sich fragen.

»Er hat die Gemeinschaft verlassen und ist zurückgegangen. Er sagte, seine Mission hier sei gescheitert. Wir sollten die Stärke unseres Glaubens in unserer eigenen Mitte finden.«

»Fredegar …«, sagte Ulrich.

»Er wird uns fehlen«, erklärte Emmeran, zog Ulrich wieder an sich und klopfte ihm auf den Rücken.

»Und der ehrwürdige Vater Remigius?«

»Erwartet dich im Obstgarten. Wenn du den Staub der Reise von den Füßen geschüttelt hast, dann …«

»Ich wollte mich nur ausruhen und mich verpflegen ...«, unterbrach Ulrich.

»Du sollst jede Ruhe und jede Speise haben. Du hast sie verdient.« Emmeran hielt Ulrich auf Armlänge von sich ab. »Unser Retter!«

Ulrich kniff die Augen zusammen. Aus seinem Gefühlswirrwarr begann sich etwas herauszuschälen: Argwohn.

»Was willst du mir eigentlich sagen?«, fragte er.

Emmeran breitete die Arme aus.

»Ich schäme mich, dass ich anfangs an dir gezweifelt habe, und ich bitte dich dafür um Verzeihung. Aber auch der ehrwürdige Vater hat gezögert, das musst du gestehen. Doch selbst wenn ich noch immer Zweifel an deiner Geschicklichkeit gehabt hätte, so hat die Finte mit der getrennten Fracht mich vollends von deiner Gerissenheit im Dienst des Herrn überzeugt.«

»Getrennte Fracht?«

»... und dann auch noch langsamer zu reiten, sodass jeder Verdacht von unserem Schatz abgelenkt wurde!«

Ulrich machte sich von Emmeran frei und starrte ihn an. Dann sah er ein drittes Mal die Reihe der Mönche an, die sich versammelt hatten. Konrad hielt die Augen geschlossen und wiegte sich verzückt. Ein ungeheuerlicher Verdacht stieg in Ulrich auf – und er wusste, dass er Recht hatte, kaum dass dieser Verdacht aufgekeimt war. Er ballte die Fäuste.

»Rinaldo!«, brüllte er.

Rinaldo trat aus dem Eingang der Klosterherberge und hob eine Hand zum Gruß. »Bin schon da«, sagte er. »Du brauchst nicht so zu schreien, Bruder Ulrico.« Rinaldo drehte sich um und sagte in den Eingang hinein: »Kommt schon raus, ihr zwei Turteltauben. Unsere Herr und Meister ist endlich auch angekommen.«

»Wir haben den Schädel sofort wieder an seinen Platz

gelegt, kaum dass deine Knechte ihn abgeliefert hatten.« Emmeran beugte sich vertraulich zu Ulrich vor. »Der Edelmann und das Weib sehen aus, als hätten sie fleischliche Sünde im Kopf, aber wenn sie dir geholfen haben, Sankt Albo zurückzubringen, sind sie gewiss in die Absolution mit eingeschlossen, die der ehrwürdige Vater dir zugesichert hat.«

Ulrich schob Emmeran beiseite und trat auf Rinaldo zu, der sofort auf die Knie sank und die Hände vor der Brust faltete. Aus dieser Stellung spähte er zu Ulrich hinauf. Jörg und Barbara standen beim Eingang der Herberge und grinsten. Jörg deutete statt einer Begrüßung auf Barbara. »Sie hat die Pferde besorgt«, sagte er. »Und ihr kannst du nicht zürnen, weil sie dir ja immerhin irgendwie das Leben gerettet hat, nicht wahr?«

»Was habt ihr getan?«, flüsterte Ulrich und wusste nicht, ob er weinen oder vor Wut schreien sollte.

»Das Richtige«, sagte Rinaldo, immer noch auf den Knien. »Erinnerst du dich an die Bauer mit die Fingerknochen von die heilige Theosophila? Beim Fähranleger, am ersten Morgen? Ich dachte plötzlich an ihn, als ich dich davonreiten sah, und wusste, was ich zu tun hatte.«

»Er übertreibt«, sagte Jörg. »Tatsächlich war es meine Idee. Mir fiel plötzlich ein, dass die Reliquienhändler in der Stadt sich gegenseitig ihre Stücke abkauften, weil sogar sie hofften, die wirklichen Schätze von ihresgleichen zu ergattern …«

»Jörg versucht mich zu schützen«, unterbrach Barbara. »Ich erinnerte mich, wie fest Gregor daran glaubte, dass die Reliquien, mit denen er handelte, den Menschen Glück und Festigkeit im Glauben schenken würden, selbst wenn er wusste, woher sie stammten …«

Ulrich starrte die drei abwechselnd an. Er schwitzte unter seiner Kutte.

»Wovon reden deine Knechte eigentlich?«, fragte Emmeran und verknotete befremdet seine Augenbrauen.

Ulrich fuhr herum und schnaubte. Emmeran riss die Augen auf.

»Wo ist Remigius?«, zischte Ulrich.

Der Prior saß unter einem Obstbaum im Schatten und hatte Ulrich den Rücken zugewandt. Offenbar hatte er die Gärtner weggeschickt. In seiner Nähe stand ein mittendurch geschnittenes Fass, in dem Brunnenwasser stand und das Abendlicht glitzernd reflektierte; Lappen und Rechen und kleine Eimerchen zur Bewässerung der Pflanzen standen und lagen darum herum. Ulrich blieb ein paar Schritt vor Remigius stehen und räusperte sich. Jenseits der Mauer flimmerten die Felder, die zum Kloster gehörten, und hinter ihnen das pastellfarben schimmernde, breite Band des Flusses. Ein einzelnes Boot schwebte darüber hinweg wie eine Seele auf ihrem Weg in die Ewigkeit.

Remigius sah über die Schulter zu Ulrich auf und nickte ihm schweigend zu. Nach kurzem Zögern stand er auf und reckte sich. Er zerrte die Kutte vorn aus dem Strick und stopfte sie wieder zurück.

»Nächst Gott dem Herrn und danach sei mir willkommen, Bruder Ulrich«, sagte er und verbeugte sich.

»Ehrwürdiger Vater …«

»Pssst«, machte Remigius und schüttelte den Kopf. Er winkte ihn zu sich heran. Als Ulrich neben ihn trat, hängte Remigius sich bei ihm ein, als wäre er hinfällig, und führte ihn zu dem Wasserfass. Beide Männer sahen hinein. Die dunkle Oberfläche spiegelte ihre Gesichter und ließ sie in den leichten Wellen und Ringen, die der Wind erzeugte, zittern und tanzen. Der kühle Duft des Wassers machte Ulrich schwindlig. Remigius krempelte einen Ärmel auf und streckte einen Arm ins Wasser. Die Spiegelbilder zerstoben; er nahm den Arm wieder heraus und beobachtete, wie die Tropfen von seinen Fingern rannen und die Wasseroberfläche aufrauten. Schließlich beruhigte das Wasser sich wieder, und ihre Spiegelbilder erschienen aufs Neue.

»Was für ein flüchtiges Element«, sagte Remigius. »Die Hände des Menschen können es nicht festhalten. Und dennoch ist es in der Lage, unsere Gestalten, die Gott nach seinem Ebenbild geformt hat, besser wiederzugeben als der begnadetste Künstler.« Er tauchte eine Hand ein und schöpfte Wasser heraus. Es zerrann ihm zwischen den Fingern.

»Ehrwürdiger ...«

»Aber wo sind diese Ebenbilder? Ein Windhauch kann sie zerstören. Sie gehen nicht in die Tiefe. Sie sind nur an der Oberfläche. Dahinter ist nichts. Wir glauben, da ist etwas, nur weil unsere Augen uns dies mitteilen.«

»Ehrwürdiger Vater, Sankt Albo ...«

Remigius bückte sich und spähte aus einem anderen Blickwinkel in das Fass. »Wenn ich von hier aus hinsehe, erblicke ich sogar nur noch die Spiegelbilder. Das Wasser ist überhaupt nicht zu sehen. Hast du dich schon einmal gefragt, was von beiden eigentlich wirklich zu erkennen ist? Macht es nur die Spiegelung, dass wir das Wasser überhaupt wahrnehmen? Wo ist Wirkung, wo ist Ursache?«

»Ehrwürdiger Vater, der Schädel ...«

Remigius blickte auf. »Ja?«

Ulrich seufzte. »Du weißt, dass es der Falsche ist, oder?«

Remigius nickte. Er sah ihn unverwandt an. Ulrich fühlte, wie Kälte sein Herz ergriff.

»O Herr«, flüsterte er. »Fredegar hat ihn genommen, nicht wahr? Er wollte uns auf den Pfad des inneren Glaubens führen, und er dachte, dass der Schädel uns nur davon ablenken würde. Er dachte, die Zeit wäre reif, ihn zu nehmen, dann würden die Brüder erkennen, dass sie ihn gar nicht brauchten. Er war überzeugt, das Beste für uns zu tun.«

»Du hast mit allem Recht – bis auf zwei Dinge, Bruder Ulrich«, sagte Remigius. Er verließ das Fass und schlenderte langsam zur Klostermauer, die hier nur halbhoch war und weniger zur Verteidigung als zur Abgrenzung diente. Dann sah er zum Fluss hinüber, zerrte seine Kutte halb heraus und ließ die Arme hängen, ohne sie zurückzustopfen. Ulrich folgte ihm mit einem dröhnenden Brausen in den Ohren und dem Gefühl, keine Luft mehr zu bekommen. Er stellte sich neben Remigius und sah, wie zwei Tränen über die schmalen Wangen des Priors rollten.

»Ich habe ihn in den Fluss geworfen«, flüsterte er. »Fredegars behutsame Versuche, die Gemeinschaft auf den Weg von Citeaux zu bringen, waren mir zu langsam. Ich war überzeugt, die Brüder würden den Verlust verschmerzen und sich dann den zisterziensischen Regeln zuwenden. Als ich das Entsetzen in der Kapelle sah, wurde mir klar, was für einen Fehler ich gemacht hatte.«

»Und was habe ich noch falsch gesehen?«, fragte Ulrich.

»Ich habe es nicht zum Besten für die Gemeinschaft getan«, sagte Remigius. »Ich hatte nur mein eigenes Bestes im Sinn. Ich wollte, dass der Vater Abt auf mich aufmerksam würde, weil ich unsere Gemeinschaft so schnell unter das Dach von Citeaux geführt hatte. Ich wollte, dass er mich als würdigen Nachfolger in Erwägung zöge …«

»Ego te absolvo«, sagte Ulrich.

»Du vielleicht«, seufzte Remigius. »Vielleicht auch Gott der Herr. Aber ich selbst kann mich nicht freisprechen. Ich habe meinen Rücktritt eingereicht und um die Erlaubnis gebeten, eine Einsiedelei zu beziehen. Sobald die Rückantwort des Abtes kommt, werde ich die Gemeinschaft verlassen. Der Mann, den der Abt schickt, wird euer neuer Prior sein. Ich werde ihm ans Herz legen, dass er dich in allen Dingen zurate zieht.«

»Verlass uns nicht, ehrwürdiger Vater«, flüsterte Ulrich.

Die Glocke begann zur Vesper zu läuten. Remigius drehte sich um und ließ seine Blicke über die Klosterbauten schweifen. Durch den weiten Torzugang zum Obstgarten sah Ulrich die Brüder in einer ordentlichen Reihe zur Kirche ziehen. Jörg, Rinaldo und Barbara bildeten den Abschluss. Einige der Mönche sangen.

»Es ist nicht wichtig, nach welchen Regeln man lebt«, sagte Prior Remigius. »Es ist nicht wichtig, woran man glaubt. Wichtig ist, dass man die Gemeinschaft aufrecht erhält und jeder seinem Mitbruder ein Hafen der Geborgenheit ist.«

»Es ist Betrug«, stieß Ulrich hervor.

»Nein, Bruder Ulrich. Die Dinge sind, wie wir sie sehen. Dort drin liegt der Schädel eines Unbekannten in einem Schrein. War er ein Verbrecher? War er vielleicht ein besserer Heiliger als Sankt Albo? Völlig belanglos. Was zählt, ist allein die Bedeutung, die er für den Erhalt dieser Gemeinschaft hat, und die Gemeinschaft sieht ihn als Symbol all dessen, was sie für gut und richtig und in der Gnade des Herrn empfindet. Ein Wunder ist geschehen, Bruder Ulrich. Du *hast* uns den Schädel von Sankt Albo wiedergebracht.«

Ulrich sah den Prior an. Seine Blicke glitten ab und wanderten zum Fluss hinaus, der irgendwo auf seinem kühlen Grund einen kleinen, blanken Knochenschädel dahinrollte. Irgendwann würde der Schädel sich entweder verfangen und langsam zerfallen, oder der Fluss würde ihn bis zum Meer mitnehmen und dort den ewigen Gezeiten übergeben.

Die Vesperglocke läutete in den Sommerabend hinein.

»Wir sollten zur Messe gehen«, sagte Ulrich.

Remigius zuckte mit den Schultern. »Lass uns noch eine Weile hier stehen. Heute werden sie uns nicht vermissen; sie haben nur Augen für Sankt Albo.«

Ulrich betrachtete die rechteckigen Muster der Felder, sie sich diesseits und jenseits des Flusses erstreckten, bis den Horizont ein dunkler Streifen Wald begrenzte. Er hatte plötzlich eine Ahnung, wie das Kloster sich von dort drüben ausmachen würde: trutzig und wehrhaft in seinen Mauern und dennoch verletzlich und schutzbedürftig, ein Vorposten des Paradieses in der Verderbtheit der Welt, den der Glaube aufgerichtet hatte und der über nichts anderes fallen würde als den Glauben. Er fühlte so stark wie nie das unbändige Verlangen, diese Gemeinschaft zu schützen und dafür zu sorgen, dass sie Bestand hatte.

Die Vesperglocke verstummte mit einem letzten Ton, der über die Felder und den Fluss getragen wurde. Ulrich faltete die Hände und betete zu Sankt Albo.

Ein spannender und farbenprächtiger Roman um eine Liebe, die nicht sein soll

Julie Harris
IM ZEICHEN
DER FEHDE
Historischer Roman
576 Seiten
ISBN 3-404-15446-0

Frankreich im 13. Jahrhundert: Adelina ist das einzige Kind des Lehnsherrn Robert de Polignac. Später soll sie Christian heiraten, einen der zwei Neffen von Robert, der als Ritter in den Kreuzzügen kämpft. Als Heranwachsende ist jedoch Geoffrey, der kleinere und zartere der beiden Brüder, nicht nur Opfer ihrer Streiche, sondern ihr bester Freund. Geoffrey und Adelina fühlen sich im Laufe der Jahre immer mehr zueinander hingezogen. Doch das Schicksal will es anders: Geoffrey soll ins Kloster, und als Christian aus dem Krieg gebrochen und seelisch verstört zurückkehrt, wird Adelina dem Sohn des Nachbarn und Erzfeindes versprochen, um eine schon lange schwelende Fehde zu beenden ...

Bastei Lübbe Taschenbuch